謹獻給 Bill Haber 與 Janet Tamaro，兩位對我創造的女角深具信心。

悟空道：「你若到水中與妖怪交戰，許敗不許勝，把他引將出來，務求全身而退。」❶

——吳承恩，《西遊記》，1500—1582

❶ 此句源於西遊記英譯本 Monkey 一書，本書作者為增加文字效果略有刪改，譯者參考西遊記原文斟酌還原。

1

舊金山

一整天下來，我不停觀察著這女孩。

我租車過來，停在街角，她看得見我，但即使她知道我的存在，她也無動於衷，只顧著和朋友殺時間。這天下午，她和一群青少年相聚此地。她看起來是年紀最小的一個，但也有可能是因為十七歲的她是亞洲人，身材嬌小，是個弱不禁風的女孩子。她的黑頭髮剪成男生的平頭，藍牛仔褲邋遢破爛，我猜她不是想趕時髦，而是褲子禁不起遊民生活的風吹日曬雨淋。她抽著菸，吞雲吐霧，一副滿不在乎的模樣，態度近似街頭太妹，與她蒼白的臉蛋、纖柔的華人五官格格不入。她的嬌媚外形，引來兩個路過男子的飢渴目光。女孩注意到他們的色相，正眼瞪過去，毫無畏懼。只不過，在危險僅僅是抽象的概念時，強裝勇敢並不難。這女孩面對真正的威脅時如何應變，我想知道。她會挺身抗拒嗎？或者會屈服？我想瞭解她的心性，但我仍沒機會見識她的臨危表現。

夜幕低垂時分，街角的青少年開始解散，一個接一個走掉。在舊金山，即使是夏天，入夜後照樣涼颼颼，留下來的青少年穿著毛衣和夾克，湊在一起，彼此借火點菸，藉著飄渺的菸火熱度取暖。難敵低溫與飢餓，最後幾人也告別，留下無處可去的女孩。她揮別漸漸遠去的朋友，隻身逗留了片刻，好像在等人。最後她聳聳肩，雙手插進口袋，離開街角，朝我的方向走過來。她路過我的車，一眼也不瞧車上的我，兩眼直視前方，目光專注而剛強，彷彿正在思索什麼難題。也許她正考慮該去哪裡撿食晚餐的殘餚；也許她思考的是比較長程的問題，例如未來，例如存活之道。

她大概沒注意到，有兩個男人正在尾隨。

幾秒鐘後，她經過我的車，我瞧見兩男從巷口鑽出來。我認得他們；這兩人是剛才猛看她的色男。他們走過我的車子，跟蹤著女孩，其中一個藉由後照鏡匆匆看我一眼，評估我是否具有威脅性。他認定我不值得顧忌，跟著同夥繼續前進，動作宛如猛獸，看準了無力抗拒的弱小獵物，踏著自信的步伐進逼。

我下車，跟過去。他們跟蹤女孩，我跟蹤他們。

女孩走向廢樓林立的一區。那一帶玻璃瓶碎片遍地，佈滿人行道。女孩的神色毫無恐懼，毫不遲疑，彷彿這裡是她熟悉的領域，一次也不曾回頭望。從她的這種態度可知，她若非盲勇，就是對人世間的黑暗一無所知，不知道這世界對她這樣的女孩多殘酷。尾隨她的男人也不回頭看。我小心不讓他們看見我；即使他們發現我，也看不出值得擔憂的表象。沒有人看得出來。

再過一條街，女孩向右轉，走進一道門。

我縮進陰影，靜觀接下來的情形。兩男停在女孩走進去的房子外面，商議著策略，接著踏進門內。

我從人行道向上望。這是一棟廢棄的倉庫，窗戶被木板封死，掛著「閒人勿進」的警告標語。門沒關緊。我悄悄入內，漆黑的環境令我不得不駐足，等瞳孔適應，同時憑其他感官辨識看不見的狀況。我聽見地板吱嘎響。我嗅到燃燭的蠟味。我看見左邊的門口透露微光。我在這道門外稍事停留，往門內窺視。

女孩跪在克難桌前，閃爍的燭火照亮小臉。席地為家的跡象散見在她的周遭：一只睡袋、罐頭食品、一個露營用小瓦斯爐。她拿著不聽使喚的開罐器努力著，背後兩男步步逼近，她渾然不覺。

正當我深吸一口氣，準備大喊一聲警告她，這時她轉身面對擅闖者。她手無寸鐵，只有一把開罐器，用來對付兩個體型大於她的男人顯得微不足道。

「這裡是我的家，」她說。「滾出去。」

我本來預備要干預，結果卻停留原地，旁觀即將發生的事。觀察這女孩的能耐。

其中一男笑說：「我們只是來拜訪嘛，小甜心。」

「我有邀請你們嗎？」

「妳看起來欠人陪伴。」

「你看起來欠缺大腦。」

不是明智的應對之道，我認為。現在色狼除了色心大發之外，而且怒火中燒，更顯得兇險。儘管如此，女孩紋風不動站著，鎮定無比，揮舞著可笑的廚房用品。色狼衝刺而來時，我已經腳跟離地，準備撲擊。

先攻擊的人是女孩。她一躍而起，一腳正中第一個色狼的胸骨，動作不夠優雅卻有效，踢得色狼撫胸踉蹌，好像呼吸困難。在第二個色狼來得及反應之前，她已經旋身衝過去，以開罐器重擊那傢伙頭的側面。色狼哀嚎著退開。

場面變得有意思了。

第一個色狼回過神來，衝向她，力道大到兩人一同倒地。她又踹又捶，拳頭擊中色狼的下頷。可惜，色狼已被怒火燒得不顧疼痛，大吼一聲，翻身壓住女孩，讓女孩動彈不得。

接著，第二個色狼重新加入戰局，抓住女孩的手腕，把她固定在地板上。年紀輕輕又不經人事的她自陷難關，逃脫無門。儘管她的個性勇猛，身手終究嫌青澀，仍有待琢磨。必然的結果即將發生。第一個色狼已拉下她的牛仔褲拉鏈，從她的瘦臀扯下褲子。色狼的褲襠鼓起，性興奮一目瞭然。男人最脆弱的時機莫過於此，想攻擊應趁現在。

他沒有聽見我的進攻，正拉開自己的拉鏈，剎那間整個人倒地，下頷骨碎裂，幾顆牙齒從嘴裡掉出來。

另一個色狼急忙放開女孩的手，跳起來，動作卻不夠快。我是老虎，他充其量是一頭笨重的野牛，生性愚鈍，禁不起我的攻勢。他驚叫一聲，倒落地上，一手扭曲的外觀不堪入目，可見臂骨已被打成兩段。

我揪住女孩，拉她起身。「妳沒有受傷吧？」

她拉好拉鏈，瞪著我。「少來煩我！」

「以後再解釋。立刻跟我走！」我咆哮。

「怎麼那麼厲害？怎麼兩三下就打倒他們的？」

「妳想不想學？」

「想！」

兩個色狼在地上呻吟著，痛苦掙扎，我看著他們。「好，妳聽著，第一招是，掌握逃跑的時機。」我把她推向門口。「要跑就趁現在。」

我看著她吃飯。別看她身材嬌小，胃口居然大如餓狼，吞掉三個雞肉塔可、一堆豆泥、一大杯可口可樂。她說她想吃墨西哥菜，所以我帶她坐進這家快餐店，聽著墨西哥唱遊樂隊的音樂，牆上掛著俗豔的舞孃畫。雖然這女孩具有華人的長相，從她理的平頭到破爛的牛仔褲看來，她是道地的美國小孩。她是一頭粗魯的野生動物，吸乾最後一口可樂，開始咯吱吱嚼冰塊。

這次行動是否明智？我開始懷疑。她已經超過學習的年齡，野性太強，難以管教。她想走的話，我應該把她野放回街頭，另外想辦法。但就在此時，我留意到她的指關節有多處疤痕，回想起她剛才差點獨自擊退兩男的景象。她具有未經雕琢的天賦，而且膽大無懼——這兩項特質，即使是天師也無法傳授。

「妳記得我嗎？」我問。

女孩放下杯子，蹙眉。略有印象的表情似乎從她臉上一閃而逝。她搖搖頭。

「好久以前的事了，」我說。「十二年了。」對這麼年輕的女孩來說，十二年等於是一世紀。「妳當時還小。」

她聳聳肩。「難怪我不記得。」她伸手進夾克，抽出一支香菸，正想點燃。

「妳是在污染自己的身體。」

「身體是我的。」她頂嘴。

「想練功就別抽。」我伸手過去，從她嘴巴搶走香菸。「妳想練功的話，態度不改不行。妳應該表現敬意。」

她哼一聲說：「妳的口氣像我媽。」

「我認識妳母親。在波士頓。」

「認識又怎樣？她死了。」

「我知道。她上個月寫信給我，說她病況嚴重，來日不多。所以我才過來。」

女孩的眼睛閃現淚光，令我意外。她趕緊轉頭，好像自曝弱點很丟臉似的。但在她顯露柔情的那一瞬間，在她掩飾淚眼之前，她令我聯想起我親生的女兒。我女兒走的時候，年紀比這女孩還小。淚水潸然，但我沒有隱藏的動作。哀傷如一把火，造就了今日的我，鍛造出我的決心，將我的意圖磨得鋒利。

我需要這女孩。顯然這女孩也需要我。

「我找了幾個禮拜，總算找到妳。」我告訴她。

「寄養家庭爛斃了。我自己出來闖，反而比較好。」

「被妳母親看見的話，一定會傷透她的心。」

「她哪有空管我。」

「會不會是因為她身兼兩份工作，拚命想養活妳？會不會是因為她沒有靠山，只能靠她自己？」

「她任全世界的人把她踩在地上。我從來沒見到她挺身反抗，更從來沒有站出來替我講話過。」

「因為她害怕。」

「因為她沒骨氣。」

我被這個不懂得感恩的野孩子氣壞了，上身伸向前去。「妳可憐的母親吃了多少苦頭，妳做夢也想像不到。她的一舉一動，為的全是妳。」我氣得把菸扔回給她。我希望找到的女孩不是這一個。就算她堅強，就算她有膽識，她對雙亡的父母欠缺孝心，毫無振興家譽的意識。與祖先斷了線，在世的人是寂寞的塵埃，浮沉於俗世之中，無根無魂。

我代她付完帳，站起來。「有朝一日，希望妳培養出智慧，能領會母親對妳的犧牲多大。」

「妳要走了？」

「我沒什麼可教妳。」

「那妳又為什麼想教我？何必來找我？」

「我以為能找到特別一點的人。可教之材。一個將來能幫我的人。」

「幫妳做什麼事？」

我不知道如何回答這問題。一時之間，周遭剩下墨西哥音樂，從餐廳的音響吱吱喳喳播放出來。

「妳記得妳父親嗎？」我問。「妳記得他出了什麼事嗎？」

她瞪著我。「原來，妳是衝著那件事來找我，對不對？因為我媽在信上提到他。」

「妳父親生前是個好人。他疼妳，妳卻對他不敬。妳對父母親都失敬。」我把一疊鈔票放在她面前。「這筆錢是悼念他們的錢。別再流浪街頭，重拾書本吧。至少在校園裡，妳不必再對抗陌生男人。」我轉身，步出餐廳。

幾秒後，她出門追上。「等一等！」她高呼。「妳要去哪裡？」

「回波士頓去。」

「我其實記得妳。妳要的是什麼，我好像知道。」

我站住，轉頭面對她。「我要的東西，妳自己也應該追求才對。」

「妳要我怎麼做？」

我上下打量她，見到骨瘦如柴的肩膀，見到纖瘦得幾乎撐不起牛仔褲的腰臀。「不是怎麼做的問題，」我回答，「而是妳應該具備什麼本事。」我緩緩移向她。一直到這階段，她沒理由怕我。我有什麼好怕？我不過是個女人。但現在，她察覺我的眼神有異，向後退一步。

「妳怕了嗎？」我輕聲問。

她高舉下巴，虛張聲勢說：「我才不怕。」

「妳應該害怕才對。」

2

七年後

「我是莫拉．艾爾思醫師，姓的拼法是I–S–L–E–S，從事刑事病理學，目前任職於麻薩諸塞州醫事檢驗所。」

「請向本庭介紹學歷和背景，艾爾思醫師。」蘇佛克郡助理檢察官卡美拉．亞吉拉爾說。

莫拉定睛注視著助理檢察官回答問題。檢察官的表情無喜無怒，把視線集中在她的臉上比較輕鬆，以免被旁人的目光擾亂心思。法庭裡聚集了幾十人，聲援被告，與被告一同怒視著莫拉，敵意濃厚，但檢察官似乎沒有注意到，或者毫不在乎。反之，莫拉把這些人的舉動全放在心上。旁聽的民眾當中，有一大部分是執法人員和好友。莫拉的證詞會讓他們覺得刺耳。

被告是波士頓市警局警官韋恩．布萊恩．葛瑞福，下頷方正，肩膀雄壯，一副典型美國本土英雄的長相。全庭的同情心朝葛瑞福一面倒，對死者不表支持。六個月前，死者被送上莫拉的驗屍桌，血肉模糊，有多處骨折。他的屍首無人認領，被草草下葬。在他斷氣前的兩小時，他射殺了一名警官，鑄下致命的大錯。

莫拉敘述個人學經歷時，全庭的眼神熾熱如雷射光點，她覺得自己的臉快被燒穿了。

「我畢業於史丹福大學，獲得人類學學士的學位，」她說。「在加州大學舊金山校區修得醫學學位，然後在同校醫院完成為期五年的住院病理學。之後我進修兩年，在加大洛杉磯校區修完分科的學程，主攻刑事病理學。」

「妳受過專業認證嗎？」

「是的，檢察官。我獲得一般病理學和刑事病理學的雙重認證。」

「進入波士頓的醫事檢驗所之前，妳在哪裡服務過？」

「我在舊金山的醫事檢驗所擔任過病理專員七年，也在加州大學擔任過病理學臨床教授。我在麻州和加州都領有醫學執照。」這番回答過於詳盡，莫拉看得出檢察官在皺眉，因為她打亂了檢察官預定問話的順序。莫拉經常出庭，同樣的學經歷複誦了無數次。因為她知道檢察官會問什麼樣的問題，回答起來宛如反射動作：她的學歷，她的工作項目，她是否有資格為本案出庭作證。

既定步驟完成之後，檢察官終於問到重點。「去年十月，妳是否曾針對一位名叫費比恩·迪克森的男子驗過屍？」

「是。」莫拉回答得理所當然，卻覺得庭內的張力陡升。

「迪克森先生是怎麼成為法醫的案子？請告訴大家。」檢察官站著，視線固定在莫拉，彷彿想說：不要理會法庭裡的其他人，看著我就好，陳述事實。

莫拉挺直腰桿，開始發言，音量大到全庭聽得清楚。「死者是二十四歲男子，在波士頓市警局巡邏車後座被發現時，已經不省人事。他大約在二十分鐘之前被警方逮捕。被發現昏迷之後，救護車將他送到麻州綜合醫院，急診室醫生宣佈他到院時已無生命跡象。」

「因此他被列入法醫的案子？」

「是的。宣佈死亡之後，他被轉送至本所的停屍間。」

「妳第一眼看見迪克森先生時，他是什麼模樣？請向全庭描述他的外觀。」

莫拉無法不注意到，檢察官避談屍體或死者，而是以姓來尊稱受害人。檢察官以這種方式來提醒全庭，受害人具有身分，是有臉、有姓名、走過世上一遭的人類。

莫拉也以相同的方式回應。「迪克森先生在生前沒有營養不良的現象，身高和體重中等，送抵本所時只穿著棉質內褲和襪子，其他衣物在急診室急救時已經被脫掉。EKG心電圖貼片仍附著在胸部，一條靜脈導管仍插在左手臂……」她稍事停頓。敘述到令人如坐針氈的部分了。儘管她避看聽眾與被告，她知道大家的視線聚集在她身上。

「他的身體狀況如何？可以描述給大家聽嗎？」檢察官催促。

「胸部、上身左側、上腹部有多處瘀傷，雙眼腫得無法睜開，嘴唇和頭皮有撕裂傷。兩顆上門牙不見了。」

「抗議。」被告律師起立。「門牙有可能幾年前就脫落了，確切時間無從得知。」

「其中一顆出現在X光片上，在他的胃臟裡面。」莫拉說。

「未經本席裁定，證人不應擅自發言，」法官以嚴厲的語氣插嘴。他望向被告律師。「抗議駁回。亞吉拉爾檢察官，請繼續。」

助理檢察官亞吉拉爾點頭，勉強將嘴唇咧成微笑，再次望向莫拉。「這麼說來，迪克森先生身受嚴重的瘀傷和撕裂傷，至少有一顆牙齒最近被打掉。」

「是的，」莫拉說。「各位從驗屍相片可以一目瞭然。」

「如果本庭許可的話，我們想現在公佈這些驗屍照，」檢察官說。「在此警告在座的觀眾，這些相片會讓人看了不舒服，如果來賓不希望看見，建議您現在離席。」她停頓一下，環視庭內。

沒有人離開。

第一張幻燈片登場，顯示迪克森遍體鱗傷的模樣，現場冒出集體倒抽一口氣的聲音。對於死者瘀傷的描述，莫拉的說法含蓄，因為她明白相片的敘事力比她強。沒有人能指控相片瞎掰或立場偏頗。這張幻燈片傳遞的事實令眾人一看便明瞭：迪克森在坐上警車後座之前，已經慘遭毒打一頓。

接下來的幻燈片一張張呈現，莫拉從旁描述驗屍的發現：肋骨有多處骨折；胃裡有一顆被吞下去的牙齒；被吸進肺臟的血液。致命傷：脾臟破裂，導致腹膜內大量出血。

「迪克森先生的死因是什麼呢，艾爾思醫師？」檢察官問。

關鍵的問題就是這一個，是莫拉唯恐回答的問題，因為她一回答，後果難以設想。

「他殺。」莫拉說。她的任務不是指出兇嫌。她把回答限制在這兩個字，但她忍不住瞥向韋恩．葛瑞福警官。被告葛瑞福木頭人似地坐著，表情如花崗石一樣漠然。葛瑞福服務於波士頓市警局十餘年，表現出色，十幾位品格證人挺身出庭，敘述葛瑞福警官英勇救人的事跡。他們說，葛瑞福是英雄，而莫拉相信他們。

然而，在十月三十一日晚間，在迪克森謀殺一名警官的那一夜，韋恩．葛瑞福與搭檔搖身一變，成為復仇天使。兩人逮捕迪克森之後，迪克森暴斃。他們的報告寫著：此人情緒激動而且粗暴，疑似吸食天使塵或快克。他們描述迪克森瘋狂拒捕、展現超乎常人的蠻力，兩位警察合力才將犯人扭送上警車。控制他需要施力，但他似乎感覺不到痛。他一面掙扎，一面發出哼聲和動物的聲響，儘管當晚氣溫低至華氏四十度（攝氏四度），他仍想脫衣。根據這段描述，這是亢奮譫妄的症狀，吸食古柯鹼的犯人因而喪生的例子屢見不鮮。警察把症狀描述得幾乎太貼切。

但數月後，毒物報告出爐，顯示迪克森的體內僅有酒精，莫拉斬釘截鐵認為，死因必定是他殺。而兇手之一正坐在被告席，凝視著莫拉。

「我的問題到此為止。」檢察官說。她坐下，神態自信，自認已成功陳述本案的因果。

被告律師墨立斯．衛理站起來，進行交叉訊問，莫拉覺得自己的筋肉繃緊。衛理走向證人席，態度還算真誠，彷彿只想和和氣氣聊個天。假使莫拉在雞尾酒會認識他，或許會覺得他是個合得來的酒伴，也許會認為穿著Brooks Brothers西裝的他不乏幾分帥勁。

「我想，大家都佩服妳的學經歷，艾爾思醫師，」他說。「所以，我不願再佔用法庭的時間來檢視妳的學術成就。」

她不語，默默盯著衛理的笑臉，揣測他將從什麼角度進攻。

「妳憑個人的努力，才有今天的地位，全庭應該沒有人會懷疑，」衛理繼續。「尤其是，這幾個月來，妳個人在私生活上面臨了多種挑戰，可見妳有多辛苦。」

「抗議。」檢察官氣急敗壞地嘆一聲，站起來。「無關本案。」

「庭上，怎麼無關本案？這事和證人的判斷力息息相關。」衛理說。

「何以見得？」法官問。

「過去的經驗能左右證人詮釋證據的角度。」

「你指的是什麼經驗？」

「如果庭上准許我探討下去，事實必然會明朗化。」

法官瞪著衛理。「本席暫准這一方面的質詢，暫時准許而已。」

檢察官坐回座位，擺著臭臉。

衛理把注意力轉回莫拉。「艾爾思醫師，驗屍的日子，妳還記得吧？」

話題瞬間兜回驗屍報告，令莫拉愣了一下。她不是沒有留意到，衛理避用死者的姓名。

「你指的是迪克森先生？」她反問，看見衛理眼中閃現煩躁的情緒。

「對。」

「驗屍日是去年十一月一日。」

「在驗屍當天，妳判定了致命傷嗎？」

「是的。如同我剛才所言，迪克森先生死於脾臟破裂導致大量內出血。」

「在同一天，妳也判定死因？」

她遲疑著。「沒有。至少還沒有定──」

「為什麼沒有？」

她吸一口氣，明白全場目光集中在她一人。「我想等毒物過濾報告出爐，看看迪克森先生是否確實吸食過古柯鹼或其他藥物，以求慎重。」

「慎重是應該的。畢竟，妳一下定論，有可能影響到兩位盡職的和平警官，可能斷送他們的前途，甚至毀掉他們的下半生。」

「我只關心事實，衛理先生。我只看事實導引的方向。」

衛理不喜歡這個回答；莫拉看見他的下頷肌肉在抽動。和氣的表象蒸發了；戰鬥開始。

「所以說，妳在十一月一日進行驗屍？」他說。

「是的。」

「之後呢？發生什麼事？」

「我不確定你問的是什麼。」

「那個週末，妳是不是休假了？接下來的那個禮拜，妳有沒有進行其他驗屍？」

她直盯著衛理，焦慮如巨蟒盤踞在她的腹腔。她不清楚衛理的意圖，只隱隱覺得不妙。「我去參加一場病理學研討會。」她說。

「應該是在懷俄明州吧。」

「對。」

「在懷俄明，妳歷經一件身心災難。妳被一名脫序的警官襲擊。」

檢察官陡然起身。「抗議！無關本案！」

「抗議無效。」法官說。

衛理微笑著。問話的障礙一掃而空，現在他能暢所欲言，能問遍莫拉畏懼的話題。「我沒說錯吧，艾爾思醫師？是不是有警官攻擊妳？」

「是。」她低聲說。

「抱歉，我沒聽清楚。」

「是。」她提高音量再說一遍。

「妳是怎麼逃過一劫的？」

法庭鴉雀無聲，靜候她的答覆。那段往事，她連想也不願回想，因為她至今仍惡夢連連。她記得懷俄明的那座孤寂的小山頭。她記得郡警車門轟然關上的聲音，記得自己受困後座，被關進囚欄。她記得她驚慌起來，猛捶車窗，明知壞人要她的命卻無力逃生。

「艾爾思醫師，妳是怎麼逃過一劫的？誰跑過來救妳？」

她乾嚥一下。「一個少年。」

「十六歲少年朱力安．普金斯，應該是吧？他槍殺了那位警官。」

「他逼不得已啊！」

衛理歪著頭。「妳是在替殺警少年辯護嗎？」

「他是惡警！」

「事後，妳回到波士頓。然後宣佈，迪克森先生死於他殺。」

「本來就是。」

「或者只是一場不幸的意外？犯人暴力拒捕，警方不得不出手制伏他，演變成無法避免的結果，不是嗎？」

「驗屍照擺在眼前，警方下手過重，遠超過必要的武力。」

「懷俄明少年朱力安・普金斯不也一樣？他射殺郡警，妳認為是正當防衛嗎？」

「抗議，」檢察官說。「受審的人不是艾爾思醫師。」

衛理繼續以下一個問題衝撞，目光鎖定莫拉。「艾爾思醫師，妳在懷俄明的時候，在生死存亡的關頭，妳是不是頓悟了一件事？突然認定，警察是敵人？」

「抗議！」

「或者，妳從小認為，警察都是敵人？妳的親屬似乎有這種觀念。」

法官槌擊桌。「衛理律師，立刻上前來。」

檢察官與被告律師上前和法官商議，莫拉則茫然坐著。怎麼演變到揭發家世辛酸的地步了？她的母親艾曼爾提亞在富萊明罕的女子監獄服無期徒刑，波士頓的警察大概全聽過她的大名。我出自妖魔母胎，莫拉心想。大家看我的時候，一定會懷疑，同樣的邪性是否從娘胎滲透我的身心。她看見被告葛瑞福警官凝視著她，兩人的目光相接，他的嘴角向上勾成笑容。嘗到苦果了吧，她從葛瑞福的眼神解讀出。背叛警界，下場就是這麼慘。

「本席宣佈休息，」法官說。「下午兩點重新開庭。」

陪審團員列隊離開之際，莫拉癱向椅背，檢察官亞吉拉爾來到她身邊，她也渾然不知。

「手法太齷齪了，」檢察官說。「法官根本不應該准許。」

「他把整個箭頭指向我。」莫拉說。

「對，不過，他只剩這一招，因為驗屍相片的說服力太強了。」檢察官逼視她。「艾爾思醫師，該讓我知道的事情還有哪些？」

「我母親是個服刑中的兇殺犯，另外，我平常的嗜好是虐待小貓，妳還想知道什麼？」

「好冷的笑話。」

「妳剛剛不是說過，受審的人不是我。」

「對，不過被告會儘量把箭頭指向妳，把妳塑造成妳仇恨警察，別有用心。如果陪審團認定妳的心態不平衡，我們可能打不贏這場官司。所以，如果被告還可能挖出妳的什麼秘密，妳不要再隱瞞，現在就告訴我。」

莫拉思索著她捍衛的私房醜事，想著她剛結束的一場見不得人的戀情。她的暴力家史。「秘密，人人都有，」她說。「我的秘密與本案無關。」

「希望如此。」檢察官亞吉拉爾說。

3

在波士頓的中國城，放眼望去，無處不見鬼影。幽靈遊走在安靜的大同村，逗留在俗豔的必珠街，盤桓在平安巷，掠過牛津道後面的暗巷。這些街道處處有鬼——這是導遊比利．傅的說法，他堅守這一套說詞。他個人信不信鬼，並不重要；他的任務是對觀光客講故事，灌輸唐人街鬧鬼的觀念。大家都想相信世上有鬼，所以才有這麼多人掏出十五美元，站在必珠街和牛津道的轉角，打著寒顫，聆聽比利高談血案。今晚，深夜中國城幽靈巡禮的行程多達十三人報名，其中有一對愛搗蛋的十歲雙胞胎，早在三小時之前就該上床了，可是，討生活的人總不能趕走肯付錢的貴客，即使客人是欠揍的小鬼也照收不誤。比利主修戲劇，就業的前景黯淡，而今晚的進帳可觀，有一百九十五元，另外還有小費可拿。胡謅兩小時，有這樣的收入不算太差，即使嫌緞子馬褂和滿族辮假髮丟臉，他也不在乎。

比利清一清嗓門，高舉雙手，使出他從六學期的戲劇課程吸收而來的本領，吸引觀光團的注意。「那一年是一九〇七！八月初二，星期五晚上，氣溫偏高。」他的嗓音低沉而陰森，提升音量，以蓋過令人分心的車流噪音。「在那裡，名為牛津道的街區是波士頓中國城的心臟地帶。現在請跟我來，一同穿越時光隧道，進入移民熙來攘往的市街，在暑氣不消的夜色裡嗅到汗臭和不知名香料，回到殺氣騰騰的一夜！」他的手誇張一揮，示意全團跟隨他進入牛津道，要大家湊近過來聆聽。他凝視著眾人聚精會神的臉孔，心想：趁現在對他們下法術，對他們施展一流演員才有辦法羅織的魔陣。他展開雙臂，馬褂的袖子如緞翼飄舞，這時他吸一口氣，準備說故事。

「媽——咪——！」小搗蛋之一發起牢騷了。「他在踢我！」

「別踢了，麥可，」母親罵道。「馬上停止胡鬧。」

「我又沒踢他！」

「你少煩你弟弟了。」

「哼，是他在煩我啦。」

「你們兩個想回飯店嗎？是不是？」

天主啊，拜託，讓他們回飯店去吧，比利心想。然而，孿生兄弟站著互瞪，雙手交叉胸前，拒絕享受餘興節目。

「正如我剛才所言，」比利繼續，但經小雙胞胎一鬧場，他的心思被打散了，他幾乎聽得見戲劇張力流失的咻聲，彷彿氣球破了一個洞。他咬牙挺進。

「時間是八月的一個濕熱的晚上，在這個街區，經過漫長的一天，一群中國佬從洗衣店和雜貨店下班回家，坐著休息。」他痛恨中國佬這樣的用語，但他逼著自己講出來，以營造當年的氛圍。在那個時代，報紙時常出現鬼祟而邪惡的東方人這種字眼。甚至連《時代雜誌》也把華人貶為臉皮黃如空白電報紙，半笑不笑，散放著惡意，還自認如此描述並無不妥。比利．傅本身是華裔美國人，假如他降生在那個年代，他找得到的差事只有洗衣工、伙房、苦勞。

「在這個街區，一場戰役即將爆發，」比利說。「兩個華人幫會，一方是安良堂，另一方是協勝堂，勢不兩立，戰火一觸即發，開戰之後勢必血流成河……

「有人燃炮竹。突然間，夜空陷入槍林彈雨！數十名中國佬驚慌逃竄！可惜，有些人的腳步不夠快。子彈安靜下來之後，地上躺著五個男人，有的斷了氣，有的垂死，成了眾所周知的幫會火拚的又一批受害者……」

「媽咪，現在可以走了吧？」

「噓——。聽他講故事嘛。」

「可是，他好無——聊——」

比利頓一下，兩手發癢，好想掐住小搗蛋的喉嚨。他以惡狠狠的目光射向小鬼。小鬼只是聳聳肩，不把他看在眼裡。

「在這樣起霧的晚上，」比利咬牙切齒地說，「有時聽得見遠古的鞭炮聲，看得見倉皇飛竄的身影，永生急著閃躲那一夜的子彈！」比利轉身，大手一揮。「現在，請跟我過必珠街，進入幽靈定居的另一個地方。」

「媽咪。媽咪！」

比利不理會臭小子，帶領全團過馬路。保持笑容，繼續講廢話，小費最重要。他只需再維持一個小時的衝勁。接著，比利要先帶他們前往聶街的下一站，然後去泰勒街參觀一九九一年五人慘遭屠殺的小賭場。中國城不愁沒有兇殺地點可參觀。

比利帶大家踏上聶街。這條街僅比巷弄稍寬，燈光昏暗，路人稀疏。全團一脫離必珠街的燈火與車流，氣溫似乎陡然劇降。比利打著哆嗦，把馬褂拉緊。他以前留意過，每次路經聶街的這一段，總會出現這種詭異的現象。即使在高溫的夏夜，他來到這裡，必定體會到冷意，彷彿一陣寒氣停留在巷子裡多年，長年不散。這群觀光客似乎也注意到了，他聽見夾克拉鏈拉起來的聲音，看見手套從口袋裡被拿出來。大家不出聲，足音在兩旁聳立的樓舍之間迴盪。連兩個小搗蛋也安靜了，彷彿意識到氣氛有異，有東西盤旋在這裡，有東西吞噬了所有歡笑。

比利來到一棟廢樓的外面，停下來。一道深鎖的外門圍住房門，一樓的窗戶加裝鐵窗，一道生鏽的消防梯通往三、四樓，而這兩層樓的窗戶全被木板封死，彷彿想把潛藏裡面的東西拘禁起來。觀光客靠得更近了，以避風寒。難道是他們察覺巷內另有其他事物，所以圈子才圍得這麼緊，以求安全？

「歡迎蒞臨中國城史上最血腥的刑案現場之一，」比利說。「這棟樓房的招牌已經不見了，不過在十九年前，鐵窗裡面有一間海鮮小餐館，名叫紅鳳凰，面積不大，只容納八桌，以新鮮貝類和蝦蟹聞名。在三月三十日那天晚上，夜深了，天氣濕冷，就像現在，平常熱鬧的唐人街異常安靜。在紅鳳凰餐廳裡面，只有兩個員工在上班，一個是服務生詹姆斯・方，另一位是廚師吳偉民，是中國偷渡客。食客有三位——正在吃最後一餐，但這時在廚房裡，不知為什麼，廚師忽然精神錯亂，也許是工時太長，工作太辛苦吧，或者是難耐異邦生活的苦悶。原因是什麼，沒有人知道。」

比利停頓一下。他壓低嗓子，轉為令人心寒的低語。「另一個可能是，某種外力入侵他的體內，他被邪魔附身了。邪魔逼他拔槍，逼他衝進用餐室。同一個邪魔，至今仍逗留不去，留在這條陰暗的路上。後人只知道，他舉槍，然後他……」比利停下來。

「然後怎樣？」有人急著問。

此刻比利的注意力轉向上空，視線盯著屋頂。他敢發誓，他剛看見有東西動了一下，只不過是黑黑的東西，在黑色的背影前飄了一飄，類似大鳥在天上展翅的模樣。他睜大眼睛，想再看清楚，卻只見沿牆而上的消防梯骨架輪廓。

「然後呢？」小搗蛋之一質問。

十三張臉等著他講下去，比利望著他們，儘量回想剛才講到哪裡。但他仍對於異物掠過夜空的情景心有餘悸。在這一瞬間，他迫切想逃出這條暗巷，想遠遠離開這棟樓房，因此用盡了渾身的意志力，才不至於逃回必珠街，投奔燈火通明的世界。他深深呼吸一次，脫口而出：「廚師開槍了，槍殺所有人，然後飲彈自盡。」

講完了，比利轉身，匆匆揮手叫大家跟上，帶觀光客離開廢樓，離開鬼影和驚魂的回音。再過一條街就是夏利臣街，那條路上的街燈和車流向他們熱情招手，請他們回歸活人的天下。他的步伐急促，把全團人拋在後面。一陣脅迫感包圍他的全身，似乎愈勒愈緊，他無法摒除。他意識到，某種東西正在觀察他們。正在觀察他。

一陣激昂的女聲傳來，他急忙轉身，心跳如鼓。接著，全團忽然爆出如雷的笑聲，一位男客說：「道具做得不賴嘛！你在每一次巡禮行程都用嗎？」

「什麼？」比利說。

「把我們嚇慘了！看起來好逼真。」

「我不懂你的意思。」比利說。

男觀光客指向他認為是行程的一部分。「喂，小朋友，你撿到什麼，拿給他看。」

「我在那邊撿到的，在垃圾箱旁邊，」小搗蛋說著舉起手上的東西。「超噁的。摸起來像真的耶。噁心！」

比利靠近幾步，突然覺得自己無法動彈，無法言語。他僵住了，直盯男童握住的物體，看見墨水般的水珠往下滴，弄髒了男童的夾克，男童好像沒有注意到。

最先驚叫的人是男童的母親。接著，其他人跟進，失聲尖叫著，向後退開。一時不懂狀況的男童站在原地，握著大獎，任血滴向下流，沾濕他的袖子。

4

「我上禮拜六才去那家吃過晚餐，」貝瑞．佛洛斯特警探說。瑞卓利正和他同車駛向中國城。「我帶黎姿去王安劇院看芭蕾。她喜歡芭蕾，可是啊，我看得一個頭兩個大，看到一半睡著了。後來，我們走去海城餐廳吃晚飯。」

這時是凌晨兩點，挑這種時間哈拉，未免太早了，但珍．瑞卓利警探隨搭檔絮叨下去，聽著他聊最近交往的對象，自己則專心開車。對她疲勞的眼睛而言，每一盞路燈都顯得太亮，每一道迎面而來的車頭燈都能刺傷她的視網膜。一小時之前，她和丈夫共枕，躺在溫暖的被窩中，現在的她極力保持清醒，車流不知為何慢成龜速。三更半夜的，正常人應該全在家睡大覺才對。

「妳有吃過那一家嗎？」佛洛斯特問。

「什麼？」

「海城餐廳。黎姿點了一道蒜豉蛤蜊，好好吃，我現在一想就餓，等不及想回去再吃一盤。」

「誰是黎姿？」瑞卓利說。

「上禮拜不是告訴過妳了？我在健身房認識的。」

「你不是跟一個叫做瑪菲的女人在約會嗎？」

「瑪姬。」他聳聳肩。「結束了。」

「她之前的那個也是。誰曉得她叫什麼名字。」

「唉，我還搞不懂自己想要什麼樣的女人嘛。我已經脫離男女交友市場太久了。哇塞，我哪知道現在的社會單身女孩滿街跑。」

「女人。」

他嘆氣。「對，對。艾莉絲以前常唸我。時代不一樣了，應該稱呼她們女人才對。」

瑞卓利在紅燈前煞車，向他看一眼。「你最近常跟艾莉絲聊天嗎？」

「有什麼好聊的？」

「十年婚姻一場，可聊的事情很多吧？」

他隨眼望向窗外。「沒啥好說的。她一去不回頭了。」

但佛洛斯特的心仍在戀棧，瑞卓利心想。八個月前，佛洛斯特的妻子艾莉絲搬出兩人共築的巢，從此瑞卓利被迫成為佛洛斯特的聽眾，聽他細數約會歷險記。佛洛斯特的交往對象令人目不暇給，瑞卓利聽得毫無樂趣。有一位金髮波霸曾告訴他，她裡面沒穿內衣褲。有一位圖書館員，帶著一本被翻爛的印度性愛經，運動神經發達得嚇人。有一位貴格會教徒，臉蛋清秀，酒量卻比他大。他轉述這些事跡時，語調常常混合困惑與納悶，但最近，瑞卓利從他的眼神看出惆悵的意味大於其他情緒。再怎麼看，佛洛斯特也不是剩男一族。他的身材精瘦，體適能良好，外貌屬於平實型的帥哥，因此約會應該比從前更容易上手。

話說回來，他仍想念艾莉絲。

車子轉進必珠街，駛進中國城的心臟地帶，波士頓市警局巡邏車的警燈閃耀，照得他們差點睜不開眼睛。她在巡邏車後面停車，踏進春季深夜濕寒刺骨的冷氣中。儘管夜深了，人行道上聚集了圍觀的群眾，瑞卓利聽見中英文的交頭接耳聲，大家問的無疑是最常見的問題：發生了什麼案子？有誰知道嗎？

她和佛洛斯特走進聶街，從封鎖線下鑽進去，有一名基層員警正在站崗。「兇殺組的瑞卓利警探和佛洛斯特警探。」

「在那邊。」員警簡短回應，指向巷子裡的一個垃圾箱，旁邊另有一名警察守衛。

佛洛斯特和她走近時，她才發現，警察看守的不是垃圾箱，而是地面上的一件物體。她定住腳，低頭凝視著地上一個右手斷掌。

「嘩，」佛洛斯特說。

警察笑笑。「跟我剛才的反應一樣。」

「誰發現的？」

「中國城幽靈巡禮團的人。巡禮團裡的一個小孩撿起來，以為是假道具。因為剛被砍下來不久，當時還在滴血。小孩一發現是真的，馬上丟在現在這地方。參加巡禮的人，鐵定沒有料到會巡到這種驢事。」

「團員去哪裡了？」

「大家被嚇壞了，全部堅持回旅館，不過我記下他們的姓名和聯絡方式。導遊是個本地人，一個華裔男生，他說，警方有問題儘管找他。除了斷掌以外，沒有人看見異常的現象。他們報警時，總機以為是惡作劇一場。我們回應的時間有點延誤，因為忙著在查爾斯頓區處理一些鬧事的民眾。」

瑞卓利拿著手電筒彎腰，照著斷掌。這隻手的切面俐落得令人稱奇，傷口的凝血已經乾涸，手指蒼白纖細，指甲修剪高雅得令人望塵莫及，任何人一眼即知原主是女性。沒戴戒指，沒有手錶。「就掉在這地上？」

「對。像這麼新鮮的肉，保證不多久就會被老鼠吃掉。」

「我看不出齧咬痕。掉在這裡的時間應該不算長。」

「對了，我另外看見一個東西。」警察把手電筒對準幾碼外，光束落在一件灰色的鈍物上。

佛洛斯特走去瞧個仔細。「這是一把黑克勒—科赫（Heckler and Koch）。高價位，」他說。

他朝瑞卓利望一眼。「裝著消音器。」

「觀光客有沒有摸過這把槍？」瑞卓利問。

「沒人摸過，」員警說。「他們沒看到。」

「所以說，現場有一支裝著消音器的自動手槍，一隻剛被切斷的右手，」瑞卓利說。「想不想打賭？斷手之前，這隻手一定握著這把槍。」

「這支槍是上等貨喔，」佛洛斯特說著，仍在欣賞手槍。「沒有人傻到隨手扔掉這種好槍。」

瑞卓利站起來，看著垃圾箱。「垃圾箱檢查過了嗎？屍體是不是在裡面？」

「沒有，警探。我想說，出現一隻斷掌，就可以直接找你們過來處理了。我不想在你們趕到之前破壞現場。」

瑞卓利從口袋取出一雙手套，一面戴上，一面感覺心跳加劇，以因應即將發現的事物。佛洛斯特和她合力掀開垃圾箱蓋，海鮮的腐臭味撲鼻而上。她強壓嘔吐的衝動，向下注視，只見幾個被壓扁的紙箱以及一包圓鼓鼓的黑色垃圾袋。她和佛洛斯特相視一眼。

「可以勞駕妳嗎？」他問。

她伸手進去，扯一扯垃圾袋，一拉即知屍體不在裡面。不夠重。臭氣熏得她的臉皮揪成一團，她解開垃圾袋，向裡面看，只見一堆蝦蟹殼。

兩人雙雙後退，垃圾箱蓋轟然合上，發出如雷的巨響。

「裡面沒人嗎？」員警問。

「不在裡面。」瑞卓利低頭看著斷掌。「她的身體在哪裡？」

「說不定被人丟在波士頓好幾個地方。」佛洛斯特說。

員警哈哈笑。「搞不好，被這裡的中國餐館放進鍋子裡燉得香噴噴，被端上餐桌了。」

瑞卓利看著佛洛斯特。「幸好，你們點的是蛤蜊。」

「我們已經走過一圈了，」基層員警說。「沒有找到任何線索。」

「沒關係，我們會再繞一圈看看。」瑞卓利說。

佛洛斯特和她一起慢慢走在聶街上，兩支手電筒照進黑影，看見玻璃瓶的碎片、廢紙、菸蒂，不見屍塊。兩旁樓房的窗戶全暗，但她懷疑樓上的窗內是否有人熄燈觀察著，監視他們在無聲街道上前進的腳步。明天白天的時候，同樣的地方還需要再巡一遍，目前摸黑蒐證只是不願錯過黃金時機的線索。因此她和佛洛斯特寸步移進巷子，來到封閉夏利臣街的另一條封鎖線。來到這裡，有人行道、街燈、車流。然而，瑞卓利和佛洛斯特繼續睜大眼睛繞行街區，從夏利臣街進入必珠街，以視線掃蕩路面。繞完一圈之後，兩人重回垃圾箱旁，此時刑事鑑識組已經趕到。

「你們也沒找到屍體吧？」員警對瑞卓利和佛洛斯特說。

瑞卓利看著鑑識組將手槍和斷掌收進證物袋。她思忖著，兇手把屍塊棄置在開放的地方，任人一眼就能發現，是作案過於倉促嗎？或者是希望屍塊被人發現，意在放話？接著，她的目光向上移，瞧見面對巷子的一棟四樓建築，牆上有一座蜿蜒而上的消防梯。

「我們應該爬上屋頂，檢查一下。」她說。

消防梯的底階生鏽了，拉不動，他們只能以傳統方式上樓——走樓梯。他們走出巷子，回到必珠街，想從正門進入同一街區的樓房。一樓全是商家，有一間中國餐館、一間麵包店、一家亞洲雜貨店，全在深夜打烊，樓上是公寓住家。瑞卓利仰頭望，樓上的窗內無一開燈。

「只能吵醒裡面的人，叫他們開門。」佛洛斯特說。

瑞卓利走向聚集人行道上看熱鬧的老華人。「有人認識這棟的房客嗎？」她問。「我們想進去。」

眾老茫然盯著她。

「這一棟，」她再說一遍，指著樓房。「我們想上樓。」

「欸，拉高嗓門沒用吧？」佛洛斯特說。「他們好像聽不懂英文。」

瑞卓利嘆氣。中國城嘛，難怪。「不找口譯不行。」

「A-1轄區新來一個警探，好像是華人。」

「等他過來，太耗時間了。」她踏上正門，搜尋著房客名單，隨便按一個鍵。門鈴響了再響，沒有人應門。她再試另一個按鍵，這次對講機總算沙沙響起人聲。

「喂？」接聽者是女人。

「我們是警方，」瑞卓利說。「麻煩妳開門，讓我們進去，好嗎？」

「喂？」

「請開門！」

過了幾分鐘，對講機冒出一個小孩的聲音：「我外婆問妳是誰。」

「波士頓市警局警探珍．瑞卓利，」她說。「我們想上樓頂，可以讓我們進去嗎？」

喳的一聲，門鎖終於開啟。

這棟樓房少說也有百年歷史，木板樓梯被瑞卓利和佛洛斯特踩得咿呀呻吟。來到二樓，一扇門打開，瑞卓利瞥見裡面是擁擠的公寓，門口有兩個女孩，睜著好奇的眼睛看，較小的一個年齡和瑞卓利的女兒蕾吉娜差不多，瑞卓利稍停一下，對她微笑，低聲說哈囉。

一眨眼的工夫，小女孩被一個女人抱走，門被甩上。

「看樣子，我們是陌生大野狼。」佛洛斯特說。

他們繼續爬樓梯，經過四樓歇腳處，往上另有一道狹隘的樓梯，通往屋頂。屋頂門沒上鎖，但開門時產生的吱呀聲刺耳。

破曉前的夜色昏沉，唯一的光線渙散，來自市街。瑞卓利拿著手電筒，照到一張塑膠桌和幾張椅子，幾盆香料作物。一條向下凹的曬衣繩滿掛著衣物，鬼魅似地隨風飄舞。在床單的另一邊，她看見若隱若現的東西躺在屋頂的邊緣。

佛洛斯特和她不多說一句話，不由自主從口袋取出紙鞋套，彎腰穿上，然後才從懸掛的床單下鑽過去，走向他們瞧見的東西，鞋套踏在屋頂油紙，嗶嗶剝剝。

兩人一時講不出話。他們站在一起，兩支光束聚焦在一灘凝固的血塘，照亮躺在血泊裡的東西。

「大概找到她了。」佛洛斯特說。

5

中國城位於波士頓的正中央，北面緊鄰金融區，西邊是波士頓公園的青翠草坪。莫拉穿越唐人街牌坊下，兩旁有四隻石獅，她覺得宛如步入另一座城市，另一個世界。上次前來中國城是十月的事了。那天是星期六早上，天氣寒冷，一群老人坐在牌坊下面，喝茶下棋，以中文閒聊。在那一天早上，她和丹尼爾相約來中國城吃港式點心。之後兩人見面吃飯的次數寥寥無幾，那天的往事如今恍若匕首戳心。雖然現在是春天，晨曦高照，在冷風中聊天的是同一群老棋手，但憂鬱的心情為她眼中的萬物蒙上陰影，把日光染成夜色。

莫拉走過一家家的餐館，水族箱裡的銀魚簇擁著。她路過幾間蒙塵的進口商行，裡面堆滿玫瑰木家具、玉鐲子、仿象牙雕刻品。她走進愈聚愈厚的圍觀民眾，多數是亞洲人。一名波士頓市警局的警察身穿制服，鶴立雞群，莫拉一眼就看見他，穿越人群走過去。

「對不起。我是法醫。」她宣佈。

警察對莫拉投以冷冰冰的表情，明確表示他知道莫拉的身分。這個莫拉．艾爾思醫師不是別人，就是背叛警界弟兄的那一個。她出庭作證的結果，可能導致一位弟兄鋃鐺入獄。他不吭一聲，只是瞪著莫拉裝傻。

她以同等冷冰冰的眼神回瞪。「死者在哪裡？」她問。

「去問瑞卓利警探。」

他是在刁難莫拉。「她在哪裡？」

在警察來得及回答之前，莫拉聽見有人高喊：「艾爾思醫師？」有個穿西裝打領帶的亞洲青年從馬路對面走來。「他們在樓頂等妳上去。」

「怎麼上樓？」

「跟我來。我帶妳走樓梯上去。」

「你是兇殺組的新人嗎？我好像沒見過你。」

「對不起，我應該先自我介紹的。我是強尼．譚警探，A-1轄區。瑞卓利想就近找人來幫忙翻譯，而我一眼看來是華人，所以就被調過來支援她。」

「你以前沒辦過兇殺案吧？」

「沒有，醫師。我一直嚮往兇殺組的任務。我兩個月之前才升任警探，所以真的很興奮能有這次機會。」他以兩三句話命令旁觀民眾讓開，替莫拉開道，然後開門進入一棟樓房，裡面瀰漫著大蒜和焚香的氣息。

「我注意到你會講中文。你也會廣東話嗎？」她說。

「妳聽得出差別？」

「我在舊金山住過，有幾個同事是華人。」

「能通廣東話就好了，可惜我是雞同鴨講，」他邊說邊上樓。「我的中文在這裡恐怕吃不開。這裡的老頭子多數講廣東話或台山話。有半數的時候，我自己也要靠口譯溝通。」

「所以說，你不是波士頓人。」

「土生土長的紐約市人。我父母是福建移民。」

來到通往屋頂的門，他們走出去，踏進清晨的刺眼光輝。莫拉瞇著眼睛，看見鑑識組人員在樓頂地毯式搜索，聽到有人喊：「這裡又發現一個彈殼。」

「總共多少了？五顆嗎？」

「在地上做記號，放進證物袋。」

忽然間，交談聲停息，莫拉明白大家注意到她在場，目光全轉向她。叛徒來了。

「嘿，醫生，」瑞卓利邊喊邊走過去，黑髮被風打散。「強尼・譚終於找到妳了。」

「怎麼會有彈殼呢？」莫拉問。「妳在電話上說是截肢案。」

「沒錯。不過，我們在樓下的巷子撿到一支黑克勒自動手槍，看樣子有人從這裡開了幾槍。至少五槍。」

「有人聽見槍聲嗎？案發時間推算出來了嗎？」

「手槍裝了消音器，所以沒有人聽見槍聲。」瑞卓利轉頭。「死者在那邊。」

莫拉穿上鞋套和手套，跟著瑞卓利走向陳屍地點。塑膠布覆蓋著女屍，靠近屋頂邊緣。莫拉彎腰掀開屍布，看得目不轉睛，一時無法言語。

「沒錯。我們也看得差點忘了喘氣。」瑞卓利說。

死者是白種人，三十出頭，身材苗條，生前常運動，穿著黑色套頭運動衫、黑色緊身運動褲。屍體已完全僵硬，面朝天，仰躺著，彷彿是躺下來休息，欣賞夜空繁星。她的頭髮赭紅色，隨意在頸背紮成馬尾。她的皮膚白皙無疤痕，顴骨凸出如模特兒，長相微有斯拉夫民族的特徵。

然而，令莫拉目不轉睛的是傷口。兇手在死者脖子深深劃一刀，切開皮肉和軟骨，斬斷氣管腔，曝露珍珠色澤的頸椎表面。動脈血激射而出，射程驚人，在附近曬衣繩上的床單留下濺血痕跡。

「斷掌垂直掉進樓下的巷子裡，」瑞卓利說。「黑克勒手槍也是。我推測，她死前握著手槍。在斷掌上一定分析得出火藥殘餘物。」

莫拉強迫自己轉移視線，改看死者的右手腕。死者右手的斷面平整，莫拉揣測著什麼樣的兇器能一刀斷骨。這種兇器必定鋒利嚇人，兇手揮刀時毫不猶豫。她想像刀刃入骨、右手脫落、斷掌從屋頂邊緣墜落的情景，想像著同一把刀劃破纖弱的頸子。

她哆嗦一陣，站起來，低頭望著聶街另一端阻止觀望民眾的警察。才一轉眼，人群已經膨脹一倍，而且天色還早。好奇的民眾永遠不放過好戲，總是能循血腥味而來。

「妳真的想待在這裡嗎，莫拉？確定嗎？」瑞卓利輕聲問。

莫拉轉向她。「怎麼說？」

「我只是在想，妳又開始輪班，會不會太急了？我知道，妳這個禮拜出庭，滋味一定很難受。」瑞卓利稍停一下。「葛瑞福警官的後勢不是很樂觀。」

「不樂觀才是好現象。他殺了人。」

「那個人是殺警兇手啊。殺了一個優秀的警察，一個有妻有子的警察。我不得不承認，換成我，碰到那種兇手，我也會失去理智。」

「拜託妳，珍，妳怎麼會替葛瑞福警官講話？」

「我跟葛瑞福合作過。跟他這樣優秀的警察搭檔是三生有幸。警察坐監牢，下場多慘，妳應該曉得吧？」

「這個案子，我不必替自己辯解。我收到的仇恨信夠多了，妳用不著插花。」

「我只是想說，時機敏感。我們大家都敬重葛瑞福，能體諒他那晚失去理智的心情。死了一個殺警兇手，也許正義也算是伸張了。」

「我的職責不是伸張正義。我只呈遞事實。」

瑞卓利的笑聲刻薄。「是啊，妳最講究的是事實，不是嘛？」

莫拉轉身，望向屋頂另一邊忙著蒐證的鑑識人員。別把這事放在心上，專心做事最重要。妳是來現場替女屍講話，不必為別人開口。「她來屋頂做什麼？」她問。

瑞卓利低頭看屍體。「沒概念。」

「她是怎麼上樓來的？」

「可能爬消防梯，也可能走樓梯。在這個街區，只要上一棟樓房的屋頂，從夏利臣街到聶街，每一棟的樓頂都能來去自如。她有可能從這街區的任何一棟進來。或者是從直升機垂降下來的。我們查訪過幾個人，沒人記得昨晚看過她。我們敢確定案發在昨天晚上，因為發現斷掌時，屍體才開始僵硬。」

莫拉再把注意焦點轉回死者，見到她的服裝，不禁皺眉。「怎麼一身黑衣褲？奇怪。」

「聽說黑色怎麼搭配都不礙眼。」

「證件呢？」

「沒有證件，只從她的口袋找到現金三百元和一支本田車的鑰匙。我們正在這附近搜尋死者的車。」瑞卓利搖搖頭。「可惜她開的不是南斯拉夫的Yugo車。找起來，簡直像在本田的大海裡撈針。」

莫拉把屍布蓋回去，再次覆蓋開闊的傷口。「斷掌呢？」

「已經入袋了。」

「確定是這具屍體的手嗎？」

瑞卓利吃驚一笑。「怎麼不是？機率太小了吧？」

「我從來不妄下假設的，妳應該知道。」她轉頭。

「莫拉？」

她再次望著瑞卓利，兩人在眩目的豔陽下面對面，感覺全波士頓市警局的人都看得見、聽得見她們。

「那件官司的事，我明白妳的立場，」瑞卓利說。「妳應該知道。」

「妳明白卻不認同。」

「我是真的明白。不過我也希望妳瞭解，面對真實世界的人是像葛瑞福這樣的警察。他們站在最前線。正義不是理化實驗，界線沒有那麼明顯。有時候，正義的分界線亂七八糟，事實只會讓狀況更亂。」

「所以說，我應該撒謊了事？」

「我只希望妳別忘記真正的壞人是誰。」

「那不在我的職責範圍之內。」莫拉說。她離開樓頂，退回樓梯間，慶幸能逃離豔陽的熾焰，躲避市警局人員的敵視。然而，她下到一樓時，卻又再次和譚警探打照面。

「樓頂很血腥吧？」他說。

「比多數案子血腥。」

「什麼時候驗屍？」

「我明天早上做。」

「可以讓我觀察嗎？」

「如果你的胃是鐵做的，歡迎你參觀。」

「我在警校看過幾次，沒有暈倒的紀錄。」

她一時無語，上下打量譚一陣子，看見他毫無笑意的黑眼珠，看見他線條分明的英俊五官，但看不出敵意。在波士頓市警局上下仇視她的這天早晨，公正看待她的人似乎只有強尼・譚警探一個。

「早上八點，」她說。「到時候見。」

6

那一夜，莫拉睡得不安穩。她飽食一頓千層麵，灌了三杯葡萄酒，然後累得爬上床。幾個小時後，她清醒過來，察覺床鋪另一邊空曠無人，心痛難耐。她伸手過去，只摸到冷床單，心想，丹尼爾．布洛菲是否也難以成眠，是否也寂寞空虛，是否也迫切想拿起話筒，擊碎兩人之間的幽靜。這四個月來，她夜夜反覆思索著同樣的疑問。或者，丹尼爾睡得踏實，無怨無悔，為了地下情總算結束而如釋重負？儘管她回歸自由女人之身，卻也為自由付出代價。一張空床，夜夜失眠，百問不得其解的難題：有他的我，沒有他的我，哪一個比較好？

次日，她早上進辦公室，感覺渾渾噩噩，喝了太多咖啡想提神，結果卻反胃。她在停屍間的等候室站著戴口罩、紙帽和鞋套，望穿觀摩窗，見到瑞卓利已經站在驗屍桌前等她。昨天莫拉和她不歡而散，至今仍對她那句尖酸的反駁耿耿於懷：是啊，妳最講究的是事實，不是嘛？沒錯，事實對莫拉很重要。事實是無從否認的鐵證，即使在事實威脅友誼時，莫拉仍堅守立場。葛瑞福警官的審判令她和瑞卓利產生嫌隙，讓她回憶起當初兩人如何在逆境形成友誼。纏上手術袍之際，令她望之卻步的不是裡面的女屍，而是瑞卓利。

她深吸一口氣，推開門進去。

助理吉間已將屍袋搬上驗屍桌，旁邊的淺盤上擺著斷掌，以布蓋著。吉間在場，莫拉深怕對話被他聽見，因此板著臉對瑞卓利點頭說：「佛洛斯特不來嗎？」

「他沒辦法來，不過強尼·譚正要趕過來。他好像迫不及待想觀摩妳解剖屍體。」

「譚警探好像急著證明自己多有能耐。」

「我認為，他立志想加入兇殺組。就我目前看到的表現，他可能進得去。」瑞卓利抬頭一看。「說人人到。」

透過觀摩窗，莫拉看見譚已經抵達，正在綁手術袍的束帶。片刻之後，他走進來，烏黑的頭髮被紙帽裹住。他走向驗屍桌，眼神鎮定，面無表情，神情專注在屍布底下的女屍。

「在我們開始之前，譚，」瑞卓利說，「嘔吐用的水槽在那邊，我想先指給你看。」

他聳聳肩。「我用不著。」

「大話別說得太早。」

「我們先從簡單的部分開始。」莫拉說著，掀開覆蓋斷掌的布。斷掌看起來像塑膠手，難怪中國城巡禮團的人把這隻手誤認為滴著假血的萬聖節道具。斷掌已經化驗過火藥殘餘物，結果呈陽性反應。這隻手的指紋也出現在黑克勒手槍上，證實屋頂的五顆彈殼是死者生前留下的。莫拉把放大鏡架移動到斷掌上空，檢查手腕的斷面。

「切面正好在橈骨遠端和月骨之間，」她說。「不過，我在這裡看得見一大塊三角骨。」

「意思是——？」瑞卓利問。

「兇器把腕骨斬斷了。這種骨骼非常密實。」

「所以說，兇器的刀刃肯定很鋒利。」

「鋒利到足以一刀砍斷手。」莫拉抬頭。「我沒有找到補砍第二刀的痕跡。」

「這隻手的主人是這具屍體吧。」

莫拉轉向驗屍桌，拉開塑膠屍袋的拉鏈，釋放一股冷凍肉加隔夜血的臭味，令人胃液翻騰。女屍的衣著仍完整，頭向後仰，曝露頭部的大傷口。吉間拍照期間，莫拉的視線被女屍的赭紅頭髮吸引。頭髮裡的血已經凝固。她心想，人長得漂亮，頭髮也好看。這女人生前帶槍，登上屋頂對人開火。

「艾爾思醫師，有根頭髮纖維證物盯著我們看呢。」吉間說。他對著屍體彎腰，看著黏在黑色運動衫衣袖上的一縷白絲。

莫拉以鑷子夾起毛髮，移到燈光下看個清楚。這根約兩英吋長，銀灰色，微捲。她向女屍瞄一眼。「顯然不是她的頭髮。」

「看，又有一根。」瑞卓利指向死者黑色緊身褲上的另一根頭髮。

「可能是動物的毛，」吉間說。「有可能是黃金獵犬。」

「另一個可能是，她被白髮老爺爺扳倒了。」

莫拉把兩根毛髮裝進兩只證物袋，放在一旁。「好了，開始脫她的衣服吧。」

首先，他們摘下死者身上的唯一首飾——一只黑色瑞士Hanowa軍錶戴在左手。接下來脫她的鞋子——黑色銳跑球鞋。然後脫掉套頭運動衫和長袖T恤、緊身長褲、棉質內褲、運動胸罩。衣衫褪盡之後，顯露一具健美的胴體，苗條但肌肉發達。莫拉曾聽過病理學教授信誓旦旦說，他驗屍多年從未見過體態誘人的屍首。然而這位女子證明，常理必有例外。儘管傷口如血盆，背部與臀部屍斑點點，瞳孔渾濁，她依然是個令人眼睛一亮的美女。

屍體一絲不掛之後，莫拉與兩位警探步出驗屍室，好讓吉間拍X光片。在等候室，他們隔著觀摩窗，看著吉間穿上X光圍罩，擺好底片盒。

「像那樣的女人失蹤，」莫拉說，「絕對會有人想念她。」

「妳是說，因為她長得漂亮？」瑞卓利說。

「我的意思是，因為她看起來十分健康，齒列完美，而且穿著Donna Karan緊身褲。」

「恕我無知，可以請教一個問題嗎？」譚說。「妳的意思是，這種褲子很貴，對嗎？」

瑞卓利說：「我敢說，艾爾思醫師知道確切的零售價。」

「重點是，」莫拉說，「她不是身無分文的遊民。她帶著一大疊鈔票，而且拿著黑克勒手槍。據我瞭解，這種槍不是常見的黑街手槍。」

「她身上也找不到證件。」譚說。

「可能被偷走了。」

「小偷怎麼留下三百元不偷？」譚搖搖頭。「不合常理嘛。」

透過觀摩窗，莫拉看見吉間揮一揮手。「拍好了。」她說，然後推門重回驗屍室。

莫拉先檢查頸部的切口。如同斷掌的斷面一樣，這道傷口同樣具有一刀兩斷的外觀，兇手毫不猶豫。莫拉拿尺伸入傷口：「將近八公分深。切斷氣管，直入頸椎。」尺換一個角度。「長大於深，全長大約十二公分。不是刺傷，而是砍傷。」她停頓一下，細察曝露的切口。「平整得奇怪。沒有前前後後的鋸痕，也沒有再補一刀的二度切痕。沒有瘀傷或壓傷。行兇的動作快到死者毫無反抗的機會。」她捧起女屍的頭，向前傾斜。「麻煩一個人過來幫我提著。我想接合傷口。」

譚警探毫不遲疑，箭步上前，以戴著手套的雙手捧住頭顱。死者的軀體可以被當成一堆皮骨肌肉來看待，但死屍的臉孔讓多數警察不敢正視，譚警探卻毫無退縮的意思，反而直盯著女屍的眼睛，彷彿希望從中求取諸多疑問的解答。

「對，就這樣，」莫拉說著，把放大鏡移向頸部上空。「我沒看見鋸痕，無從分辨兇刀屬於哪一型……」她愣了一下。

「怎麼了？」瑞卓利問。

「這角度很怪。不是常見的割喉傷。」

「是啊，太常見的東西多麼無聊。」

「設身處地想一想，假如妳是兇手，妳會怎麼劃破喉嚨？」莫拉說。「想割這麼深，深及頸椎，一定要從背後行兇，一定要揪住被害人的頭髮向後扯，然後從正面劃下去，從左耳到右耳。」

「突擊隊的手法。」譚說。

「從背後行兇，兇手可以掌控被害人，儘量擴大喉嚨的曝露面。而且，這樣行兇的話，傷口線條通常呈中凹狀，傷口隨後會接合。這一道傷口線卻微微向上凸起，從右到左。行兇時，被害人頭顱的高度自然，沒有向後仰。」

「說不定兇手站在她的正前方。」瑞卓利說。

「那她為什麼不反抗？她身上沒有瘀傷，顯示生前沒有打鬥，為什麼乖乖站著，頭差點被人砍掉？」

吉間說：「X光片掛好了。」

大家轉向掛著X光片的燈箱，見到代表骨骼的白色部分。莫拉首先看右手腕和斷掌的X光片，在心中比對三角骨的切面角度，結果吻合。

「絕對是她的手。」莫拉證實。

「我沒有懷疑過。」瑞卓利說。

莫拉接下來仔細看頸部X光片，觀察軟組織遭一刀劃破的斷面，視線在一瞬間固定在頸椎上的一處銀色亮點。「有針對這個頸椎拍過側照嗎？」

吉間立即撤換手腕和斷掌的X光片，可見他預期到莫拉有此要求。他改夾上另一張。這一張X光片拍的是頸部側照。「我剛才有看見那東西，認為妳可能想看仔細一點。」

莫拉審視著頸五椎的側照。卡在頸椎的異物薄如剃刀，在這張X光片裡也無所遁形。

「那是什麼東西？」瑞卓利湊向她身邊。

「好像是什麼金屬，嵌進前五椎裡面。」她轉向驗屍桌。「兇手砍這一刀時，刀鋒可能被劈掉了一小塊，卡在她的頸骨。」

「換言之，這片金屬也許化驗得出證據，」瑞卓利說。「也許能查出這把刀的廠商。」

「我認為不是刀子。」莫拉說。

「斧頭嗎？」

「斧頭會留下裂口，軟組織也會出現不太一致的壓痕。這兩種現象在她身上找不到。她的切口平直。兇刀的刀鋒要銳利如剃刀，而且夠長，才有可能一刀差點斷頸。」

「例如開山刀？」瑞卓利問。

「或者是劍。」

瑞卓利望向譚。「碰到蒙面俠蘇洛了。」她的笑聲被手機鈴聲打斷。她摘下手套，伸手拔出繫在腰帶上的手機。「我是瑞卓利。」

「艾爾思醫師，妳以前見過劍傷嗎？」譚問，眼睛依然檢視著X光片。

「有一次，在舊金山。有個男人拿武士刀，把女朋友砍死。」

「化驗金屬以後，能不能得知這案子的兇刀是武士刀？」

「現代武士刀全是大量生產出來的，除非能找到兇刀，否則化驗也沒用。話說回來，像這樣的微物證據，最後說不定是定罪的關鍵。」她望著譚，見他的臉沐浴在燈箱的光輝裡。即使他的頭髮被蓬鬆的頭套罩住，莫拉再度對他專注的神情暗暗稱奇。也訝異於他淡然無表情的模樣。

「你提的問題很有深度。」她說。

「只是想多多學習。」

「瑞卓利是個頭腦很精的警探。你多多向她看齊，收穫一定很大。」

「譚，」瑞卓利掛電話後說。「你留下來，看完驗屍再走。我先走一步了。」

「怎麼了？」

「是佛洛斯特打來的。死者的車子找到了。」

泰勒街停車大樓的四樓近乎無車，藍色本田喜美獨自停在偏遠的角落。這個停車位陰暗而孤立，想避人耳目者必選這個地方。瑞卓利和佛洛斯特檢查這輛喜美車時，唯一的觀眾是停車場的一名員工，以及今晨查到這輛車的兩位波士頓警官。

「儀表板上的停車證印著入場時間，是禮拜三晚上八點十五，」佛洛斯特說。「我檢查過監視錄影帶，看見這輛喜美在八點十五分開進來。過了五分鐘，一個女人走出停車場，罩著頭套，攝影機拍不到臉，不過看起來像她。這輛車一直沒有開出停車場。」

佛洛斯特敘述期間，瑞卓利緩緩繞著喜美車走。這輛車的車齡三年，不見重大損傷或刮痕，輪胎的狀況良好，車廂開著，方便她檢查內容物。

「五天前，有人在春田市報案，說牌照被偷走了，」佛洛斯特說。「車子本身是在一個禮拜前失竊，也是在春田。」

瑞卓利皺眉看著車廂，裡面只有一個備胎。「天啊，比我的車子乾淨太多了。」

佛洛斯特笑笑。「比妳乾淨的車子太多了。」

「你有潔癖，不能嫌別人髒。」

「看樣子最近才整理過。手套箱裡有原主的車籍和保險卡。前座留著一樣東西，保證讓妳開心。」他戴上手套，打開駕駛座的車門。「手提式GPS。」

「好玩的東西總是被你發現，為什麼？」

「我猜這GPS是剛買的，因為她只輸入過兩個地址。都在波士頓。」

「什麼地方？」

「第一個是洛克斯百利地鐵站附近的民房，屋主名叫盧易斯．英格叟。」

瑞卓利訝然看他一眼。「該不會是老盧．英格叟警探吧？」

「就是他。他在波士頓市警局登記的住處是同一個。」

「他從兇殺組退休好久了，大概十六、七年了吧？」

「十六年。我暫時聯絡不到。我打給他女兒，她說他北上釣魚度假一個禮拜，荒郊野外可能脫離手機收訊範圍。或者他關機，不想被打擾。」

「GPS的第二個地址呢？」

「是一家公司，就在中國城裡，叫做龍星武術館，答錄機說營業時間從正午開始。」佛洛斯特看一下手錶。「也就是十分鐘前。」

7

龍星武術館在夏利臣街上，位於一棟蒼老的磚房二樓，樓梯很窄，瑞卓利和佛洛斯特拾階而上時聽得見口令聲、哼唉聲和跺腳聲，幾乎也能嗅到更衣室的汗酸味。進武術館後，他們看見十幾位學員身穿近似睡衣的黑衣褲，心無旁騖，似乎沒有人察覺門口來了兩位警探。除了牆上一張褪色的武術海報之外，裡面是一片空蕩，牆壁空白，木質地板磨損嚴重。瑞卓利和佛洛斯特在門邊罰站一陣子，無人理會，旁觀著學員蹦跳踢腿。

一位年輕的亞洲女子突然從隊伍走出來，命令：「把整套招式練完！」然後從另一邊走過來，面對兩位客人。她的身材窈窕如舞者，汗濕的皮膚晶瑩，儘管剛才運動過，她絲毫沒有喘不過氣的跡象。「需要什麼嗎？」她問。

「我們是波士頓市警局的警探，我是瑞卓利，這位是佛洛斯特。我們想訪問這間武術館的負責人。」

「證件給我看，好嗎？」女子的口氣率直無禮，出乎瑞卓利的意料之外。瑞卓利以為她大概高中才畢業不久。女孩檢查瑞卓利的證件時，瑞卓利也在審視她。實際年齡應該大於外表吧，瑞卓利認定。這女子二十歲出頭，從她的口氣判斷，應該是華裔美國人，左前臂有一個老虎刺青。由於她的短髮沖天，眼神陰鬱，看起來像亞裔版的魔黑系女孩，體型嬌小卻驃悍。

女孩交還證件。「你們是兇殺組的人，來這裡做什麼？」

「首先，我想請教貴姓大名。」瑞卓利說著取出筆記簿。
「蓓拉．李。我教初級班和中級班。」
「妳的學生好厲害。」佛洛斯特讚賞，仍看著學員蹦跳迴旋。
「這一班是中級班，他們正在演練一套武術，下個月會去紐約示範。他們練的是豹拳。」
「豹？」
「是中國北方流傳下來的動物拳式。豹子以速度和侵略性見長，兩位從他們的招式看得出這兩種特點。每一種動物拳式能反映出那種動物的習性。蛇拳的特點是狡猾、刁鑽。鶴鳥擅長平衡和閃躲。猿猴的動作快，腦筋靈活。學員依自己的個性選擇適合的動物，然後練習到精通為止。」
佛洛斯特笑了。「跟功夫電影裡演的差不多嘛。」
他的話引來冰鑽似的白眼。「專業名稱是武術，已經流傳幾千年了。你在電影裡看到的全是好萊塢編出來的狗屁。」她停頓下來，因為學員練功告一段落，站著看她，等候下一道命令。「取劍。對打練習，」她下令，學員隨即走向武器架，各拿一把練習用的木劍。
「方便讓我們和館長講幾句話嗎？」瑞卓利問。
「方師父在裡面，正在做一對一的傳授。」
「名字怎麼拼？妳剛說，斯——」
「師父不是名字，」蓓拉回嘴。「在中文的意思是『大師』或『老師』。是一種尊稱。」
「好，方便我們跟大師講幾句話嗎？」瑞卓利語帶怒氣，被女孩的態度惹毛了。「李小姐，我們有公務在身，不是過來寒暄的。」

蓓拉斟酌著她的請求。學員開始對打練習，木劍撞擊聲響徹全廳。「稍候，」她總算說。她去敲門，靜候片刻以示尊敬，然後才打開，高聲說：「師父，有兩位警察想見妳。」

「讓他們進來。」裡面傳出人聲。女聲。

與年輕靈活的蓓拉．李相形之下，從椅子上起身的這位華人婦女動作遲緩，好像耐著關節痠痛，她的外表大約只有五十幾。中年的歲月在她的臉上幾乎不留痕跡，黑色長髮只攙夾少數幾縷銀絲。她面對警探，帶著女皇般的自信。雖然她的身高和瑞卓利相仿，尊貴的姿態卻為她增添了不少高度。她身旁站著一個金髮小男童，年約六歲，穿著武術制服，握著一根幾乎和他一樣大的木棒。

「我是艾睿絲．方，」婦人說。「有什麼事嗎？」從她慎重的態度、她的口音，瑞卓利判斷她的誕生地不在美國。

「瑞卓利警探和佛洛斯特警探，」瑞卓利自我介紹。她瞥向小男童，小男童也看她，一臉好鬥、無畏的模樣。「能請這位學員出去嗎？我們想私下談談，夫人。」

艾睿絲點頭。「蓓拉，帶亞當去另一間等他母親。」

「可是，師父，」男童不從。「我的猴棍拳練好了，想表演給妳看！」

艾睿絲低頭對他微笑。「下個禮拜再表演吧，亞當，」她說，慈祥地摸摸他的頭髮。「猴子也應該磨練耐心。好了，走吧。」蓓拉帶男童出去時，艾睿絲的笑容不消。

「年紀那麼小，也練武術？」佛洛斯特說。

「他既有天賦又有興趣。我不是隨便浪費心血的人。」艾睿絲的微笑消退了，冷眼評估著來人。她的目光固定在瑞卓利，彷彿理解發號施令的人是哪一個。「警察為何進本武術館？」

「我們是波士頓市警局兇殺組的警探，」瑞卓利說。「昨晚中國城發生一個案子，我們想請教妳幾個問題。」

「我猜，和屋頂女屍有關？」

「妳已經聽說了。」

「大家都在談論這件事。中國城是個小地方，和任何一座中國村莊一樣，少不了閒言閒語和好管閒事的人。聽他們說，死者的喉嚨被劃破，一隻手從屋頂被扔下去。他們還說，她帶了一把槍。」

瑞卓利在心裡嘀咕，他們是什麼人，未免知道太多了吧。

「這些說法是否屬實？」艾睿絲問。

「我們實在不能談論。」瑞卓利說。

「咦，你們不是來談論這案子的嗎？」艾睿絲心平氣和地說。

兩女互看了一陣子，瑞卓利忽然明瞭：想探求資訊的人不只我一個。「我們有張相片，想請妳看一看。」她說。

「找上我，是不是有什麼原因？」艾睿絲問。

「我們想找這附近的幾個人談一談。」

「我怎麼沒聽說過相片的事？有相片的話，我不應該沒聽說過。」

「首先，我們想讓妳看一張相片，然後再談原因。」瑞卓利望向佛洛斯特。「讓妳看這種東西，我很過意不去，夫人，」他說。「妳看了可能覺得有點恐怖。要不要先坐下？」

他的語調隱隱帶有敬意，稍微融化了艾睿絲眼中的冰霜。她點點頭。「我今天有點疲倦。我還是坐下吧，謝謝你。」

佛洛斯特急忙推一張椅子過來，艾睿絲坐下時嘆氣表示如釋重負，顯示她多麼感激佛洛斯特的好意。莫拉事先從驗屍室的電腦寄來一張數位相片，佛洛斯特這時出示。儘管死者的傷口被布遮掩，從她慘白的臉色、合不攏的下巴、半睜的眼皮，見到的人無不認定這是一張女屍照。

艾睿絲凝視相片整整一分鐘，默不作聲，神情不曾變化。

「夫人？」佛洛斯特說。「妳認得她嗎？」

「她長得漂亮，不是嗎？」艾睿絲說著抬頭。「可惜我不認得她。」

「妳確定從沒見過她嗎？」

「我跟丈夫從台灣移民過來，在中國城住了三十五年，假如這女人在附近住過，我不會不認識。」她望向瑞卓利。「妳只是來問我這件事？」

瑞卓利沒有立即答覆，因為她注意到窗外蜿蜒而上的消防梯。她思忖著，從這裡可以上屋頂，也能進出這街區的所有屋頂，包括命案發生的那一棟在內。她轉向艾睿絲。「這裡有多少員工？」

「我是主要的教師。」

「剛才帶我們進來的那位小姐呢？」瑞卓利瞥向筆記簿裡的姓名。「蓓拉．李。」

「蓓拉跟了我將近一年了。她教幾個班，向她自己的學員收學費。」

「妳剛提到妳的先生。方先生也在這裡上班嗎？」

艾睿絲的眼睛眨了幾下，把視線岔開。「我先生過世了，」她輕聲說。「詹姆斯已經走了十九年。」

「非常遺憾，方夫人。」佛洛斯特淡淡說，顯然是真心話。

頃刻之間，三人無語，只聽見隔壁木劍卡卡對打的噪音。

「我是武術館的唯一負責人，」艾睿絲說。「所以，如果兩位有問題的話，儘管問我。」她挺直身體。她恢復了正常姿勢，目光逗留在瑞卓利，彷彿她明瞭誰最有可能質疑她。「妳為什麼認為我可能認識死者？」

警探無法再迴避這問題了。瑞卓利說：「我們今天早上找到死者的車子，停在中國城的一座停車場，車上有GPS，裡面留下的地址之一就是這家武術館。」

艾睿絲皺眉。「這裡？我的武術館？」

「死者生前的目的地是這裡。妳知道原因嗎？」

「不知道。」回答得毫不遲疑。

「請教一下，方夫人，妳星期三晚上去了哪裡？」

艾睿絲一時無語，瞇眼凝視著瑞卓利。「我教完一堂晚班，然後走路回家。」

「妳幾點離開這裡？」

「大約十點。我十點十五分之前就到家了。從這裡走到大同村很近。我住在乞臣街，在中國城的邊緣。」

「有人陪妳走回家嗎？」

「我自己一個。」

「妳自己一個人住嗎？」

「我沒有家屬，警探。我先生走了，我的女兒也……」她停下來。「對，我獨居。」她說著抬高下巴，看似想摒棄這句話可能招引來的同情。然而，她的眼睛泛起一點閃光，她連眨幾下眼皮，急忙把淚水趕走。儘管她強裝堅不可摧，慟失親人的她依然心中有痛。

隔壁下課了，他們聽得見鞋子砰砰下樓聲。艾睿絲抬頭看牆上的時鐘，說：「下一個學生快來了。可以結束了嗎？」

「還沒有，」瑞卓利說。「我還有一個問題。死者的GPS裡面有另外一個地址，是波士頓的民房地址。妳認識名叫盧易斯．英格叟的波士頓市警局警探嗎？」

霎時之間，艾睿絲臉上的血色盡失。她呆若木雞坐著，臉孔僵硬如岩面。

「方夫人，妳沒事吧？」佛洛斯特說。他拍拍艾睿絲的肩膀，她像被燙到似地畏縮一下。

瑞卓利輕聲說：「看來，妳對這個姓名不陌生。」

艾睿絲乾嚥一口。「我十九年前遇過英格叟警探。在我先生過世的那一年。當時他……」她講不下去。

瑞卓利和佛洛斯特互看一眼。英格叟是兇殺組警探。

「方夫人，」佛洛斯特說。這一次，他對艾睿絲伸手時，艾睿絲沒有畏縮，任憑他的手降落肩膀上。「妳先生出了什麼事？」

艾睿絲低頭，答話的音量降到幾近耳語。「他中槍死亡。在紅鳳凰餐廳。」

8

從武術館的窗戶，我看得見兩個警探走出這棟樓房，在樓下的街上駐足，向上望。儘管全身的本能叫我退後，我固執不走，讓他們看個夠。我在觀察他們，我知道他們也在觀察我的動作。無論是敵是友，我拒絕躲躲藏藏，因此我隔著玻璃面對他們，目光釘在女警探身上。她留給我一張名片，上面印著「珍．瑞卓利警探」。她給人的第一印象是不擅長逞強鬥狠，只是平凡的職業婦女，穿著灰色褲裝和實用的鞋子，黑色捲髮如鐵絲。但是，她的眼珠透露的訊息更多。它們搜尋著、觀察著、評估著。她具有一雙獵人的眼睛，想判定我是不是她的獵物。

我大剌剌站在窗前，毫不畏怯，讓她和全天下盡情看。想端詳我，儘管去端詳，他們只看得見一個隨和、寡言的婦人，只見得到歲月在我頭髮降下細細一場初雪。雖然我離老年尚有一大段距離，今天的我卻感受到老年的迫近。我知道，我的時日不多，可能完成不了已踏上的路。而這兩位警探找上門來，更使得這趟行程急轉彎，踏向始料未及的險境。

站在樓下街頭的兩位警探終於離開，繼續進行他們的追捕行動。

「師父，出了什麼狀況嗎？」

「我不知道。」我轉身面對蓓拉，見到她的肌膚在窗外強光照射之下，仍顯得青春無瑕，我再次暗暗稱奇。她唯一的瑕疵是下巴上的一道疤痕，是她在對打練習時一時大意的後果。她從此沒有犯過相同的錯誤。她挺直腰桿站著，無所畏懼，自信滿滿。她的自信心或許太強了；在戰場上，自視過高是致命的弱點。

「他們來這裡幹什麼？」蓓拉問。

「他們是警探。到處發問是他們的職責。」

「關於死者的背景，妳有進一步的瞭解嗎？她的身分？幕後指使人？」蓓拉問。

「不知道。」我再一次往窗外俯視，見到夏利臣街上往來的行人。「不管這女人是誰，她知道怎麼找上我。」

「她不會是最後一個。」蓓拉陰陰地說。

她沒必要警告我；我知她知，火柴已被擦亮，引信開始燃燒。

在我的辦公室，我癱進椅子裡，注視著桌上相框裡的相片。相片中的影像早已在我的腦海留下深深的烙印，我不必看就知道。我拿起相框，對著相片裡的臉孔微笑。我記得拍照的年月日，因為那天是我女兒的生日。母親再健忘，也不會忘掉子女呱呱墜地的日期。相片裡的蘿拉十四歲。我帶她去波士頓交響樂廳欣賞約夏·貝爾演奏，母女站在音樂廳前合影留念。在演奏會前的一整個月，蘿拉三句不離約夏·貝爾。他好帥喔，對不對，媽咪？他的小提琴簡直會唱歌咧，對不對？在相片中，剛聽完偶像演奏的蘿拉仍神采飛揚。那一夜，我先生詹姆斯也陪我們去，但他不在相片裡；母女合照的相片裡總缺他一人，因為拿著相機的人是他。現在的我多麼後悔，當初怎麼沒想到從他手裡搶走相機，拍他一張，留下他那張貓頭鷹樣的可愛臉。當時的我從未想過，拍照的機會如此珍貴，轉瞬間難以追回。我萬萬沒想到，他的笑容會只存留在我的記憶裡，儀容固定在三十七歲，永永遠遠是我年輕的夫婿。一顆淚珠滴落相框，我把相片放回桌面。

他們兩人都走了。先是女兒，然後是丈夫，被人活生生從我懷抱裡奪走。心被割了一刀，然後再一刀，人怎麼活得下去？而我卻活到現在，仍在呼吸。

暫時還可以。

9

「我對紅鳳凰餐廳血案的印象非常深。那件案子是典型的瘋狂殺人案。」刑事心理專家羅倫斯．札克說。他靠著椅背坐，望向辦公桌對面的瑞卓利和佛洛斯特，目光像能穿透人心，每次都令瑞卓利如坐針氈。雖然佛洛斯特坐在她身旁，札克似乎只看她，視線直鑽她的心思，探尋秘密，彷彿他只對她一人好奇。札克已經知道她太多秘密了。她進兇殺組之初，十二名警探當中只有她是異性，頻頻遭排擠，一開始就諸事不順，札克全看在眼裡。綽號『外科醫生』的兇手犯下連串慘絕人寰的血案之後，她惡夢連連，札克也知道。『外科醫生』以手術刀戳她的雙手，留下疤痕，她一輩子將刀疤帶在身上，札克也瞭然於心。只消看她一眼，札克便能看穿她所有的防線，直視內心血肉模糊的傷口，令她覺得不堪一擊。瑞卓利憎恨這一點。

瑞卓利把心思移向攤開在桌上的檔案夾，裡面是札克十九年前的紅鳳凰報告，槍擊案嫌犯廚師的心理分析也包括在內。她知道札克是蛛絲馬跡必查的臨床專家，分析報告厚達數十頁是常有的事，因此這份薄薄的報告令她意外。

「這一份是完整的報告？」她問。

「我對這件案子的貢獻全在這裡，包含吳先生死後的心理分析，也涵蓋另外四名死者的報告。波士頓市警局資料室應該也有一份。英格叟是這案子的首席警探。妳找過他嗎？」

「他這禮拜去外地度假了，我們聯絡不上，」佛洛斯特說。「他的女兒說，他去北部釣魚了，在手機訊號範圍以外。」

札克嘆氣。「退休生活一定很逍遙吧。感覺上，他好像退休幾十年了。他今年多大了？七十幾歲了吧？」

「以警界來說，算是一百一十歲了。」佛洛斯特大笑一聲。

瑞卓利把話題拉回來。「本案的另一位警探是查理．史甸斯，可惜他已經過世。所以，我們希望向你請教你對本案的見解。」

札克點頭。「單單從刑案現場，就能判斷案發過程的基本事實。我們得知，廚師是名叫吳偉民的華人移民，他走進用餐室，直接對四個人開槍。第一個身亡的人是喬伊．吉爾摩，他來店裡領走他點的外帶餐。第二號受害人是服務生詹姆斯．方，據說是廚師的好友。三號和四號受害人是一對夫妻，姓麥勒理，坐同一桌。最後，廚師走進廚房，舉槍對準自己的太陽穴自殺。這案子是瘋狂殺人之後自裁。」

「怎麼把瘋狂殺人講得像臨床名詞似的？」佛洛斯特說。

「的確是臨床用語。Amok這單字源於馬來文，在十八世紀末由庫克船長率先引用。他當時和馬來人同住一地。據他描述，瘋狂殺人的兇手幾乎全是男性，兇性突然發作，大開殺戒，動機不明，見人就殺，直到被制伏為止。庫克船長以為，這種暴行是東南亞特有的現象，但後人知道，瘋狂殺人的事全球都有，在每一種文化都碰得到。現代衍生出一個拗口的專業名詞：SMASI。」

「意思是？」

「單一兇手突發性大屠殺。」

瑞卓利看著佛洛斯特。「不就是『發郵局瘋』❷嘛。」

札克白她一眼，不表贊同。「這種說法對郵政人員不夠公道。SMASI在各行各業都可能發生，不分藍領白領和老少，已婚未婚都一樣。不過，兇手幾乎清一色是男人。」

「照你這麼說，瘋狂殺人的兇手有什麼共通點？」佛洛斯特問。

「你隨便猜，大概也猜得到。兇手通常孤立於社群之外，感情和親情世界拉警報，在兇性大發之前碰到某種危機，例如失業了，婚姻破裂了。最後一點是，兇手接觸得到武器。」

瑞卓利翻閱她這份波士頓警局的報告。「兇器是一把葛拉克十七手槍，槍口有螺紋，可裝消音器，案發一年前在喬治亞州失竊。」她抬頭。「兇手是移民，領的是廚師的薪水，為什麼會買葛拉克？」

「防身用吧？因為他受到威脅？」

「你是心理專家，札克醫師。你理解不出答案嗎？」

札克抿緊嘴唇。「我不知道。我又不是靈媒。而且我沒機會約談他最親近的人——他的妻子。波士頓市警局要求我約談吳太太時，她已經離開波士頓，我們聯絡不到人。我訪問認識吳先生的人，從旁分析他的心理。認識他的人並不多。」

「其中一個是艾睿絲·方。」瑞卓利說。

札克點頭。「啊，對。服務生的妻子。我對她的印象很深刻。」

「有什麼特別的原因嗎？」

「撇開別的不說，她是個大美女。絕色美女。」

「我們剛剛找過她，」佛洛斯特說。「她現在還是美女。」

「真的？」札克翻閱檔案。「嗯，我約談她的時候，她三十六歲，照這樣推算，她今年……五十五歲。」他向佛洛斯特瞥一眼。「肯定是亞洲人基因的福氣囉。」

瑞卓利開始覺得自己像醜小鴨，像是被冷落的繼妹。「兩位都覺得她是美人胚子，好，另外呢？你對方夫人還有什麼印象？」

「我記得不少。我訪問過她幾次，因為我對吳偉民的瞭解主要來自她。那一年，我剛進波士頓市警局，那件案子又駭人聽聞，想忘記也難。想想看，你進唐人街，想吃一頓宵夜，無福享用宮保雞丁，反而任廚師宰割。這案子轟動一時，原因就在這裡。因為人人自危，唯恐變成下一個受害人。另外一個因素是，一般民眾害怕非法移民，認為他們個個生性殘暴。吳偉民是怎麼偷渡進美國的？他怎麼弄得到槍？諸如此類的疑問很多。我才拿到博士學位幾年，就碰到當年最聳動的重案之一。」

「你對兇手下的結論是什麼？」佛洛斯特問。

「老實說，他的背景令人心酸。他是福建來的移民，大概在二十歲時偷渡進美國，確切的日期不明，因為缺乏文書記載。所有的資訊來自方夫人。她說吳偉民和她先生是好友。」

「她先生也在槍擊案中喪生。」佛洛斯特說。

❷ going postal，源於連續幾樁郵局員工大肆殺人案。

「對。方夫人照樣拒絕講吳偉民的壞話。她不相信兇手是吳。她說吳偉民的個性溫柔勤勞，說他值得活下去的理由太多了。他不但要養活妻子和女兒，更要寄錢給七歲的兒子——前一段感情生下的兒子。」

「所以說，他有前妻？」

「不住在波士頓。不過，吳偉民和現任妻子麗華已經在波士頓定居多年，住在餐廳樓上的公寓，很少和鄰居往來，大概是怕引人注意吧，因為夫妻倆是偷渡客。另外一個原因是語言隔閡，因為他們講的是北京話，另外也講一種地方性的方言：閩南語。」

「中國城的居民多半講廣東話。」佛洛斯特說。

札克點頭。「這幾種方言彼此不通，所以吳家人會產生被孤立的感覺。綜合他的背景，他身受多種壓力。他想隱瞞非法移民的身分。他受到孤立。他有一家子的人要養。雪上加霜的是，他的工時漫長。壓力這麼多，再堅強的男人也會被壓垮，這一點大家都同意。」

「可是，他突然抓狂的關鍵是什麼？」瑞卓利問。

「方夫人不知道。在槍擊案發的那星期，她出國去探親。我等她回美國才約談到她，當時她仍然驚魂未定。她一直反覆堅稱的一句話是，吳偉民絕不可能殺人，更不可能殺害她的丈夫詹姆斯，因為他們兩人是朋友。她也自稱，吳偉民生前連一把槍也沒有。」

「她憑什麼斷定？她又不是吳的老婆。」

「我問不到吳太太嘛。案發不到幾天，他的妻子捲走細軟，帶走女兒，不知去向。當時沒有國土安全部，沒有針對外籍人士建檔追蹤，所以偷渡客不難躲藏，人間蒸發也不是難事。吳太太就是這樣。她從人間蒸發了。連艾睿絲・方也不知道她們母女跑去哪裡。」

「你聽的是方夫人的片面之詞，怎麼知道她講的是實話？」瑞卓利說。

「也許我太天真了吧，不過我從沒懷疑過她的誠意，絲毫沒有懷疑過。她這個人，散發一種氣息。」札克搖搖頭。「好可憐的一個人。我到現在還為她感到難過。像她那樣，失去那麼多親人，怎麼挺得過來？我很難想像。」

「『那麼多』？」

「她的女兒也出事了。」

瑞卓利忽然記得艾睿絲說過，她現在獨居，她已經沒有家屬了。「她的女兒死了？」

「我大概沒有寫進報告裡，因為她女兒跟紅鳳凰餐廳血案無關。艾睿絲和詹姆斯有個十四歲的女兒，在案發前兩年失蹤了，從此找不到人影。」

「天啊，」佛洛斯特說。「我們不知道這件事。她一個字也沒提。」

「以她那種個性，她不歡迎別人同情她。不過，我記得，我從她的眼神看得出傷痛。那種痛苦，我連想像也不敢想。可是，她堅強到底。」札克沉默片刻，回想往事，似乎仍被她的哀慟深深感動。

瑞卓利也無法想像那種心痛。她想起自己的女兒蕾吉娜，才兩歲半。她想著年復一年不知骨肉生死的那種滋味。女人光是受到這種精神折磨，就能發瘋。*更何況，連丈夫也死了……*

「發生任何一種悲劇之後，」札克說，「餘震絕對會跟著來。不過，紅鳳凰血案的震撼力遠遠超出苦主的家庭，就好像血案本身受到詛咒，之後不斷牽連其他人。」

辦公室裡突然起了一陣寒意，冷到瑞卓利的手臂起雞皮疙瘩。「詛咒？什麼意思？」她問。

「不到一個月，一連串的壞事跟著來。史甸斯警探心臟病發作，倒地死亡。鑑識組的一位技術員出車禍喪生。英格叟警探的妻子中風，後來也死了。最後，有個女孩子失蹤。」

「誰家的女孩子？」

「夏洛蒂・迪昂。她是笛娜・麥勒理的十七歲女兒。笛娜是餐廳血案的死者之一。笛娜死後，夏洛蒂參加學校的校外教學，途中失蹤了，再也沒有回家。」

瑞卓利忽然聽得見自己的心跳，在耳朵裡面砰砰大響。「你說艾睿絲・方的女兒也失蹤了。」

札克點頭。「兩個女孩的失蹤案隔了兩年，不過，未免巧合得太詭異了，妳不覺得嗎？紅鳳凰血案的兩名死者各有一個女兒失蹤。」

「是巧合嗎？」

「不然是什麼？這兩家人彼此又不認識。方家是窮苦的移民，夏洛蒂的爸媽出身波士頓的上流世家，和方家人沒有其他關聯，乾脆怪罪到紅鳳凰詛咒上。」他看著檔案資料。「不然，就是那棟樓房有問題。中國城的人認為那棟樓房鬧鬼。他們說，人一走進去，會被妖魔附身。」他望著瑞卓利。「邪靈會被人帶回家。」

10

瑞卓利不喜歡巧合。世事複雜難料，巧合當然難免會發生，但她總忍不住想檢視巧合事件，看看巧合之處何在，究竟是真正巧合，或者另有蹊蹺，唯有循線索回溯至源頭，才理得出頭緒。因此，她坐在辦公桌前，埋頭整理這五條原本不相干的生命線——十九年前在中國城血案交錯的五條命。

紅鳳凰檔案並不特別厚。對於兇殺組的警探而言，碰到同歸於盡的案子是運氣好。這種案子宛如包裝精美的禮物，正義因兇手自裁而湊巧獲得伸張。在史甸斯與英格叟寫的報告裡，焦點不在於兇手是誰，偵辦的重點是槍擊案的事由，分析側重於札克博士對吳偉民的見解。瑞卓利和佛洛斯特已從札克那裡聽過了。

因此，她轉移目標，把焦點放在四名被害人身上。

一號被害人是喬伊．吉爾摩，二十五歲，生長在南波士頓。調查報告對吉爾摩的著墨甚多，因為他有犯罪前科——闖空門、擅入私人物業、攻擊、毆打。除了前科累累之外，他服務的公司也立即吸引瑞卓利的注意力——唐納修批發肉品公司。波士頓市警局對該公司的老闆太熟悉了，因為凱文．唐納修和地方黑道的淵源深遠。四十年來，唐納修從市井流氓幹起，如今貴為波士頓愛爾蘭裔黑幫的三巨頭之一。警方摸清了唐納修的底細，只是至今苦無足以呈堂的證據。

瑞卓利取出刑案現場的相片，翻至吉爾摩的陳屍照，看見他倒臥地板，四周散落著外帶的紙盒子，後腦一槍斃命。札克博士把這案子歸類為瘋狂殺人，瑞卓利倒認為是純正的黑幫行刑法。

二號被害人是詹姆斯．方，三十七歲，在紅鳳凰餐廳身兼總招待、服務生、結帳員。他和妻子艾睿絲在案發前十六年從台灣移民，當年他的身分是亞洲文學研究生。餐廳的工作只是他在晚上的兼差，他白天在波士頓中國城鄰里中心擔任課後輔導。據瞭解，他和吳偉民是好朋友，兩人在紅鳳凰共事五年，不曾傳出爭執。瑞卓利在檔案裡遍尋不著方家女兒蘿拉的字句。蘿拉在案發兩年前失蹤，或許史甸斯和英格叟根本不知道方家發生過這種悲劇。

三號和四號被害人是一對夫婦，姓麥勒理，丈夫是亞瑟，妻子是笛娜，家住麻州布魯克萊恩。亞瑟四十八歲，是投資公司威斯理集團的總裁兼執行長。報告沒有提及笛娜的職業。笛娜四十歲，從夫婿的職稱來判斷，她沒有上班的必要。亞瑟和笛娜都離過一次婚，這次婚姻是兩家重新組合的產物。亞瑟的第一任妻子是芭芭拉．哈特，兩人育有一子，名叫馬克，二十歲。笛娜的前夫是派崔克．迪昂，有一個十七歲的女兒。這份調查報告特別針對這一點探討，因為工夫到家的兇殺案警探都會不由自主往這方向追查：死者離婚與再婚所導致的衝突。

根據亞瑟．麥勒理之子馬克的說法，雖然笛娜和亞瑟五年前分別和元配離婚，麥勒理家和迪昂家的關係極為融洽。即使離婚、再婚之後，笛娜．麥勒理和前夫派崔克仍以朋友相待，兩家人時常在佳節共進晚餐。

這麼文明，太奇怪了吧，瑞卓利心想。派崔克的老婆跟別人跑了，竟然還回來一起慶祝耶誕節。天下哪有那麼好的事？然而，這是亞瑟・麥勒理的親兒子馬克的說法，他應該很清楚事實才對。兩樁破碎的婚姻，重組結合成一個理想的家庭，皆大歡喜，沒有衝突。她猜這種事並非不可能發生。她儘量去想像瑞卓利家團圓的景象，想像父母親、父親的傻辣妹女友、母親的新男友文森・科薩克群聚一堂的氣氛。哇，那才真的是一觸即發的大屠殺場面。至於最後活著走出來的人是誰，沒有人猜得到。

然而，麥勒理家和迪昂家竟然能和樂融融。或許是為了女兒夏洛蒂著想吧。爸媽離婚時，她應該只有十二歲，和多數破碎家庭的小孩一樣，她大概常在兩家之間被送來送去，是個可憐的富家千金，在生母笛娜家和生父派崔克家之間往往返返。

瑞卓利翻至檔案最後一頁，發現一份簡短的附錄：

笛娜的女兒夏洛蒂・迪昂在四月二十四日失蹤，最後出現的地方是費紐爾廳附近，當時學校正在進行校外教學。根據漢克・巴寇茲警探表示，依證據判斷，不排除夏洛蒂・迪昂已遭綁架，本案持續調查中。

這份附錄的日期是四月二十八日，署名者是英格叟警探。

兩位失蹤少女——蘿拉・方和夏洛蒂・迪昂——都是紅鳳凰血案死者的女兒，但這份報告沒有指出巧合之中是否存有疑點。正如同札克博士所言，有時候，人世間沒有模式可循，沒有規劃，只有命運之神的盲目捉弄，而命運之神不懂得累進算術法，不懂得記錄哪些人吃過太多苦。

「瑞卓利，何必這麼辛苦？問我一下，不就清楚了？」

她抬頭，看見強尼・譚站在辦公桌旁。「問你什麼？」

「紅鳳凰血案的事。我剛碰到佛洛斯特。他告訴我，你們兩個忙著調出所有檔案。如果你們直接來找我，我可以把這案子的來龍去脈講清楚。」

「你怎麼對這案子這麼清楚？案發的時候，你才多大？八歲而已吧？」

「我的任務區是中國城，所以應該摸清裡面發生的事。到現在，華人還在談論紅鳳凰的案子，妳不知道吧？這案子就像永遠癒合不起來的傷口，因為恥辱心在作祟。」

「恥辱？怎麼說？」

「兇手是我們自家人。我說的自家人，指的是華人全體。」他指向辦公桌上的檔案夾。「兩個月前，我參考過這案子。我跟英格叟警探請教過。我讀過驗屍報告。」他點一點頭。「資料全存在這裡面。」

「我不知道你對這案子這麼熟。」

「妳有問過我嗎？我還以為，我是團隊的一份子。」

譚語帶指責，她聽了不高興。「你是一份子，沒錯，」她承認。「我會記住的。不過，假如你能摘掉心頭的那個芥蒂，辦事起來會更輕鬆。」

「我只是想跑在偵辦的最前線，不想被冷落成後備用的宅男。這種現象太常見了。」

「什麼現象？」

「波士頓市警局不是一個歡樂大熔爐嗎？」他笑笑。「狗屁。」

她審視譚片刻，想從他冷酷表情解讀含義。突然間，她看出她在這年齡的模樣——迫切想證明自己的能力，卻經常為了被冷落而怨恨。「譚，坐下。」她說。

他嘆一口氣，拉最靠近的一張椅子過來坐。「什麼事？」

「弱勢族群的滋味，你以為我沒嘗過？」

「我不知道。妳有嗎？」

「你左右看一看。兇殺組有多少女警探？有一個，就是你前面的這個。就因為我是女性，他們認定我辦案的本領不夠好，所以排擠我，所以我懂你的心情。機車同事很多，也常找你麻煩，你要多忍耐一點，因為這些事情會重複發生，永遠不可能停止。」

「永遠不停，並不表示我們不能點名罵人。」

「再怎麼罵也沒有用。」

「妳一定是產生作用了。因為他們接納了妳。」

她思考這句話的真實度，回想著加入兇殺組之初的情景，想起當初她忍受多少竊笑、衛生棉笑話、刻意的迴避。的確，情況是好轉了，但這場戰爭打得辛苦，打了好幾年才成功。

「發牢騷是不會產生作用的，」她說。「最要緊的是，你的表現要比其他人更好。」她停頓一下。「聽說，警探考試你第一次就過關。」

他匆匆點頭。「而且是最高分。」

「你今年幾歲？二十五？」

「二十六歲。」

「對你不利喔。」

「什麼意思？因為他們把我當成一般亞洲宅男？」

「不對。因為你還是一個小朋友。」

「慘了，不被重視的原因再加一筆。」

「重點是，讓你覺得吃虧的理由有十幾種，有些是真有其事，有些是心理作用。忍一忍，做好份內的事，別胡思亂想了。」

「只求妳記得我是團隊的一份子。既然我對這案子很熟，妳就讓我為紅鳳凰案跑一跑腿吧。我可以打打電話，和被害人家屬溝通。」

「佛洛斯特已經計劃再訪談方夫人一次。」

「那我負責跟其他家屬訪問。」

她點頭。「好。告訴我，你對這案子的瞭解有多少？」

「我第一次注意到這案子是在二月，那時候我剛被分配到A－1轄區，聽到幾個中國城居民討論紅鳳凰。我小時候在紐約市就聽說過這案子。」

「傳到紐約去了？」

「如果案子轟動，又牽涉到美國任何地方的華人，保證引起整個華人圈七嘴八舌。即使在紐約，我們也聊起紅鳳凰案。記得我祖母告訴我，兇手是自己人，丟臉丟到家了，害所有華人蒙羞，害我們大家都像罪犯。」

「天啊，搞民族恥辱嘛。」

「對啊，華人最厲害了。我如果穿有破洞的牛仔褲想出門，被祖母看見，肯定挨她一頓罵，因為她不希望外人認為所有華人都是邋遢小孩。我每次一踏出家門，就背負著代表整個種族的重責大任。所以，我才覺得紅鳳凰和我息息相關。後來，三月間，我看見有人在《波士頓環球報》刊登一則廣告，對這案子更有興趣了。我把檔案調出來，再讀一遍。」

「什麼廣告？」

「刊登在三月三十日的報紙上，那天是血案的紀念日。廣告在地方新聞佔了差不多四分之一版。」

「我沒看過。廣告什麼東西？」

「上面有一張廚師吳偉民的相片，粗體字寫著冤枉。」他凝望著兇殺組的幾張辦公桌。「我看見廣告，當時的想法是，希望是真的，希望吳偉民確實無辜，讓華人有希望洗刷身上的污痕。」

「你該不會真的以為他是被誣賴的吧？」

他看著瑞卓利。「我不知道。」

「史甸斯和英格叟一口咬定槍手是他，札克博士也認為沒有疑點。」

「可是，那則廣告讓我的腦筋動了起來，懷疑十九年前的市警局是不是搞錯了。」

「只因為吳偉民是華人？」

「因為中國城居民一直不相信兇手是他。」

「廣告是誰登的？你查出來了嗎？」

他點頭。「我打過電話給《環球報》。刊登的人是艾睿絲・方。」

瑞卓利的手機響起。伸手接聽之際，她仍反芻著最後這份資訊，納悶著為何事隔十九年，艾睿絲還掏腰包祖護殺害丈夫的兇手。她瞄一下來電顯示，知道對方是鑑識組。她說：「我是瑞卓利。」

「我正在看這幾根毛髮，」刑事專家艾琳・沃區科說。「假如我斷定得出來，我未免太神了。」

瑞卓利幾秒後才回過神來，留心聽艾琳在講什麼。「妳指的是黏在死者衣服上的毛髮？」

「對。醫事檢驗所昨天送來兩根毛髮，其中一根是從女屍的衣袖夾起來的，另一根來自她的緊身褲。這兩根毛髮的形態和顏色相當，所以出處可能是同一個。」

瑞卓利覺得譚正從旁觀察她的對話。「毛髮是真的或是合成製品？」

「不是製品，絕對是有機物體。」

「所以說，是人類的毛髮囉？」

「我不敢確定。」

11

瑞卓利瞇眼湊向顯微鏡，想辨別毛髮的明顯特徵，無奈她再怎麼看，也無法辨別這根毛髮和她多年來見慣的毛髮有何差異。她讓開來，讓譚過來看一看。

「這個載片上的東西是保護毛，」艾琳說。「保護毛的作用相當於動物的大衣。」

「跟絨毛有差嗎？」譚問。

「有。絨毛是底層的毛，作用是保溫，人類沒有絨毛。」

「照妳這麼說，這根是哪裡來的？」

「先剔除掉可能的出處，或許比較容易，」艾琳說。「由於毛色從頭到尾一致，可見這種動物的毛梢和毛根是同一種顏色。因為看不到冠狀鱗，所以不可能是齧齒類生物和蝙蝠。」

譚從顯微鏡前抬頭。「什麼是冠狀鱗？」

「鱗是角質的架構，覆蓋在毛髮的外層，類似魚的鱗片。從冠狀鱗的排列特徵，可以判斷動物屬於哪一科。」

「妳剛說，齧齒類動物的毛髮有冠狀鱗？」

艾琳點頭。「這根毛髮也缺乏棘突鱗，可見不是貓、貂，或海豹。」

「要從所有物種當中一一剔除嗎？」瑞卓利問。

「就某種程度而言，確認方法的確是刪除法。」

「目前為止，妳排除了貓鼠和蝙蝠。」

「正確。」

「太好了，」瑞卓利嘟噥著，「可以把蝙蝠俠和貓女從嫌犯名單上刪除了。」

艾琳嘆著氣，摘下眼鏡，按摩鼻樑。「瑞卓利警探，我想解釋的只是，以一般顯微鏡來辨識動物毛髮並不容易。憑這幾種形態上的跡象，我可以剔除幾科的動物，不過這兩根和我在這裡化驗過的毛髮截然不同。」

「妳另外能排除哪些動物？」譚問。

「如果是鹿或北美馴鹿，毛根是酒杯狀，毛質也會比較粗糙，所以這不是鹿科動物。以這種毛色來判斷，也不符合浣熊或水獺。和家兔或絨鼠比較起來，這毛髮也太粗糙。如果從毛根形狀、直徑、鱗列，我敢說，它最接近人類的毛髮。」

「為什麼不敢斷定是人類？」瑞卓利問。

「妳再看顯微鏡一下。」

瑞卓利彎腰湊近。「我應該注意哪裡？」

「注意看這根毛髮多直，沒有陰毛或腋毛的彎曲現象。」

「所以這是頭髮？」

「我最初也這樣想。我以為是人類的頭髮。妳再仔細看毛髓，也就是貫穿中間的管狀地帶，像管子一樣流通整根毛髮。這個樣本有個非常奇怪的地方。」

「能仔細說明嗎？」

「問題在於毛髓指數，也就是毛髓直徑和毛髮直徑的比率。我化驗過的人髮樣本多到數不清，從沒看過這麼寬的毛髓。人類的正常髮髓指數小於三分之一，這一根的毛髓超過毛髮直徑的一半，不是細細一條，而是寬闊的一大根管子。」

瑞卓利打直身子，看著艾琳。「會不會是生了什麼病？基因突變嗎？」

「就我所知是沒有。」

「不然，這是什麼動物的毛？」譚問。

艾琳深吸一口氣，看似搜尋著適切的字眼。「如果排除這個角度，這根幾乎像是人類的頭髮，可惜不是。」

瑞卓利赫然一笑，劃破沉默。「不然是什麼？難道是大腳雪怪？」

「我猜是人類以外的靈長類動物，用顯微鏡無法判定。這毛髮沒有上皮細胞附著，所以唯一的DNA只有粒腺體。」

「照這樣化驗下去，時間太久了。」譚說。

「所以，我考慮再做一種化驗，」艾琳說。「我找到印度發表的一份科學文章，主題是毛髮角質蛋白的電泳分析。印度的皮毛走私猖獗，常用這種方法來辨識境外物種的皮毛。」

「哪一家實驗室能化驗？」

「美國有幾間野生動植物的化驗室，我可以聯絡看看。想辨別這生物，捷徑可能就是找他們幫忙。」艾琳看著顯微鏡。「不管用什麼方法，我一定要查出這頭毛茸茸的動物是什麼。」

從外形來看，退休警探漢克·巴寇茲看似長期抗戰的老兵，敵手是酒魔，最後臣服於必然的結果。瑞卓利在J.P.多以爾酒吧找到他，看見他坐在吧台的老位子，他正盯著一杯蘇格蘭威士忌看。時間還不到下午五點，但巴寇茲已經醉得差不多了。他起身迎接瑞卓利時，瑞卓利注意到他握手時搖搖晃晃，眼油盈眶。退休八年，老習慣還在，他依然以警探的打扮出門——牛津衫加休閒西裝，只不過牛津衫的衣領已經磨穿了。

多以爾酒吧頗受波士頓警察歡迎，現在時間還早，常客仍未報到。巴寇茲大手一揮，喚來酒保的關注。「她的酒，算在我帳單上，」他指著瑞卓利高聲說。「妳想喝什麼，警探？」

「不用了，謝謝。」瑞卓利說。

「沒關係啦。別讓老警探單獨喝悶酒。」

她朝酒保點頭。「給我一杯Sam Adams淡啤酒。」

「幫我再添一杯。」漢克·巴寇茲跟著說。

「想不想改坐一桌？」瑞卓利問。

「我喜歡這位子，坐這裡就好啦。這張高腳凳是我的。始終都是。何況，」他補充說著，向幾乎無人的酒吧環視一周，「有誰偷聽得到？這案子太古老了，已經沒人關心，大概只有家屬例外。」

「包括你在內。」

「是啊，唉，這種案子很難釋懷啊。過了這麼多年，我無法偵辦終結的那些案子，照樣常常煩得我睡不著。尤其是夏洛蒂·迪昂失蹤案，因為她父親找私家偵探去追查，讓我很不爽。他是想影射我是爛警察一個。」他哼一聲，灌一大口蘇格蘭威士忌。「他浪費那麼多錢，只想證明我沒有漏掉線索。」

「所以，私家偵探也查不出究竟囉？」

「對。那女孩子憑空消失了。沒有證人，沒有證據，只留下一個背包，留在巷子裡。現在監視攝影機到處都是，十九年前哪有？抓走她的歹徒下手一定乾淨俐落，肯定是臨時起意。」

「怎麼說？」

「失蹤當天是校外教學。她讀的是貴族寄宿學校博敦學院，在富萊明罕的郊外。那天，三十個學生搭乘專車進波士頓，下車走一趟自由步道。費紐爾廳商店街不在預定的行程之內。老師告訴我，學生喊餓，所以決定在熱鬧的費紐爾廳吃午餐。我認為，歹徒看見夏洛蒂，不顧一切，直接動手。」他搖搖頭。「高知名度的綁架案啊。派崔克・迪昂是創投業者，案發時，人在倫敦，坐自己的私人專機趕回家。以他的身分和資產，我以為歹徒會要求贖金，結果遲遲沒有等到。夏洛蒂平白無故從地球表面消失了。沒有線索，沒有屍體。什麼也沒有。」

「失蹤前一個月，她的生母才在紅鳳凰餐廳身亡。」

「對，我知道。那家人的運氣太背了。」他啜飲著蘇格蘭威士忌。「金錢也無法阻擋死神。」

「有那麼單純嗎？只是運氣太背？」

「英格叟和我推敲再推敲，從各種角度去探討，還是看不出兩件案子的關聯。夏洛蒂的監護權之爭？離婚撕破臉？金錢因素？」

「想不出原因？」

巴寇茲搖搖頭。「我離過婚，到今天還恨那個賤人。派崔克．迪昂卻不一樣，他和前妻還是朋友，甚至和前妻的新老公亞瑟合得來。」

「亞瑟拐走他老婆，他也無所謂？」

巴寇茲呵呵笑。「是啊，很難理解吧？一開始是美滿的兩家人，一邊是派崔克、笛娜、夏洛蒂，另一邊是亞瑟、芭芭拉、兒子馬克。小孩上同一間貴族學校，兩家人因此結識，一開始是一起吃晚餐，後來亞瑟看上派崔克的老婆，兩對夫妻一起離婚，亞瑟娶走笛娜，派崔克獲得十二歲女兒夏洛蒂的監護權，大家繼續和好如初。太反常了吧。」他放下酒杯。「正常的情形是大家變成仇人。」

「你確定他們不是仇人？」

「恨在心裡，不是不可能吧，我猜。可能離婚五年之後，派崔克．迪昂跟蹤前妻和新老公進餐廳，一氣之下槍斃他們。不過，馬克．麥勒理對我發誓說，大家都是朋友。何況，馬克的生父也在同一個槍擊案喪生。」

「馬克的生母芭芭拉呢？老公被人搶走了，她難道無所謂？」

「我沒機會訪問到芭芭拉．麥勒理。她在血案的前一年中風。夏洛蒂失蹤那天，芭芭拉在醫院接受復健，一個月後死了。又是倒楣一家。」他朝酒保招手。「喂，再給我一杯。」

「呃，你開車過來的嗎？」瑞卓利問，對著他的空杯皺眉。

「沒關係啦，我保證這是最後一杯。」

酒保將另一杯蘇格蘭威士忌放在吧台上，巴寇茲只是對著杯子乾瞪眼，彷彿酒杯本身能暫解酒癮。「整個案子就這樣，」他說。「夏洛蒂失蹤時十七歲，金髮美少女，就讀寄宿學校，休假時和父親同住，人生無憂無慮，結果轉眼被人從路上抓走，化成空氣。她的遺體到現在還找不到。」他端起酒杯，手現在不抖了。「造化捉弄人啊。」

「死亡也是。」

他笑笑，小酌一口。「有道理。」

「另外有個失蹤少女蘿拉．方，你對她的案子有什麼見解？」

「那案子歸賽德拉克調查，願他的靈魂安息。不過，我調檔案出來看過，因為和紅鳳凰有點關聯。我看不出什麼疑點，不認為兩樁綁架案相關。我認為，夏洛蒂失蹤是臨時起意的擄人案，蘿拉另當別論。蘿拉在放學走路回家途中失蹤。同校的一個學生看見蘿拉主動坐上車子，好像她認識駕駛似的。沒有人記下車牌，少女蘿拉從此不見人影。又是一具永不見天日的屍體。」他凝視吧台裡排列成行的酒瓶。「讓人不禁懷疑，森林裡、垃圾掩埋場裡，究竟埋了多少骨骸。美國的失蹤人口上百萬。那麼多具屍骨。如果我死了，至少在下葬的地方好好立個碑，讓世人知道我被埋在下面，那我還能接受。假如死了被埋起來，沒人發現，上面長了一堆雜草，不就等於從沒來過這世上嗎？」他聳聳肩。「好了，夏洛蒂．迪昂案講完了。對妳有幫助嗎？」

「還不曉得。現在，整個案子是眼花繚亂的拼圖，夏洛蒂．迪昂只是其中的一小片。」瑞卓利對酒保揮手。「我請客吧。」

「不行。」巴寇茲說。

「你向我解釋夏洛蒂案，幫了我一個忙。」

「反正我整天耗在這間酒吧，坐同一個位子。想找我，妳知道去哪裡找人，」他說。瑞卓利的手機響起，他低頭望去。「妳好紅喔，運氣真好。」

「視來電者而定。」她接聽手機。「我是瑞卓利警探。」

「恕我冒昧打這通電話。」來電者是男性，口氣確實帶有不願打擾她的意味。「我相信妳是譚警探的直屬長官吧？」

「對，我們是同事。」

「我這通電話代表所有受害人家屬，我們不希望再和譚警探打交道了。他把所有人都惹毛了，連可憐的瑪莉・吉爾摩也不高興。事情過了這麼多年，為什麼又拿這些問題來煩我們？」

瑞卓利按摩著頭。她勢必要找後進訓訓話，但她畏懼那一刻的到來：你身為公僕，不能惹民眾發飆。「先生，對不起，」她說。「請問貴姓大名？」

「派崔克・迪昂。」

她打直腰桿，望向巴寇茲，見到他熱切關注這通電話。一朝為警察，終生是警察。「笛娜・麥勒理是你的前妻？」她說。

「對。她罹難的往事被挖出來，我感覺很痛苦。」

「我能體會你的苦處，迪昂先生，不過，譚警探確實有必要向各位請教。」

「笛娜去世十九年了。兇手是誰，已經沒有疑問了，為什麼要舊案重提？」

「我不太方便討論。全——」

「對，我瞭解。全案偵辦中。譚警探是這樣說的。」

「他說得沒錯。」

「他惹得馬克．麥勒理臉色鐵青，也讓瑪莉．吉爾摩和女兒傷心。起先是接到那些信，接著是譚警探一直打電話過來。為什麼？我們全想知道原因。」

「抱歉，」她插嘴。「你們接到什麼信？」

「連續六、七年了。每年三月三十，同樣的信出現在我們的信箱，好像什麼陰間來的紀念日提醒函。」

「信上寫什麼？」

「我收到的都是笛娜的訃聞，背面寫著：你不想知道真相嗎？」

「這些信，你還留著嗎？」

「對，瑪莉也留著。不過馬克接到信很生氣，把信全丟掉了。」

「信是誰寄的？你知道嗎？」

「我只能猜是在《環球報》登廣告的同一個人。那個艾睿絲．方。」

「方夫人為什麼做這種事？」

對方沉默半晌。「我不想講方夫人的壞話。她失去了丈夫，所以我知道她也吃了不少苦。我替她難過。可是，我認為，問題的癥結相當明顯。」

「什麼問題？」

「那女人，」派崔克說，「精神異常。」

12

門鈴響起之前，莫拉已經擺好晚餐的餐具，烤箱裡正在烤小羊腿。青少年的胃口多大，大家都知道，所以她買了一盤藍莓派和一盤蘋果派，也烤好四顆馬鈴薯，剝好六支玉米。他吃不吃沙拉？莫拉不清楚。在那幾天，莫拉和綽號老鼠的他在懷俄明荒郊相依為命，餓到發慌，就地覓食充飢。她看著老鼠啃狗食、罐頭豆子、樹皮。他應該不會拒吃萵苣吧？蔬菜的維他命豐富，他大概很缺乏。上次莫拉見到他是一月的事了，他蒼白又瘦弱，而今晚她下廚房的對象是同一個營養不良的少年。無論這星期兩人相處得如何，她心想，老鼠肯定不會餓著肚子離開我家。她能預做準備的是大餐，烹飪是她能控制的唯一變數。

因為，今天是老鼠首度拜訪她家，其他事項充滿未知數。

朱力安．普金斯是她的救命恩人，她卻幾乎對他一無所知，他對她的認識同樣不多。一同在野地苟延殘喘，攜手面對死神，兩人所產生的情誼之密切在人間少見。如今，兩人即將在文明世界相處一星期，這份情誼是否禁得起考驗，有待觀察。

一聽見門鈴聲，莫拉拿抹布擦乾手，匆匆進走廊，心臟忽然猛跳。她一面打開正門，一面告訴自己，別緊張，他只不過是個小男生。門一開，一條大黑狗以前腳直撲她的胸口，向她打招呼，她差點站不住腳。

「熊！坐下，乖！」老鼠吶喊。

莫拉笑笑，讓狗樂得亂舔她的臉，狗才放下前腿，搖著尾巴吠叫。莫拉對男孩微笑，男孩因自己的狗不懂禮貌而滿臉驚駭。「咦？」她說，「你不打算也抱我一下嗎？」

「哈囉，夫人。」他說，以彆扭的動作伸出修長的手臂擁抱莫拉。他長這麼高了，令莫拉驚訝，而且他比上次見面增加更多肌肉。男生才幾個月發育這麼快，有可能嗎？

「我好想你，老鼠，」她喃喃說。「我好想念你們兩個。」

門廊階梯被踩得吱嘎響，老鼠突然收手後退，好像抱抱怕人看見。莫拉看著走到老鼠背後的男人。安東尼．桑索尼的體型高大，一向給人一種難以親近的感覺，表情難以解讀，但在烏雲密佈的今天午後，他帶著笑臉，把老鼠的背包放在門廊上。

「給你，朱力安。」安東尼說。

「謝謝專程送他來波士頓。」莫拉說。

「是我的榮幸，莫拉。這一趟讓我有機會跟他聊聊。」他歇口，以目光探照莫拉的臉，和往常一樣又看穿太多心思。「我們好久沒聊了。妳最近好嗎？」

「很好。很忙。」她擠出笑容。「我從來不缺客戶。你要不要進來坐一坐？」

他看著老鼠。老鼠的視線一直在兩人之間打轉，豎起耳朵聆聽兩人的對話。「不用了，我應該讓妳和朱力安敘敘舊。你們兩個同住一個禮拜，沒問題吧？」

「我禮拜一和禮拜二要上班，不過從禮拜三起，我的空檔比較多，可以帶他去遊覽波士頓。」

「那我下禮拜六過來接你囉，朱力安。」安東尼說著對他伸一手。

兩人握手。這種道別方法顯得異常正式，以這兩人而言，卻顯得正常無比，不讓人意外。老鼠等著安東尼上車離開，然後才轉頭看莫拉。

「開車南下的路上，」他說，「我們聊過妳。」

「沒講我壞話吧？」

「我覺得他喜歡妳。很喜歡。」老鼠拾起背包。「不過，他有點怪。」

別人對你也有同樣的觀感，莫拉看著男孩心想。對你對我都一樣。她一手搭上他的肩膀，不習慣親情的他縮了一縮。長年下來，老鼠獨居懷俄明深山，像野獸一樣覓食，莫拉從他眼中仍可見到棄養兒的哀愁。這些年來，朱力安．普金斯嘗盡人間苦楚，總不能指望他在一夕之間信任他人。

他們一起進屋子。老鼠在客廳裡左看右看。「熊去哪裡了？」

「牠好像已經把這裡當成家了。我敢打賭，牠一定在廚房找到好吃的東西了。」

熊確實在廚房裡。莫拉剛才把羊肉脂肪刮下來，放進陶製的狗碗，熊現在狼吞虎嚥著。她沒養過狗，所以這只狗碗是新買的，特大號狗床、狗繩、除蚤粉、堆在櫃子裡的愛寶狗食罐頭也是。老鼠不管走到哪裡，熊一定跟過去，換言之這星期她家多了兩個外星生物，一個是狗，另一個是青少年。烤箱裡的小羊肉滴著油，滋滋響，她看見老鼠抬頭嗅著，像野獸以嗅覺尋找獵物。

「再等一小時，晚餐應該可以煮好。我先帶你去參觀你的房間，」她說完，對著老鼠的背包皺眉。「你的行李箱呢？」

「我只帶這個。」

「看樣子，我可要帶你去買衣服囉。」

「不必了，我什麼也不缺，」他說，跟隨莫拉走在走廊上。「我們在學校全穿制服。」

「這一間是你的。」

先進房間的是熊，老鼠則在門口躊躇，彷彿懷疑莫拉是不是搞錯了。莫拉赫然發現，這房間準備給男生和狗住，佈置得太女性化了，多麼荒謬。老鼠不情願地進門，審視白棉被、抽屜櫃上的鮮花、奶綠色的土耳其地毯。他什麼也不敢碰，彷彿這些全是博物館的展覽品，深怕碰壞了東西。他小心將背包放進角落。

「學校怎樣？」她問。

「還好。」他跪下去，拉開背包拉鏈，取出兩件襯衫、一件毛衣、一件長褲，全部捲得整整齊齊。

「所以說，你喜歡伊文頌學院囉？你過得開心嗎？」

「跟我以前的學校不一樣，大家對我很好。」這話說得自然，毫無顧影自憐的意味，顯示他從前的日子多苦。她看過他在懷俄明的檔案，知道他在校園打架的前科，知道他因服裝襤褸、家庭破碎而忍受同學譏嘲。從社工到心理醫師，無數人警告過她，這男孩太野了，接納他可能引發無窮的後患。現在，莫拉看著野孩子靜靜取出衣物，好好掛進衣櫃。她心想：幸好我把所有人的話當成耳邊風，沒聽信勸告。

「你在學校有沒有交到朋友？」她問。「你喜歡同學嗎？」

「他們跟我很像。」他說。他打開抽屜櫃，把襪子和內褲放進去。

她微笑。「你的意思是，他們很特別。」

「他們也沒有爸媽。」

她感到意外。安東尼提供獎學金給他時，只對莫拉強調，伊文頌學院位於郊外的校園環境優美，具有學術上的優勢，教職員具備國際觀，圖書館的藏書豐富，並沒有提及這學校專收孤兒。

「你確定嗎？」她問。「不會沒有爸媽來吧？」

「我有時候會看見同學的叔叔或阿姨，卻從來沒看見誰的爸爸媽媽過來。他說，現在我們彼此是家人。」

「他？」

「桑索尼先生。」老鼠關上抽屜，望向她。「他常常問到妳。」

莫拉覺得臉皮發燙，趕緊集中視線在熊。熊在狗床上兜圈子，想適應奢華的新環境。「他問的是什麼樣的事？」

「問妳最近有沒有寫信給我。問妳有沒有來學校看我。問妳會不會願意來開課。」

「在伊文頌學院？」她搖頭。「對中學生傳授刑事病理學？不太合適吧？」

「可是，我們在學校學習很多好酷的東西。上個月，莉莉・索爾老師教我們製作羅馬投石車，還讓我教一堂課，教同學認識動物足跡，因為我對這方面懂很多。我們甚至解剖一匹馬。」

「真的？」

「牠摔斷腿了，學校只好讓牠安樂死。我們把牠切開來，研究牠的內臟。」

「你不覺得恐怖嗎？」

「我清理過野鹿的內臟，知道屍體長什麼樣子。」

對，你確實知道，她心想。在懷俄明，老鼠目睹一個男人活活流血至死。她懷疑，老鼠會不會常睡到半夜，被深山那段往事驚醒。這是她經常體驗的事。他把教科書放進抽屜，拿牙刷進浴室，表現得鎮定自若，情緒深埋心底。他太像我了，只是我不敢承認。

在廚房，她的手機響起。

「我可以去後院看一看嗎？」他問。

「去吧。我想接這通電話。」

她走進廚房，從包包掏出手機。「我是艾爾思醫師。」她接聽。

「我是譚警探。週末還打電話打攪，不好意思。」

「沒關係，警探。要我幫忙什麼嗎？」

「有一件很久以前的兇殺案，我想請教妳的高見。案子發生在十九年前，是中國城的一件槍擊案，死者總共五人，當時警方判斷是殺人後自盡的案子。」

「案子已經過了十九年，為什麼你現在想追查？」

「可能和屋頂女屍案有關聯。她進中國城，可能是衝著餐廳血案而來，可能是想找知道血案內幕的人。」

「你想找我幫什麼忙？」

「幫我讀一讀五名死者的驗屍報告，特別是槍手。我想知道妳是不是同意報告的結論。當年的驗屍官已經不在醫事檢驗所，所以我問不到人。」

她隔著廚房窗戶向外望，看見老鼠與熊繞著院子走，看似在尋覓逃生路線，想逃回更開闊的世界。他是一個心繫荒野的男孩。

「我這個禮拜很忙，」她說。「建議你去找布里斯妥醫師試試看。」

「可是，我真的希望……」

「希望什麼？」

「我比較重視妳的意見，艾爾思醫師。我知道，妳向來是看著事實講話，沒有顧忌。我信任妳的判斷。」

這句話令她暗暗吃驚，因為最近波士頓市警局上下對她的見解正好相反。一個星期下來，她受盡了警察的鄙夷和冷戰，那份滋味重回心頭。她也想到，警察想跟她作對，無所不用其極。

「我今天晚上在家，」她說。「隨時歡迎你帶檔案過來。」

熊開始對著前門吠叫，時間已過晚上九點。莫拉開門，看見譚警探站在門廊上。他和大狗以警覺的神態相視一陣。熊嗅他幾下，嗅不到欠咬的味道，走回屋內，讓房客進門。莫拉在中國城認識他時，注意到他一副精力旺盛的模樣，現在他的舉止亦然。他在玄關駐足，頭轉向嘩嘩的淋浴聲，神態機警，沒有說話，但莫拉從他的眼神看出問號。

「這禮拜有客人暫住我家。」她說。

「對不起，週末還來打擾妳。」他遞出厚厚一疊影印本。「五份驗屍報告都在這裡，另外是英格叟和史甸斯警探合寫的偵辦報告。」

「嘩。看起來，你在這案子上費了不少心力。」

「這是我偵辦的第一件兇殺案。新生嘛，努力一點準沒錯。」他從口袋掏出隨身碟。「醫事檢驗所不准我帶走正本，所以我替妳掃描相片和X光片。這份工程浩大，我知道，全丟在妳身上讓我過意不去。」他把隨身碟按進莫拉手心時，兩眼直視她，似乎在強調他對此案多重視，強調他對她深具信心。

肌膚碰觸，莫拉臉紅了，低頭看著隨身碟。「趁你還在這裡，讓我看看這些檔案能不能在我的電腦上打開。」她說。兩人進她的辦公室。等筆記型電腦啟動的期間，譚斜眼瞧大狗。熊剛跟他們進辦公室，現在坐在譚的腳邊，監視著訪客。

「這條狗是什麼品種？」譚問。

「我不清楚。大概是牧羊犬，攙雜狼或哈士奇的血統吧。他是我的客人帶來的。」

「妳讓客人借住，還讓客人帶狗來，太慷慨了。」

「這條狗救過我的命，他想待在哪裡，我都無所謂。」她把隨身碟插進筆電，一會兒後，幾張縮圖出現在螢幕上。她點選第一張，呈現一具裸體女屍躺在驗屍桌上的聳動相片。「圖片打得開。不過，我不敢保證何時能幫你看，只能說，最快可能是下個禮拜。」

「我真心感激，艾爾思醫師。」

她挺直腰，看著譚。「病理醫師布里斯妥和柯斯塔斯都很不錯，判斷力也值得信賴，你為什麼不去找他們？」

譚愣了一下，淋浴聲停止，他轉頭過去。熊豎起耳朵，走出辦公室。

「警探？」她問。

譚不太情願地說：「最近大家對妳有什麼評語，妳應該知道吧。因為韋恩．葛瑞福的審判。」

她抿緊嘴唇。「想必沒有一句中聽。」

「警察雖然外表強悍，臉皮卻很薄，對批評很感冒。」

「即使是事實，也照樣感冒。」她語帶怨恨。

「所以我才來找妳。因為我知道妳憑真相講話。」他的視線與莫拉相接，直接而不退縮。在中國城認識他的那天，莫拉認為他深邃難解，不知他是否能接受她。同一副無動於衷的表情依然在他臉上，但現在只是一面她仍無從摘下的面具。這男人的內涵隱而不宣，莫拉懷疑他是否曾允許任何人一窺面具下的真面目。

「你期望我在這些報告裡找到什麼？」她問。

「矛盾點吧。不太對勁，或是不合理的地方。」

「你為什麼認定有矛盾？」

「幾乎從史甸斯和英格叟踏進現場的那一刻起，他們便把這場血案定位成謀殺後自戕的刑案。我讀過他們的報告，覺得他們沒有探討其他假設。憑第一印象，就斷定這案子是華人移民抓狂掃射餐廳然後自殺，未免太隨便了。」

「你認為這案子不是謀殺後自戕？」

「我不知道。不過，在十九年後的今天，這案子飄散出幾種詭異的回音。屋頂無名女屍的手提GPS裡有兩個地址，其中一個是英格叟警探的家，另一個是艾睿絲．方，也就是血案死者之一的遺孀。屋頂女屍生前顯然對紅鳳凰案有興趣，我們不知道為什麼。」

他們聽見大狗的哼聲，莫拉回頭，看見老鼠站在門口，剛洗過澡的頭髮未乾。他凝視著電腦螢幕上的驗屍相片。莫拉急忙縮小相片檔，陰森的相片才從螢幕消失。

「朱力安，這位是譚警探，」她說。「這位是我家的客人朱力安・普金斯。朱力安的學校在緬因州，現在放春假，南下玩幾天。」

「原來那條惡犬的主人是你。」譚說。

少年注視著螢幕，彷彿仍能看見剛才的相片。「她是誰？」老鼠輕聲問。

「是我們在討論的一個案子，」莫拉說。「我們快討論完了。你去看一下電視，好嗎？」

譚等到客廳的電視聲傳來，才對莫拉說：「讓他看到相片了，抱歉。這種東西讓小孩看到不好。」

「我有空再幫你看看檔案吧。可能會拖幾天。你應該不急吧？」

「無名女屍的案子能有所突破，那就太好了。」

「紅鳳凰血案發生在十九年前，」她說著關掉筆電。「這事多耽擱幾天，應該沒關係。」

13

即使不見人，我知道他已經進入我的武術館。在門一開一關的空檔，濕冷的夜風隨之咻然進門。我沒有停止練武去招呼他，而是繼續舞刀。從大鏡子裡，我看得見佛洛斯特警探。我吟誦著刀經，他在一旁望得出神。今天，我覺得充滿元氣，手腳靈活如年輕時。每一式，每一轉，每一刀，全依古代歌訣而行：

七星跨虎交刀勢，
騰挪閃展意氣揚，
左顧右盼兩分張，
白鶴展翅五行掌，
風捲荷花葉內藏……

對我而言，這些套路已經習慣成自然，一招接一招，不經思索，和走路、呼吸一樣熟悉。刀劈、刀旋，我的心思卻擺在警探上，思忖著即將對他說的話。

我默唸到歌訣的第十三行，也就是最後一行：卞和攜石鳳回巢。我立正站好，終於收刀，汗水為我的臉散熱。這時候，我才轉身面對他。

「招式好美，方夫人，」佛洛斯特警探說，瞪大眼睛讚嘆。「像跳舞一樣。」

「剛才是初學者的招式，在忙碌一天之後具有舒緩心情的功效。」

他的視線向下移至我握的刀。「那一把，是真的劍嗎？」

「它名叫正義，是我曾外祖母祖傳下來的。」

「所以說，歷史一定很悠久吧。」

「而且受過戰火試煉。這種武器的用途是戰鬥。如果你從來沒有練過軍刀，永遠不會習慣這種重量，也無法體會握在手裡的感覺。」我以閃電般的手法對空劈兩刀，嚇得他退縮。我面帶笑容，把刀柄遞給他。「拿看看，掂一下重量。」

他遲疑著，彷彿擔心觸電，然後以謹慎的動作握住刀柄，以笨拙的動作揮一下。「我覺得不太自然。」他說。

「怎麼說？」

「重心怪怪的。」

「因為這一把不是單純的祭祀用寶劍，而是真正的刀，是正統的中國軍刀。這一型的刀刃長而彎，稱為柳葉刀，是明朝士兵的標準佩刀。」

「多久以前的事？」

「大約六百年前。正義是戰亂期間在甘肅省鑄造的。」我停頓片刻，然後才黯然接著說：「不幸的是，戰爭在中國古代連綿不斷。」

「所以這把刀真的上過戰場？」

「我能體會到。我一握這把刀，就能感應到古代戰役仍在刀刃上悲鳴。」

他呵呵笑起來。「假如暗巷裡有人突襲我，方夫人，我希望妳守在我身邊。」

「佩槍的人是你，怎麼不是你保護我？」

「由妳來保護，我相信人身安全更有保障。」他把刀遞還給我。我看得出，銳利如剃刀的刀鋒靠近他，令他提心吊膽。我鞠躬接下刀，直視他的眼睛，看得他臉紅。我沒料到警察會有此反應。尤其他是歷練豐富的兇殺案警探，此舉更加令我意外。然而，這位男士另有一份溫柔，令我詫異，那份柔情讓我霎然回想起亡夫。佛洛斯特警探和詹姆斯去世時的年齡相仿，我在他臉上看見詹姆斯靦腆的微笑，見到他急於取悅他人的心性。

「你想再問我問題嗎，警探？」

「是的。上次請教過妳之後，我們又發現一項疑點。」

「什麼疑點？」

他似乎不願說出。我已能看見他目光帶有歉意。「是關於妳女兒蘿拉的事。」

蘿拉的名字一出他的嘴，宛如電擊，劈向我的胸口。事出我意料之外，衝擊得我身體搖擺不定。

「對不起，方夫人，」他伸手出來攙扶我。「提這種事，我知道一定會讓妳難過。妳不要緊吧？要不要坐下？」

「只是因為……」我麻木搖搖頭。「我從早餐到現在一直沒有進食。」

「妳現在吃點東西，會不會比較舒服？要不要我帶妳去吃什麼？」

「或許改天再談吧。」

「我只想問幾個問題。」他停頓一下，然後小聲補上一句：「我也還沒吃晚餐。」

這句話沉浮在空氣中一陣子，是一顆風向球。我的手握緊刀柄，是我在無所適從時直覺的反應。危機必有轉機。他是警察，沒錯，但我看不出他有何值得提防之處，只知他是個面目和善、善體人意的男士。此外，我也迫切想瞭解為何警察提起蘿拉。

我把正義收回刀鞘。「必珠街上有一家餃子館。」

微笑溢滿他的臉，令他頓時年輕好幾歲，變化之劇烈讓人心驚。「我知道那一家。」

「我去拿外套，然後一起走路過去。」

出門後，我倆走在綿綿春雨中，保持距離。正義太貴重，不能留在武術館裡，所以我帶在身上。另一個原因是，她始終是我的護身刀，能抵擋無形的威脅。即使晚間飄雨，中國城的人潮依舊熙來攘往，飢腸轆轆地尋找烤鴨或薑絲蒸魚。與他同行的同時，我儘量留意周遭動靜，對每一張陌生的臉孔留神，但佛洛斯特警探的情緒高昂，囉唆不停，讓我難以集中精神。

「我最喜歡波士頓的這一區了，」他邊說邊張開雙臂，作勢擁抱中國城和裡面的所有民眾。「這裡有最可口的美食，有最棒的市場，有最好玩的小巷弄。我來過一百次也不厭倦。」

「即使是來這裡調查死屍？」

「喔，另當別論，」他黯然一笑說。「不過，這地方有一種說不上來的氣氛。有時候，我覺得自己像是這裡人，好像陰錯陽差，生錯了人種，沒有誕生在華人家庭。」

「啊。你認為你是華人轉世。」

「對，投胎變成南波士頓的純種美國小孩。」他看著我，雨光在臉上閃耀。「妳說妳是台灣人。」

「去過嗎？」

他以惋惜的表情搖頭。「我想多出國走走，可惜沒機會。不過，我蜜月時去過法國。」

「夫人在哪裡高就？」

他沉默片刻，令我轉頭望他，看見他垂著頭。他說：「她在讀法學院，」他輕聲說。半晌之後才又說：「我們分居了。去年夏天開始。」

「遺憾。」

「我這一年不是很順心，」他說，然後似乎突然覺得不妥，講話應該看對象。身邊這位婦人不但死了丈夫，女兒也不見了。「我其實沒啥好發牢騷的。」

「無論是誰，寂寞都讓人難受。不過我相信，你很快又會找到對象的。」

他看著，我從他的眼神看出心痛。「妳呢？怎麼一直沒有再婚，方夫人？」

「對，我沒有再婚。」

「對妳有好感的男人一定不少吧。」

「終生的最愛是無法取代的，」我簡單說。「詹姆斯是我的先生，一輩子是我的夫婿。」

他沉默片刻，吸收著這句話的寓意，然後說：「和我對愛情的觀念一樣。」

「確實是。」

他望著我，眼珠明亮得出奇。「只對妳我這種少數人如此。」

來到餃子館，窗戶佈滿水蒸氣。他超前一步開門，紳士的舉動令我覺得諷刺，畢竟佩帶奪魂刀的人是我。館子裡用餐室狹隘，坐滿了客人，幸好靠窗的角落空著最後一桌，我們找到位子坐下。我把刀鞘掛在椅背，脫掉防水外套。廚房散發出誘人的蒜香與蒸包的氣息，陣陣提醒我早餐至今未進食的事實。廚房門打開，一盤盤亮晶晶的豬肉餃子、蝦餃、魚餃被端出來。鄰桌客人的筷子敲擊著碗，一家老小以粵語交談，音量之大，聽起來像在吵架。

佛洛斯特瀏覽著長篇菜單，面露疑惑。「還是請妳幫我點菜吧。」

「你不吃哪些東西？」

「我什麼都吃。」

「待會兒別後悔喔。因為我們華人真的是無所不吃。」

他欣然接受挑戰。「讓我大開眼界吧。」

女服務生端來開胃冷盤，有海蜇皮、雞爪、醃豬腳。他見菜色陌生，筷子躊躇不前。然而，他咬下一塊半透明的豬腳軟骨，我看著他的眼睛瞪大，露出發現新大陸的喜悅。

「好好吃！」

「你以前沒嚐過？」

「我大概是膽量不夠吧，」他承認，拿著餐巾輕擦嘴唇上的辣油。「不過，我想改掉不敢嘗試的習慣。」

「為什麼？」

他沉默片刻思考著，筷子夾著海蜇皮。「大概是……大概是因為年紀大了吧？發現自己體驗過的東西太少了。發現人生苦短，沒嘗試過的東西太多。」

年紀大了。我不禁微笑，因為我的歲數超過他將近二十年，所以他必定把我視為人瑞了。然而，他並不把我當成老太婆看待。我瞥見他在端詳我的臉，以視線回敬，他的臉頰羞得瞬間火紅，與我和丈夫首次交往的狀況類似。那一天，同樣是雨霧繚繞的春夜。唉，詹姆斯，你應該會喜歡這個年輕人吧。他的舉止常讓我聯想起你。

餃子上桌了，看似柔柔鼓鼓的小枕頭，包著豬肉和蝦肉餡。我笑在心裡，看著他夾不住滑溜溜的餃子，筷子最後是追著餃子在盤中飛奔。

「我丈夫最喜歡這裡的餃子。他一餐可以吃十幾粒。」往事令我微笑。「他曾經向老闆開條件，假如老闆肯對他透露餃子的秘方，他願意免費在這裡打工一個月。」

「他在台灣做的也是餐館業？」

經他一問，我直視他的眼睛。「我丈夫出身中國文學世家，所以他不是餐飲業者，擔任服務生只是為了糊口。」

「失敬了，是我無知。」

「大家一見服務生，就認定他只是個服務生，看見雜貨店的店員，就認定他只是一個店員。不過在中國城，你不能憑外表看人。石獅牌坊下面不是常見幾個邋遢老人在下棋？其中幾個是百萬富翁。那邊不是有個女人，管收銀機的那一位？她是皇室大將的後代。這裡的人，裡外的差距很大，所以千萬別低估他們。在中國城萬萬不可。」

他點點頭，表示學乖了。「我不會的。被妳這麼一罵，不敢了。剛才我的話如果對妳丈夫不敬，是我失禮了。」他的道歉聽來是徹底真誠，再次讓我對他暗暗稱奇。

我放下筷子，打量著他。肚子不餓了，我終於能面對這一餐懸而不提的正事。鄰桌的大嗓門家庭起身，椅腳磨得地板嘎嘎響，以粵語嘈雜交談。他們一出餐廳門，室內頓時安靜下來。

「你來問我女兒的事。為什麼？」

他沉默片刻才回應，以餐巾擦手，然後整齊摺好餐巾。「夏洛蒂・迪昂這個姓名，妳聽說過嗎？」

我點頭。「她是笛娜・麥勒理的女兒。」

「妳知道夏洛蒂發生的事嗎？」

「佛洛斯特警探，」我嘆氣說，「那些年的事件，我被迫一一承受，永遠烙印在腦海了。」我碰一碰自己的頭。「我知道麥勒理夫人結過婚，前夫是派崔克・迪昂，和他生了一個女兒，名叫夏洛蒂。槍擊案發生，才過幾星期，夏洛蒂失蹤了。我對死者和家屬的事情全都清楚，因為我也是家屬之一。」我低頭看著空盤，見到油光閃閃。「我沒有和迪昂先生見過面，不過他的女兒失蹤之後，我寫慰問卡寄給他。他是不是還關心前妻、是不是為她的橫死哀悼，我不清楚，不過我最明白喪子的痛苦。我在慰問卡上寫，我為他感到遺憾，說我能體會他的心痛。他沒有回信。」我抬頭再看佛洛斯特。「所以說，對，我知道你為什麼提起夏洛蒂。你懷疑的事情，大家也懷疑過。我也一樣。兩個家庭，怎麼可能同時受到這麼大的詛咒？先是我的蘿拉失蹤了，隔了兩年，他的夏洛蒂也失蹤。我們兩家不但同時被捲進紅鳳凰血案，也同樣失去一個女兒。對我提起這件事的警察，你不是第一位。」

「巴寇茲警探也提過吧？」

我點頭。「夏洛蒂失蹤以後，他過來找我，問這兩家的女兒是不是彼此認識。夏洛蒂的父親是鉅富，她的案子當然廣受關注，新聞比我的蘿拉轟動太多了。」

「巴寇茲的報告寫說，蘿拉和夏洛蒂都受過古典音樂的訓練。」

「我女兒拉小提琴。」

「夏洛蒂在學校的管弦樂隊演奏中提琴。她們該不會認識吧？會不會在音樂研習營同梯？」

我搖搖頭。「我已經再三跟警方討論過這個可能性了。除了練琴之外，兩家的女兒沒有其他共通點。夏洛蒂讀的是貴族私校，我們家住在這裡，在中國城。」我的音量轉小，目光轉到鄰桌，看著一對華人夫妻和年幼的兒女同坐。高椅裡坐著一個小女娃，頭髮紮成兩根沖天的惡魔犄角，和蘿拉三歲大時的髮型一樣。

女服務生把帳單送過來，我伸手拿，卻被佛洛斯特搶走。

「讓我請客吧。」他說。

「晚餐付帳的人必定是長者。」

「我才不會用『長者』來描述妳，方夫人。何況，這頓飯有九成進了我的肚子。」他在桌上放現金。「讓我開車送妳回家。」

「我家在大同村，過幾條街就到，走路比較快。」

「那我陪妳走，安全起見。」

「對誰比較安全？你或我？」我伸手從椅背取刀說。

他看正義一眼，笑起來：「妳帶著武器，殺氣騰騰，我怎麼忘了。」

「所以沒必要陪我走路回家。」

「拜託妳。陪妳回家，我的心情會比較舒服。」

步出餐廳時，天空仍飄著毛毛雨。被餐廳蒸了一陣子，呼吸清涼的空氣令人心情暢快。晶瑩的雨珠凝結在他的髮梢，從皮膚反射出光芒。儘管雨夜濕冷，我感覺臉頰有一種出乎意外的熱度。他剛才搶著付帳，現在又堅持送我回家。好久沒有男人對我如此慇懃了。他把我當成弱女子，我不知道是該覺得受寵若驚，或者應該惱怒。

我們向南走在泰勒街上，朝大同村的老街前進，移向中國城較為僻靜的一區。這裡沒有觀光客，只有老態龍鍾的樓房，一樓是塵埃遍布的店家，夜深之後大門深鎖。在燈火通明的餐廳裡，我可以卸下心防，現在即使佩槍警探陪伴身旁，我照樣覺得毫無防衛。燈光在背後逐漸暗淡，黑影加深，我聽得見自己的心跳，進出肺葉的空氣咻咻。舞刀經的字句流過我的腦海，不但具有舒緩我心的作用，也讓我留神應變。

青龍出水。
風捲殘花。
白雲蓋頂。
黑虎搜山。

我一手移至刀柄的圓頭備戰。我倆穿越黑暗、光明、再進黑暗，隨著我的感官敏銳起來，夜景顯得森森顫抖。

左撥草尋蛇。

右撥草尋蛇。

暗夜活躍起來了，處處有動態。巷子裡有一隻老鼠竄過去。屋簷雨溝傳出水滴聲。我全看得見，全聽得到。我身邊的男人渾然不覺，自以為他能保護我，怎知受到保護的人或許是他自己？

我們轉彎進入乞臣街，來到我這棟寒酸的聯排屋。一樓有自家的進出口。在我掏鑰匙的同時，他在門廊黃燈下逗留，燈泡下的蟲聲嗡嗡吱吱。他堅守紳士的身段，想等我安全進家門才走。

「謝謝你請客，而且還持槍護送。」我微笑說。

「案情還不明朗，所以千萬小心。」

「晚安。」我把鑰匙插進鎖孔，陡然呆若木雞，倒抽一口氣的聲音驚動他。

「怎麼了？」

「門沒鎖，」我低語。門開著一道縫。正義已經出鞘，握在我的一手；刀在何時出鞘，我完全沒印象。我的心跳如鼓，以腳推開門，門向內大開，我只看得見漆黑一團。我踏向前一步，卻被佛洛斯特警探拉住。

「在這裡等一下。」他命令。他拔槍進門，開燈。

從門口，我看著他走進我家，通過褐色沙發和條紋扶手椅。家具是詹姆斯和我初抵美國時買的，我多年來捨不得丟棄，因為丈夫和女兒曾坐在上面。縱使家具無靈氣，至親的靈魂仍會徘徊不散。佛洛斯特走向廚房之際，我來到客廳中間，紋風不動站著，呼吸著空氣，掃瞄室內。我的視線停在書架上。停在缺了相片的相框。恐懼之情襲上心頭。

有人進過我家。

佛洛斯特從廚房說，「妳覺得有沒有問題？」

我不回應，直接走向樓梯。

「艾睿絲，等一等。」他說。

我已經輕聲箭步衝上樓，雷聲隆隆的是我的心跳，聲聲將鮮血注入四肢，傳進肌肉。我雙手握刀，走向臥房門。

撥雲望日。

我嗅一嗅，立刻知道來人擅闖過我的臥房，留下侵略的氣息，臭氣沖天。我一時之間無法前進，難以面對敵人。我聽見佛洛斯特警探上樓。他能防守我的背後，但令我心寒的是鵠候前方的事物。

七星跨虎。

我踏進門檻，佛洛斯特正好在這時開燈，臥房驟然大放光明，呈現令人震驚的景象：失蹤的相片出現在我的枕頭上，被一把刀刺穿。聽見佛洛斯特的手機按鍵聲，我才轉身看他。

「你想做什麼？」我問。

「打電話通知我的搭檔。這事非通知她不可。」

「別通知她。求求你。你不懂。」

他抬頭看我，目光忽然凝聚出一種熱度，令我理解，我低估他了。「妳懂嗎？」

14

瑞卓利站在艾睿絲．方的臥室，凝視著被屠刀釘在枕頭上的相片。艾睿絲在相片裡很年輕，抱著小嬰兒，笑臉盈盈。

「她說這把刀子是她家廚房裡的刀，」佛洛斯特說。「相片裡的嬰兒是她的女兒蘿拉。相片原本在書架上的相框裡，被小偷刻意抽走，帶上樓，放在她不可能漏看的地方。」

「她也不可能看不出其中的意味。刀戳枕頭，鐵定不是想祝她夜夜美夢。誰會做這種事？」

「她不清楚。」佛洛斯特特壓低嗓門，以免被樓下的艾睿絲聽見。「是她的說法。」

「你認為，她對我們不夠老實？」

「我不知道。有一件事……」

「什麼事？」

他把嗓門壓得更低。「她剛才阻止我通知妳，而且居然叫我假裝沒看見，我覺得不太合乎常理。」

我有同感，瑞卓利心想，對著刀子皺眉。刀刃整支沒入枕頭，把相片壓進枕頭套，像是一怒之下的舉動，恐嚇的意味明顯。「假如是別人，大叫警方派人保護都來不及了。」

「她堅持說不必。說她不怕。」

「真的有小偷進來嗎？確定嗎？」

「妳想暗示什麼？」

「有可能是她自導自演，從廚房帶刀進臥室。」

「有必要嗎？」

「所以她才不怕。」

「事情的過程不是妳想的那樣。」

「你怎麼曉得？」

「因為她發現時，我也在場。」

瑞卓利轉向他。「你進她的臥房？」

「別用有色的眼光看我嘛。我不過是陪她走回家而已。我注意到她的前門開著，所以進來檢查。」

「就這樣。」

「就這樣而已嘛！」

那你幹嘛一臉心虛？她低頭看著被戳破的舊照。「假如我回家，發現這種情形，保證會被嚇破膽。她怎麼不希望警方調查？」

「可能是文化隔閡，忌諱找警察。譚說，中國城的居民對我們不太放心。」

「最不放心的應該是碰到做這種壞事的人。」瑞卓利轉向臥房門。「我們去找方夫人問問看。」

下樓後，她在客廳找到艾睿絲。艾睿絲坐在褪色的褐色沙發上，神態安詳，絕對不像自家剛遭人入侵的模樣。譚警探在她附近踱步，手機貼耳。他抬頭瞥見瑞卓利，表情是：我也搞不懂這裡的狀況。

瑞卓利在艾睿絲對面坐下，默默端詳她片刻。艾睿絲也瞪著她看，彷彿明白對方在考驗她，已經做好迎戰的準備。艾睿絲的眼神沒有受害的意味。

「方夫人，妳覺得歹徒想做什麼？」瑞卓利說。

「我不知道。」

「妳家以前被闖過空門嗎？」

「沒有。」

「妳在這裡住了多久？」

「將近三十五年了。我和先生移民來美國，一直沒有搬家過。」

「據妳推測，誰會做這種事？也許是跟妳交往一陣的男人，被妳拒絕，所以做這種事洩恨？」

「沒有。」她連想也沒想，彷彿這句話是她準備來應付所有問題的答案。「沒有男人。警方也沒必要介入。」

「有人闖進妳家，拿屠刀把相片戳進枕頭，恐嚇的意味再明顯不過了。誰想威脅妳？」

「我不知道。」

「妳卻不希望警方偵辦。」

艾睿絲定睛回敬，有恃無恐。瑞卓利瞪著她，宛如望著兩池黑水，瞧不出端倪，只好靠向沙發背，任時光流逝。她看見譚和佛洛斯特站在客廳邊緣，豎起耳朵聆聽兩個女人的對話，三雙眼珠子停留在艾睿絲身上，沉默延續，她鎮定的神情毫無迸裂的跡象。

該換另一招了。

「我今天去找派崔克．迪昂，聊到一件很有意思的事，」瑞卓利說。「他是紅鳳凰血案死者之一的前夫。他告訴我，每年三月，妳會寄信給他和其他家屬。」

「我誰也沒寄過。」

「過去七年，他們每年接到一次，年年在紅鳳凰血案的紀念日收到。家屬認定是妳寄的。寄家屬的訃聞影印本。想勾起痛苦的往事。」

「勾起往事？」艾睿絲的表情僵住。「什麼樣的家屬需要別人提醒？」暴躁的心情首度動搖她的嗓音，令她的雙手發抖。「往事天天陪伴我，一步也不曾離開過，我睡著以後照樣不走。」

「妳接過類似的信件嗎？」

「沒有。不過，我不一樣，不需要別人提醒。在所有家屬當中，質疑過的人好像只有我一個，只有我要求解答。」

「如果信不是妳寄的，妳認為誰最有可能？」

「相信真相被壓制的人吧。」

「例如妳。」

「不過我不怕說出來。」

「以非常公開的方式說出來。我們知道，妳上個月在《環球報》刊登過廣告。」

「假如死的是妳的丈夫，妳明知兇手逍遙法外，儘管事隔多年，妳難道不會做出同樣的大動作？」

兩個女人互瞪了片刻。瑞卓利想像著，每天早上在這個寒傖的家裡醒來，生活在難以言喻的傷痛中，執著於一去不回的美滿生活，苦思著幸福破滅的癥結何在，坐在這間客廳裡，坐在這張表皮破損的扶手椅。瑞卓利愈想愈沉重，感覺絕望沉澱在肩膀上，壓著她下沉，蒙蔽所有的歡樂氣息。這地方跟我的世界完全沾不上邊，她心想。我拍拍屁股就能回家，親吻老公，擁抱女兒，幫她蓋被子。但是，艾睿絲走不掉，會一直被困在這裡。

「十九年了，方夫人，」瑞卓利說。「我明白，這種事不是說忘就忘得掉。不過，其他家屬想淡忘，例如派崔克・迪昂和馬克・麥勒理。他們認定吳偉民是兇手，早已接受事實，也許妳現在也應該跟著接受。」

艾睿絲抬高下巴，目光如燧石。「除了真相之外，我一概不接受。」

「妳憑什麼認為他們接受的不是真相？根據警方的報告，對吳偉民不利的證據很難推翻。」

「警方對他不瞭解。」

「妳確定妳瞭解他？」

「對，徹底瞭解。而且，想討公道，我只剩最後這個機會。」

瑞卓利對她皺眉。「最後機會是什麼意思？」

艾睿絲吸一口氣，抬頭，對瑞卓利投以既莊重又鎮定的目光：「我病了。」

室內肅靜下來。簡單一句話震驚所有人。艾睿絲神態自若坐著，瞪著瑞卓利，彷彿料她不敢面露一絲同情的意味。

「我有慢性白血病，」艾睿絲說。「醫生告訴我，我可以再活十年，甚至能拖個二十年。有些日子，我覺得身體很健康，有些日子卻累得頭沒辦法從枕頭抬起來。總有一天，血癌大概會要我的命，不過我不怕。真相不明，正義無法伸張，我拒絕嚥下最後一口氣。」她歇口，恐懼的語調首度溜進她的嗓音。「我覺得時光正從我的手指之間流走。」

佛洛斯特走向艾睿絲的背後，一手放在她的肩膀上，只是單純的同情之舉，是任何人都會做的動作，卻讓瑞卓利覺得不安。同樣令瑞卓利不安的是他那副哀痛的眼神。

「不能讓她今晚單獨待在這裡，」佛洛斯特說。「這房子不安全。」

譚說：「我剛和蓓拉．李講完電話。方夫人可以在鑑識組過來蒐證期間去她那邊過夜。」

佛洛斯特說：「我載她過去。」

「不行，」瑞卓利說。「讓譚送她去。方夫人，妳去收拾行李吧？」她從椅子站起來。「佛洛斯特警探，可以跟我去外面檢查周遭環境嗎？」

「可是——」

「佛洛斯特。」

他的視線在瑞卓利和艾睿絲之間遊走，最後兩腳跟隨瑞卓利走出前門，踏進霧茫茫的夜色。門一關起來，她立刻說：「到底怎麼一回事，快告訴我。」

「我說得出來就好了。顯然是有人想嚇唬她。想阻止她繼續質疑下去。」

「不對，我問的是你。你怎麼會帶她去吃晚餐？怎麼變成她的白馬騎士了？」

「我來問她女兒失蹤的事。妳應該知道。」

「問話怎麼問到餐桌上？」

「我們肚子餓了嘛，很正常啊。」

「發生意外是很正常的事，可是，陪偵訊的對象去吃晚餐，哪算是意外？」

「她又不是嫌犯。」

「我們還不知道。」

「拜託妳行不行，瑞卓利，她是受害人。她的丈夫死在槍擊案，現在只求伸張正義。」

「她真正追求什麼，我們還不清楚。老實說，我連你在追求什麼也不清楚。」

門廊燈的黃光被霧氣沖淡，籠罩他的頭，形成幽幽的光環。聖人貝瑞，男童軍，她心想。萬無一失、值得信賴的警察。現在，佛洛斯特站在她面前，迴避著她的眼光，滿臉是心虛的神色。

「我替她難過。」他說。

「就這樣而已？」

「而且，我只是但願……」他嘆氣。「丈夫死了十九年，她還愛著他，還替他傳遞著火把。艾莉絲呢？不到十年就甩掉我了。我看看艾睿絲，忍不住想，當初娶的是像她這樣的女人，該有多好。」

「她的年紀幾乎可以當你媽了。」

「妳搞錯了。我指的不是跟她交往啦！何況，年齡大小有啥差別？最重要的是愛得忠貞不忠貞，是不是能不顧一切，一輩子愛同一個人。」他偏開頭，輕聲說，「我永遠嘗不到那種感覺。」

前門打開，兩人同時轉頭，看見譚警探護送艾睿絲離開。她對佛洛斯特點一點頭，微笑帶有倦意，然後坐上譚的車子。車尾燈在霧中遠去之後，佛洛斯特依然凝視著她。

「我不得不承認，」瑞卓利若有所思，「她讓我起了疑心。」

佛洛斯特轉向她。「懷疑什麼？」

「你說對了一件事。她顯然是惹到某個人。有人被她惹得火大，或者覺得被她威脅到了，所以才來她家闖空門，一刀戳進她的枕頭。」

「要是被她說對了呢？血案的兇手說不定不是廚師。」

瑞卓利點頭。「我們該去紅鳳凰血案的最前線調查看看了。」

15

派崔克·迪昂的宅邸位於布魯克萊恩市，幽居於高聳的樹籬後面，有樹林，有草坪，曲折的步道連接幽靜的樹蔭和豔陽普照的花床，儼然是私家的伊甸園。鑄鐵院子門開著，瑞卓利和佛洛斯特驅車入內，隔著幽靈似的白樺樹，瞥見迪昂家的豪宅。這棟殖民地風格的房子座落於圓丘上，對整片浩瀚的迪昂物業一覽無遺。

「創投業者到底是什麼東東嘛？」佛洛斯特問。車子剛通過一座樹蔭下的網球場。「一天到晚聽到。」

「好像是以錢滾錢的一種行業。」瑞卓利說。

「投資的錢從哪裡來？」

「跟有錢的朋友拿吧。」

「我該多交一些新朋友才對。」

車道上停著兩輛車，她也在這裡停車，抬頭凝望巨宅。「可是呢，回頭想一想，錢賺這麼多，房子蓋得這麼漂亮，結果老婆跟人跑了，女兒被人從街上拐走。我倒寧願當窮人。」她看著佛洛斯特。「該出動了。該進那裡去做補救措施了。按照迪昂先生的說法，譚不太罩得住。」

佛洛斯特搖搖頭。「那小子的噴射引擎火力開太大了，不管做什麼事都是全力衝刺，活像排檔卡在『超比檔』。」

「不過，譚讓我聯想到一個人。你知道是誰嗎？」

「誰？」

「我。他說，他想在三十歲之前進入兇殺組。」她推開車門。「他有可能達成志願。」

走上正門的花崗岩階，在瑞卓利按門鈴之前，門開了，一位銀髮男子站在他們面前。雖然他年近七旬，體格仍保持得不錯，相貌英挺，但面容削瘦，長褲鬆垮垮，瑞卓利認為他最近掉了一些體重。

「我看見你們的車子開進車道，」他說。「我是派崔克．迪昂。」

「我是瑞卓利警探，」她說。「這位是我的搭檔佛洛斯特警探。」三人握握手。派崔克的手勁大，目光穩定。

「請進來。大家都在起居室。」

「麥勒理先生也來了？」

「對。我也邀請瑪莉．吉爾摩過來，大家團結在一起，因為我們全為這件事心煩，想知道怎麼解決問題。」

進屋子之後，瑞卓利看見擦得雪亮的木質地板，也看見一道弧形雅緻的扶手，向高高的二樓樓台延伸，匆匆望一眼意猶未盡。派崔克帶他們直接進前起居室，兩名客人已經在裡面等候。

馬克．麥勒理從沙發起身，身手矯健玲瓏，年約三十五，體型健壯，常曬太陽，深色的頭髮裡見不到一絲灰白。瑞卓利審視他的鱷魚皮帶、Sperry Top-Sider 帆船鞋、百年靈手錶，種種配飾無不冷笑著：我擁有的錢，妳辛苦一輩子也賺不到。他握手握得隨便，顯示他等不及辦正事。

若非瑞卓利剛才知道起居室另有一人，瑞卓利很容易忽略這人的存在。瑪莉．吉爾摩的年齡和派崔克相當，但她的身形矮小而駝背，被窗前的大扶手椅吞噬，無異於隱形人。她吃力地起立時，佛洛斯特趕緊過去她身旁。

「不用站起來，吉爾摩夫人，趕快坐下吧。」佛洛斯特過去扶她，讓她坐回椅子上，她對佛洛斯特笑容可掬，瑞卓利不禁心想：佛洛斯特和老女人之間是怎麼一回事？他喜歡老女人，老女人也全都喜歡他。

「我女兒本來也想來，」吉爾摩夫人說。「可惜她要上班，沒辦法脫身，所以我把她接到的信帶來。」她伸出罹患風濕病的手，指向咖啡桌。「和我收到的信在同一天寄來，每年都在三月三十日收到，也就是喬伊．吉爾摩的忌日那天，感覺好像她在跟蹤我們，等於是情緒騷擾。警察怎麼不想辦法阻止她？」

咖啡桌上有三份信封。瑞卓利在伸手取信之前伸進口袋，取出一對手套。

「沒必要戴手套了，」馬克說。「信或信封全都沒有指紋。」

瑞卓利對著他皺眉。「你怎麼知道沒有指紋？」

「英格叟警探做過刑事鑑定。」

「他知道這些信的事？」

「他也每年接到信。跟死者有關聯的任何人都一樣，連我父親工作上的朋友也收到，就我們所知總共十幾人。同樣的情形重複了好幾年，在信封或信上化驗不出東西。她在寄信時一定戴著手套。」

「方夫人否認她寄過任何信件。」

馬克哼一聲：「不然有誰這麼無聊？在《環球報》登廣告的人是她啊。她被這事沖昏了頭。」

「可是她否認寄過信。」瑞卓利戴上手套，拿起第一個信封，收件人是瑪莉・吉爾摩夫人，郵戳是波士頓，沒有寄件人地址。裡面只有一張摺起來的紙，瑞卓利抽出來，發現是影印的訃聞，死者是喬伊・S・吉爾摩，得年二十五，死於中國城餐廳謀殺後自戕的慘案，身後留下慈母瑪莉與胞妹菲碧・摩理森，葬禮彌撒在聖莫尼卡教堂舉行。瑞卓利翻過來，看見印刷體大寫的一句話。

我知道事件的真相。

「跟我收到的信是同一種狗屁，」馬克說。「我們每年都收到。不同的是，我收到的是我父親的訃聞。」

「我收到的是笛娜的訃聞。」派崔克悄聲附和。

瑞卓利拿起收件人是派崔克・迪昂的信封，裡面有笛娜・麥勒理訃聞的影本。她得年四十，與丈夫亞瑟同在紅鳳凰槍擊案雙雙罹難，身後留下與前夫生的一名女兒夏洛蒂・迪昂。訃聞的背面寫的是同一句：

我知道事件的真相。

「英格叟警探告訴我們，信封是標準信封，在Staples文具連鎖很暢銷，」馬克說。「墨水來自普通的原子筆。刑事鑑定發現信封裡面有澱粉微粒，顯示寄件人戴著手套，郵票和信封都是自黏產品，所以化驗不到唾液的DNA。每年同一天，在三月三十日，這信一定出現在我家郵箱。」

「是血案的日期。」瑞卓利說。

馬克點頭。「我們哪忘得了日期？何必提醒？」

「筆跡呢？」瑞卓利問。「有變化嗎？」

「每年是同樣的印刷體大寫，墨水同樣是黑色。」

「不過，今年信上的句子變了。」吉爾摩夫人說。她的嗓門很小，柔細到幾乎被其他人的對話淹沒。

佛洛斯特站在最靠近她的地方，輕輕碰她的肩膀。「夫人，妳的話是什麼意思？」

「以前，每年信上寫著：你不想知道真相嗎？不過今年不一樣，變成了：我知道事件的真相。」

「基本上是同樣的狗屁，」馬克說。「稍微改變說法而已。」

「不對，今年的意思完全不同。」吉爾摩夫人望向瑞卓利。「如果她知道什麼事，她為何不直接告訴我們真相？」

「我們全知道真相，吉爾摩夫人，」派崔克耐著性子說。「是我們十九年來知道的同一個答案。全案早已偵辦終結，我對波士頓市警局的表現有徹底的信心。」

「假如警方弄錯了，怎麼辦？」

「吉爾摩夫人，」馬克說，「這些郵件的目的只有一個：把我們的注意力引向她。我們都知道，那女人的心理不平衡。」

「什麼意思？」佛洛斯特問。

「派崔克，你不是調查過方夫人嗎？把結果告訴他們。」

派崔克看似不願開口。「現在講這個，沒有必要吧。」

「我們想聽聽看，迪昂先生。」瑞卓利說。

派崔克把雙手放在大腿上，低頭看手。「幾年前，英格叟警探開始調查這些信件時，他告訴我，方夫人罹患，呃，自大妄想症，自認是遠祖一脈相傳下來的武士。她相信自己是武士，天生神聖的使命是追查丈夫的兇手，報一槍之仇。」

「很難相信吧？」馬克笑說。「活脫是中國連續劇的情節。那女人是徹頭徹尾的瘋婆。」

「她是武術師父，」佛洛斯特說，「是不是騙子，學徒認得出來。學徒對她絕對信任。」

「佛洛斯特警探，」派崔克說，「我們沒說她是騙子，可是，她自稱古師的後代，聽起來難免有點荒謬。我知道武術的淵源悠久，不過很多武術的東西是虛構出來的，是傳奇故事和成龍電影的題材。我和英格叟警探都認為，方夫人深深受到丈夫之死的打擊，始終不願接受事實，應對之道是追求更深奧的道理，為丈夫之死賦予意義，不希望丈夫之死只是瘋子掃射餐廳的偶發事件。她想證明害死丈夫的不是單純的凡人，而是一個無名的敵人。她永遠不會歇手，因為做這件事讓她活得有目標。」他以哀傷的神情環視，望向馬克。看著瑪莉．吉爾摩。「我們知道真相。真相不過是精神失常的兇手濫殺無辜的刑案。亞瑟和笛娜和喬伊．吉爾摩無緣無故送命。這種事情很難接受，不過我們還是接受了。方夫人卻沒辦法。」

「因此我們被迫忍受她的騷擾，」馬克指向咖啡桌上的郵件。「而且無法制止她繼續寄。」

「沒有證據顯示信是她寄的。」佛洛斯特說。

「我們確定她刊登了這個，」馬克說著從口袋掏出一則摺好的《波士頓環球報》剪報，攤開後大如四分之一版，是譚警探對瑞卓利描述過的那則廣告，黑框白底，中間是紅鳳凰廚師吳偉民的相片，面帶微笑，頭上方印著「冤枉」，下面是血案的日期以及一句：「真相未曾分曉。」

「這則廣告見報以後，情況更加惡化了，」馬克說。「現在，她鬧大了，整個波士頓都在注意她的妄想症。要鬧到什麼時候才停？要鬧到什麼地步？」

「你們有誰實地去找方夫人溝通過這件事？」瑞卓利逐一看著起居室裡的人，目光最後停在馬克．麥勒理。

他說：「哼，我才不會浪費時間去找她溝通。」

「所以說，你沒去過她家？沒有想去當面質問她？」

「妳幹嘛問我？」

「麥勒理先生，對這件事最生氣的人好像是你。」她有感而發。然而，他有暴怒到去艾睿絲家闖空門、對著枕頭戳一刀嗎？她對馬克不熟，摸不清馬克的性情。

「鬧得大家都不高興，這是事實，」派崔克說，儘管他的語氣以疲憊的成分居多。「不過，我們也知道，跟那女人搭上線是不智之舉。我上個禮拜打電話給英格叟警探，本想請他代為干預，可惜他一直沒回我電話。」

「他這禮拜出遠門了，」瑞卓利說。她收拾郵件，分別裝進證物袋。「等他回家，我們再找他問清楚。現階段，如果各位再接到類似的東西，請務必通知我。」

「警方一有新進展，也請通知我們，謝謝。」派崔克說。

瑞卓利再次與所有人握手，馬克又握得草草率率，一副警察全是飯桶的態度。反觀派崔克，他握手時遲遲不放，而且伴隨兩位警探出門，顯然不願送別。

「有事隨時歡迎打電話來，」他說。「不管是為了這件事，或是為了……」他停頓一下，一襲陰影似乎蒙上他的眼睛。「任何事情。」

「舊事又冒出來，惹你心煩，我們也為你難過，迪昂先生，」瑞卓利說。「我看得出你為這事辛苦了。」

「尤其是，這事和……和另一件事有密切的關聯。」他停頓片刻，肩膀無力下垂。「兩位應該知道我女兒的事吧。」

瑞卓利點頭。「我向巴寇茲警探請教過夏洛蒂的失蹤案。」

女兒的名字一出，他心痛得臉皮收縮。「笛娜的死很難接受，卻和失去小孩的痛苦沒得比。我的獨生女。這些信，加上報紙上的那則廣告，喚回了所有往事，這才真正讓人心痛，警探。所以我才希望阻止這件事。」

「我會盡力而為的，迪昂先生。」

雖然剛才已經握過手，派崔克再度握住她的手道別。她和佛洛斯特走回車子時，她的情緒低迷，講不出話。她打開車門鎖，沒有立刻上車，而是凝望草坪另一邊的樹木，凝望著通往午後樹影的庭園步道。他坐擁這一切，卻也一無所有，從他的表情看得出來，從他收不攏的下唇、從他的眼袋可見一斑，令瑞卓利在心中感嘆。事隔十九年，女兒的幽魂仍流連他心中，這是慟失兒女的任何家長都會有的困擾。生兒育女，意味著家長心下半輩子任命運之神擺布。

「兩位警探？」

瑞卓利轉身，看見吉爾摩夫人步下門廊階梯，朝他們走過來，步伐堅定，陰霾罩臉，背脊有脊柱後凸的佝僂現象。

「有件事我非在你們走前一吐為快。我知道派崔克和馬克認定血案已經終結了，認定餐廳的槍殺過程沒有疑問。只不過，要是他們弄錯了呢？假如我們真的不知道真相，那怎麼辦？」

「照妳這樣說，妳對血案存疑？」瑞卓利說。

吉爾摩夫人的嘴唇抿緊成直線。「我承認，我兒子喬伊．吉爾摩生前不是什麼大聖人。我拉拔他長大，指望他做個好孩子，我是真的下過苦心，可惜，外面有太多誘惑了，小孩很容易落入狐群狗黨。」她定睛注視瑞卓利。「喬伊．吉爾摩惹過麻煩，妳大概知道吧。」

「我知道他的老闆是凱文．唐納修。」

一提到這姓名，吉爾摩夫人破口大罵：「畜生一個！唐納修那整票人都是畜生。可惜我們家喬伊．吉爾摩，他崇拜權力，喜歡輕鬆的賺錢方式，以為向唐納修拜師可以學到幾招。等到他發現他們搞的是什麼鬼，已經來不及脫身了。唐納修不肯放他走。」

「妳認為，他派人殺掉妳兒子？」

「我一開始就懷疑是這樣。」

「吉爾摩夫人，沒有這一方面的證據。」

吉爾摩夫人大咳一聲，深及支氣管。「妳以為唐納修收買不到警察？不管什麼案子，他都能砸錢，讓案子辦不下去。」

「這樣的指控很嚴重。」

「我是在地的南波士頓人，對本市清楚得很，也知道金錢能買到什麼。」她瞇起眼皮，視線固定在瑞卓利。「我相信妳也知道吧，警探。」

這句含沙射影的指控令瑞卓利一怔。「吉爾摩夫人，妳的關切，我會適度留意。」她說得心平氣和，同時坐進車子。和佛洛斯特一同驅車離開時，她從後照鏡看見老婦人仍站在車道，對著車子怒視。

「那一個女人，」瑞卓利嘟噥，「可不是什麼慈祥的老婆婆。」

佛洛斯特以大笑一陣表示難以置信。「她剛剛罵我們收賄嗎？」

「確實是。」

「她看起來太溫柔了。」

「對你來說，她們個個溫柔。你見一個喜歡一個。」或者說，你從沒遇過不愛你的老女人。

佛洛斯特的手機鈴響，他接聽時，瑞卓利想到他總是能輕鬆迷倒年長的女人。尤其是艾睿絲．方，他似乎對芳心大有斬獲，而風韻猶存的她是姿色與威儀兼俱。瑞卓利記得派崔克說過的幾句話：深深受到打擊。自大妄想症。自信是一脈相傳的武士。艾睿絲有沒有妄想症，尚無定論，被人闖空門並刀戳枕頭卻是真有其事。妳惹到何方神聖了，艾睿絲？

佛洛斯特邊掛手機邊嘆息。「今天的事還沒忙完。」

「誰打來的？」

「聶街那棟樓房的仲介。我整天聯絡不到他。他說他今晚要出一趟遠門，不過我們想去參觀的話，他可以在一個小時以後帶我們去看。」

「我們只好調頭回去中國城囉。」

佛洛斯特點頭。「回中國城。」

16

在漸深的暮色中，聶街儼然是一座陰森的峽谷，籠罩在兩旁四層磚樓的陰影下。瑞卓利和佛洛斯特站在紅鳳凰餐廳原址的樓房外，想隔著鐵窗向內瞧。她只見襤褸的窗簾，布料因年久而幾乎透明。

佛洛斯特看手錶。「關先生已經遲到十五分鐘。」

「你沒有他的手機號碼嗎？」

「他好像沒有手機。我透過他的辦公室，整天沒辦法直接聯絡上。」

「做房屋仲介的人，居然沒辦手機？」

「我只希望溝通不成問題。他的中文口音很重。」

「要借重譚警探了。他呢？」

「他說他會來。」

瑞卓利退回路面，向上望生鏽的消防梯和被木板封死的窗戶。才在上星期，她和刑事鑑識組調查過這一塊街區的屋頂，尋找彈殼。轉一個彎，就是發現無名女屍斷掌的巷子。這條街，這棟樓房，似乎是所有事件的源頭。「看樣子荒廢了好久。這裡是市中心區，應該屬於黃金地段吧。」

「可惜現在成了刑案現場。譚說，在這一帶，居民真的相信世上有鬼。而且，鬼屋會召來厄運。」他停下來，望進巷子。「有人來了。該不會是仲介吧？」

來人是一名年邁的華人，步伐顛簸，似乎一邊的髖骨有毛病。他穿著鮮白色的銳跑球鞋，走在凹凸不平的路面上，動作敏捷得令人咋舌，輕鬆跨越一袋垃圾。他的夾克大了幾號，套在他身上卻讓他走路有風，外表看似注重儀容的教授晚上出門散步。

「關先生？」

「哈囉，哈囉。你是佛洛斯特警探？」

「是的。這一位是我的搭檔瑞卓利警探。」

關先生微笑時露出兩顆亮晃晃的金牙。「我先聲明喔，我向來奉公守法，OK？OK？凡事照著法律規定去做。」

「先生，我找你不是因為你犯法。」

「聶街呀，地段最棒了。樓上有三間公寓。樓下呢，空間很適合做生意。開餐館可以，開店也很適合。」

「關先生，我們想進裡面看一下。」

「後面呢，有兩個停車位，給房客停……」

「他是來幫我們開門，還是想推銷房子？」瑞卓利嘟噥著。

「……香港的建設公司不想管理了，所以提出一個很理想的價碼想賣掉。」

「那為什麼一直賣不掉？」瑞卓利問。

這問題似乎令他聽了一愣，推銷經霎然打住。關先生在暗影裡斜眼看她，臭臉加深了皺紋。

「這裡發生壞事，」他終於承認。「租不出去也賣不掉。」

「先生，我們只是來看看裡面而已。」佛洛斯特說。

「為什麼？裡面空空的，有啥好看？」

「事關警察公務，請開門再說吧。」

關先生不情願地拉出一大串鑰匙，叮噹作響，活像獄卒的鑰匙串。在黝暗的巷子裡，他找了好久才找對鑰匙，讓人心急。鑰匙插進大鎖之後，外門發出足以刺破耳鼓膜的尖聲開啟，三人踏進十九年前的紅鳳凰餐廳。關先生撥一下電燈按鈕，一顆裸露的燈泡在頭上亮起。

「這裡面只有這一盞燈？」瑞卓利問。

關先生仰望天花板，聳聳肩。「該買燈泡了。」

瑞卓利走向昏暗空間的中央，四下張望。如關先生所言，這裡面空無一物，她看見空空的亞麻地板，年久泛黃而龜裂，唯有內建的結帳櫃檯顯示此地曾是餐廳的用餐區。

「請人清洗過，塗過油漆，」關先生說，「恢復成以前的模樣，可惜照樣賣不掉。」他搖頭表示厭煩。「華人太迷信了。他們連一腳也不肯踏進來。」

瑞卓利心想，哪能怪他們？這時，似乎有人對著她悄悄吐氣，冷颼颼的感覺掃過皮膚表面。暴力事件會留下印記，僅僅用清潔劑和漂白水也無法刷除心靈污痕。在封閉如中國城的區域裡，人人應該記得這棟樓房裡的血案，人人走過聶街，皆會不禁哆嗦。即使拆掉這棟樓房，在原地興建新屋，這片浴血的土地仍將長存人心，聽過慘案的人永遠難忘。瑞卓利低頭看地板，看著曾經流血成河的這一塊。雖然牆壁重新上過漆，彈孔也已抹平，血液中的化學微物仍殘存在地板上的隙縫和缺角。她研究過一張血案現場相片，這時候忽然浮現腦海，意識到一具癱軟的屍體躺在滿地的外帶餐盒之間。

喬伊．吉爾摩陳屍的位置在這裡。

她望向結帳櫃檯，記憶中的另一張血案相片映照在那片地板上，呈現詹姆斯．方的屍體，眼鏡歪斜，穿著服務生背心和黑色長褲，倒在結帳櫃檯後的一角，鈔票散落四處。

她轉身，凝視著曾有一張四人桌的角落，想像笛娜和亞瑟．麥勒理坐在那裡喝茶，驅趕三月夜風的寒意。夫妻對飲的影像倏然消失了，取而代之的是幾小時後的警方蒐證照。亞瑟．麥勒理仍坐在椅子上，上身趴在茶杯傾倒的桌面。幾呎外，妻子笛娜面朝下，趴在地上，椅子在她驚慌逃生的過程中翻倒。瑞卓利站在空屋裡，聽得見槍聲迴盪、瓷器破碎的聲響。

她轉向廚房，也就是廚師的陳屍地點。她突然不想踏進廚房門，先進去的人是佛洛斯特。他打開電燈，又只亮一顆燈泡。她跟進，在昏黃的燈光下，看見被燻黑的爐灶、一台電冰箱、不鏽鋼流理台。水泥地板是坑坑洞洞的破損痕。

她移向地窖門。廚師吳偉民擋在門口，嚥下最後一口氣。她向下看，幾乎產生幻覺，誤以為這裡的地板比較黑，水泥地仍有陳年血跡。她記得，吳偉民的臉異常完整，只是太陽穴多了一個彈孔。子彈在他的腦殼裡流竄，打散了腦組織，卻沒有立即奪命。警方從他淌血的份量研判，他殘喘許久，心臟持續輸送血液至傷口，最後他才撒手人寰。血順著地窖樓梯向下傾瀉。

她打開地窖門，向下望，木製樓梯通往一片黑，頭上懸掛著一條燈繩。她拉一拉，燈泡沒反應，想必是燒壞了。

佛洛斯特穿越廚房至另一道門。「這門通外面嗎？」

「通向樓房的後面，」關先生說。「停車位。」

佛洛斯特開門，看見另一道鎖住的外門。「巷子在這裡。報告寫說，廚師的太太聽見槍聲，下樓，從這裡走進來看看丈夫怎麼了，結果發現他死在廚房。」

「所以，理論而言，如果那道門沒鎖，任何入侵者都有可能從那裡進來。」瑞卓利說。

房仲關先生的視線在兩位警探之間轉來轉去，腦筋似乎轉不過來。「什麼入侵者？廚師嘛，他自殺了。」

「我們想重建事件現場，關先生，」佛洛斯特說。「想確定沒有漏掉蛛絲馬跡。」

房屋仲介搖頭表示失望。「那件事對中國城傷害很大，」他喃喃說，無疑是對這棟受過詛咒的樓房萬念俱灰，心知難以脫手。「最好還是忘掉吧。」他瞇眼看手錶。「如果你們看夠了，我們現在就走，OK？我鎖門。」

瑞卓利仰望二樓。「吳偉民一家人住在二樓。你能帶我們去看他們的公寓嗎？」

「沒啥好看的。」關先生說。

「沒關係，我們有必要看一下。」

他重重嘆一口氣，彷彿警探對他的要求超出人類的負荷。他再度掏出沉甸甸的鑰匙環，尋找正確鑰匙的艱辛過程也再來一遍。這串叮噹響的鑰匙數量眾多，由此可見關先生控制中國城半數的房地產。最後，他找出鑰匙，帶他們從廚房門走進後巷。

如同餐廳正門一樣，通往樓上公寓的門也以鐵柵鎖住。天色已經全黑，佛洛斯特將手電筒對準門鎖，關先生才有辦法把鑰匙伸進鎖孔。他打開鐵門，生鏽的鉸鏈吱嘎叫，再以另一支鑰匙開另一道鎖，這才打開內門。

裡面是漆黑一片。樓梯燈已經燒壞了，因此瑞卓利打開手電筒，看見樓梯向上延伸，木欄杆被長年上上下下的手油磨得平滑。夜色似乎放大了皮鞋踏階梯的聲響，她聽見落後的關先生喘息，奮力爬著樓梯。

來到樓梯最上端，她在二樓公寓門外駐足。這一間沒上鎖，但她不想開門，不想看埋伏在另一邊的事物。她的一手伸向門把，冷如冰的金屬碰觸手心，凍得她無法動作。等到關先生爬上樓來，在她背後氣喘如牛，她才把門向內推開。

她和佛洛斯特步入吳偉民從前的家。

這間公寓的窗戶全被木板封死，光線全被隔絕在外。雖然公寓已經閒置多年，她仍能嗅到居民留下的氣息，幽幽的焚香、柳橙味依然徘徊著，被鎖在墓穴般的黑暗中。她拿著手電筒，掃過木頭地板，看見累積一世紀的刮痕和坑洞，看見椅腳磨損的痕跡與家具被拖著走的磨痕。

她走向公寓另一端的門口，一踏進去，焚香的氣味——陰魂不散的感覺——似乎變得更濃厚。這裡的窗戶也全被木板封住，手電筒的亮度微薄，不足以穿透濃密如布幕的黑暗。光束掃過牆壁，掃過舊釘孔的疤痕，掃過一片猶如心理測驗墨漬圖的霉斑。

有一張臉孔瞪著她。

她驚呼一聲，陡然後退，和佛洛斯特撞個正著。

「怎麼了？」他說。

她的嗓門被嚇得打結，只能將手電筒對準牆上那幅相框裡的人像照。她靠近過去，焚香的氣味更加刺鼻。相片下面有一張矮桌，她看見桌上有幾炷燒完的香，留下一堆香灰，瓷盤上有五個柳橙。

「是他，」佛洛斯特喃喃說。「相片裡的人是廚師。」

瑞卓利凝視幾秒之後才看清楚，佛洛斯特說得沒錯，相片中的人確實是吳偉民，但是這人絕非殺人狂。鏡頭前的他笑得開心，握著釣竿，歪戴著波士頓紅襪隊的棒球帽，故作灑脫狀。得意的一天，快樂的男人。

「這裡看起來像是追思他的地方。」佛洛斯特說。

瑞卓利拿起盤中的一顆柳橙，嗅一嗅，看見柳橙臍黃中帶綠。她心想，是真的柳橙。關先生站在門口，身影模糊，瑞卓利轉向他。「除了你以外，誰有這棟樓房的鑰匙？」

「沒人，」他說著甩一甩鑰匙串。「鑰匙全在我這裡。」

「可是，這些柳橙為什麼還是新鮮的？可見有人最近進來過。有人以柳橙焚香祭拜他。」

「這些鑰匙一直在我身上啊。」他堅稱，把鑰匙搖得叮叮亂響，以加重語氣。

「樓下的外門有一道輔助鎖，」佛洛斯特說，「從外面撬不開。」

「那怎麼會有人……」她講不出話了。她轉向門口。

砰砰的腳步聲上樓來。

剎那間，她拔槍，雙手握住，推開房屋仲介，悄悄衝出臥房，輕聲橫越客廳，覺得心跳加速，聽見佛洛斯特的腳步吱嘎伴隨在右邊，嗅到焚香、發霉、汗臭，十幾項細節同時侵擾著她的感官。然而，她的焦點放在樓梯門。步步上樓的人即將從黑暗的門口闖進來，突然以男人的輪廓現身。

「不許動！」佛洛斯特命令。「波士頓市警局！」

「嘩，佛洛斯特。」強尼・譚驚笑一聲。「是我啦。」

瑞卓利聽見背後的關先生驚嚇得聒噪起來。「他是誰？他是誰？」

「搞什麼嘛，小譚，」佛洛斯特邊吐氣邊收槍。「害我差點轟掉你的腦袋。」

「你不是叫我來這裡跟你會合嗎？我剛去春田市，回來的路上碰到塞車，所以耽擱了十五分鐘。」

「你找到那輛喜美車的車主了？」

「對。他說，車子是從他家車道被偷走的，而且車上的手提式GPS不是他的。」譚以手電筒照遍公寓。「這裡的情況怎樣？」

「關先生正帶我們參觀這棟樓房。」

「被封死好幾年了，有什麼好看？」

「收穫超出我們的預期。這間是吳偉民的公寓。」

譚的手電筒照亮天花板的幾片霉斑和崩落的灰泥。「這房子這麼舊，搞不好是油漆含鉛毒的年代蓋的。」

「這裡沒有鉛毒油漆，」關先生劈頭說。「也沒有石棉。」

「不過，我們找到這個，」瑞卓利說著轉向臥房。「有人常來這間公寓，還留下……」她站定，光束僵在空白的牆面。

「留下什麼？」

一定是看錯地方了，她心想。她移動手電筒，仍是空白的牆面。她拿著手電筒照完一整圈，最後照到焚香和柳橙的矮桌。桌子上方的牆壁空著。

「怎麼有這種怪事？」佛洛斯特低語。

她聽見自己的心臟轟轟跳著，另外也聽見三副槍套同步揭開的聲音。她拔槍出來，悄聲說：「譚，帶關先生進樓梯間，守住他。佛洛斯特，你跟我來。」

「為什麼？」關先生不從。譚拉他走出公寓。「怎麼一回事？」

「門口在那邊。」她喃喃說，光束照向長方形的黑洞。

她和佛洛斯特寸步走向門口，光束胡亂交錯著，掃射每一處陰暗的角落。她的呼吸聲在耳際呼嘯，每一種感官變得敏銳如鑽石尖。她嗅著暗室的氣息，看著光束飛竄時忽明忽暗的圖形。手槍的重量沉甸而安篤。屋頂那位身分不詳的女子有槍，卻也保不住性命。

她想起刀刃劈斷腕骨，切斷氣管與頸子，愈想愈怕踏進那道門去面對守候門內的事物。

一、二、三。進攻。

先進門的人是她。她彎腰進入，手電筒東照西照，聽見背後的佛洛斯特急喘聲，看到瓷馬桶、洗臉台、鏽斑點點的浴缸。不見持刀妖怪。

又有另一道門。

這一次，帶頭的人是佛洛斯特。他悄悄走進臥房，看見剝落懸垂的壁紙，宛如臥房正在脫皮。沒有家具，無所遁形。

再進一道門口，兩人重返客廳，回到熟悉的領域。瑞卓利出門進樓梯間，找到站著等的譚和關先生。

「沒人？」譚說。

「那幅相片不可能長腳。」

「我們一直守在這個樓梯間，沒有看見人逃走。」

瑞卓利收槍。「既然這樣，怎麼……」

「瑞卓利！」佛洛斯特呼喊。「快來看！」

他們在臥房找到佛洛斯特，見他站在窗前。和所有窗戶一樣，這一片也被木板封住，但佛洛斯特推一推，木板向一旁搖開來，只被窗框上面的一支鐵釘固定住。瑞卓利從開口向下望，知道這扇窗戶面對聶街。

「消防梯在這裡，」佛洛斯特說。他探頭出去，拉長脖子朝屋頂望。「赫，上面有東西在動！」

「走，走！」瑞卓利說。

佛洛斯特手忙腳亂，攀越窗台，長手長腳的他動作笨拙，總算踏上金屬消防梯的歇腳處。譚緊跟在後，身手優雅如特技演員。最後鑽出窗口的是瑞卓利。她踏上格網狀的歇腳處，瞥見腳下的街景，看到裂開的木箱和碎瓶子。怎麼摔都是半條命。她強迫自己集中心思爬梯。佛洛斯特攀爬上去，豁啷豁啷大響，對全世界宣佈警方的追緝行動。

她緊跟在譚後面攀登，雙手握住濕滑的金屬，微風冷卻她臉上的汗水。她聽見佛洛斯特吃力的低吼聲，見到夜空下的他，看見他構到屋頂邊緣，引體向上，雙腿的輪廓在夜色中搖擺。他的動作順著消防梯傳下來，消防梯直打寒顫，瑞卓利一時驚慌，唯恐整座梯子不夠牢靠，不支三人的總重量，恐怕嘎答一聲脫落，把所有人甩向馬路。她愣住，握著消防梯，擔心小小一陣風就能把三人颳向災難深淵。

一陣慘叫聲令她頸背的所有毛髮直豎。*是佛洛斯特。*

她向上望，以為會看見佛洛斯特的身體朝她直墜而來，但她只見譚登上最後一階，跳上屋頂。她跟上，因恐懼而反胃。攀上屋頂邊緣時，她摸到一塊鬆動的瀝青瓷磚，瓷磚掉向黑壓壓的下面。她抖著雙手，越過邊緣，以狗爬式登頂，瞧見譚在幾呎外半蹲。

佛洛斯特。佛洛斯特在哪裡？

她一躍而起，掃瞄著屋頂，瞥見一陣陰影飛逝，以貓科生物才有的靈巧身手奔入夜色。在夜空下，瑞卓利看見無人的屋頂，峰峰相連，形成山坡與山谷，煙囪與通風管林立。獨獨不見佛洛斯特。

糟糕，他摔下去了，不知道掉在哪裡的地上，生死不明。

「佛洛斯特？」譚邊喊邊在屋頂打轉。「佛洛斯特？」

瑞卓利取出手機。「我是瑞卓利警探，在必珠街和聶街交叉口，警官一員出事——」

「他在這裡！」譚吶喊。「幫我拉他上來！」

她旋身看見譚跪在屋頂邊緣，做出準備燕式跳水的姿勢。她把手機塞回口袋，衝向譚的身邊，看見佛洛斯特雙手抓緊屋簷雨溝，兩腳在四樓的高空晃蕩。譚趴下去，伸手握住佛洛斯特的左手腕。這一區的屋頂有斜坡，若一失手，兩人可能同時滑落屋頂。瑞卓利趕緊趴向譚的旁邊，握住佛洛斯特的右手腕，使勁與譚合力向上拉。佛洛斯特的身體劃過表面粗糙的瓷磚，瑞卓利的夾克被鉤破，皮膚也被刮傷。佛洛斯特喊痛，最後趴向屋頂，張開四肢喘氣。

「天啊，」他小聲說。「以為死定了！」

「怎麼搞的？你不小心被絆倒了嗎？」瑞卓利說。

「我一路追過來，不過我敢發誓，牠從這個屋頂飛過去，像地獄飛出來的蝙蝠一樣。」

「你在鬼扯什麼？」

「妳沒看見？」佛洛斯特坐起來。即使環境昏暗，瑞卓利仍看得見他臉色蒼白，身體在發抖。

「我什麼也沒看見。」譚說。

「剛剛就在那邊，站在你現在的位置。那東西轉頭，正對著我看。我向後一跳，腳步沒站穩。」

「那東西？」瑞卓利說。「對方是人還是什麼？」

佛洛斯特顫悠悠地吐出一口氣，凝望中國城的眾樓頂。「我不知道。」

「你怎麼會不知道？」

佛洛斯特慢慢站起來，面對那東西竄逃的方向。「牠的動作太快，不可能是人類。我知道的只有這個。」

「這屋頂很暗，佛洛斯特，」譚說。「而且，腎上腺素激增，讓你很難確定眼前的事物。」

「我知道，我像是在胡謅，不過，這裡的確出現一個東西，是我一輩子沒見過的東西。你們一定要相信我！」

「好吧，」瑞卓利拍拍他的肩膀。「我相信你。」

佛洛斯特看著譚。「你不信，對吧？」

在黑暗中，他們看見譚的肩膀向上提聳一下。「這裡是中國城，怪事常有。」他笑笑。「說不定那個幽靈巡禮團另有玄機喔。」

「那東西不是鬼，」佛洛斯特說。「真的是有血有肉的生物，就站在那邊。千真萬確。」

「只有你看見。」譚說。

佛洛斯特氣呼呼地走向另一邊，站著向下凝望街景。「未必。」

瑞卓利走向他，來到邊緣，看見幾分鐘前爬過的消防梯，下面是聶街，亮著一盞路燈，光線昏沉。

「妳看見沒？」佛洛斯特說著指向角落，指著安裝在樓房外的東西。

一具監視攝影機。

17

即使在晚間九點三十分，戴德姆保全公司依然有員工值班，監看大波士頓區域的各地。

「壞人常在晚上活動，」葛斯．吉連姆說。他陪同三名警探走過一整牆的監視畫面。「所以我們也要跟著熬夜。如果警報被觸動了，我們一彈指的瞬間，馬上跟波士頓市警局通報。」他彈一彈手指。「需要保全系統的話，全包在本公司身上。」

譚觀察著螢幕上的錄影。「嘩。不是蓋的，你們的眼線果然遍布全市。」

「蘇佛克郡各地都有。而且，本公司的攝影機是真正能錄影的機器。現在監視攝影機隨處看得到，其實半數是空殼子，一秒的畫面也拍不到。所以說，如果你是壞人，不曉得哪個攝影機真正在監視，只好跟空殼子鬥心機。不過壞人一看見攝影機，通常會縮縮脖子走掉，去找比較好惹的對象，所以只要擺出一台攝影機，就具有嚇阻的作用。」

「幸好聶街上的那台是真的。」瑞卓利說。

「對。那一台儲存了大概四十八小時的畫面。」他帶三人進內部的房間，四張椅子已經圍在螢幕前。「事件發生後四十八小時之內，我們通常會接到通知，把相關的畫面儲存起來。聶街的那一台是在大約五年前架設的。上次警方要求調這一台的帶子，揪出砸窗戶的小孩。」他在螢幕前坐下。「你們有興趣看的是消防梯的二樓歇腳處？」

「我希望歇腳處在攝影機的鏡頭範圍以內，」瑞卓利說。「那棟樓房差不多在二十碼、二十五碼以外。」

「可能有問題。可能太遠，無法看仔細，而且二樓可能不在鏡頭裡面。更何況，錄影帶的解析度低。先看看再說吧。」

三名警探靠攏過來看螢幕時，吉連姆按播放鍵，矗街的實況映在眼前，兩名行人朝尼倫街走去，背對著鏡頭。

「看，」佛洛斯特說。「看得見消防梯的一角。」

「可惜沒有拍到窗戶本身。」瑞卓利說。

「可能這樣就夠了。」佛洛斯特再湊近一些，看錄影帶上的日期與時間。「倒帶兩小時。從七點半開始，看看鏡頭有沒有抓到入侵者。」

吉連姆把錄影帶倒轉至晚間七點三十分。

七點三十五，一名老婆婆在矗街上慢慢走，雙手各提一袋日常用品。

七點五十，強尼．譚出現在紅鳳凰餐廳原址的外面，往窗內猛瞧，看看手錶，然後從沒有上鎖的正門進去。片刻之後，他又出門來，向上望著樓上公寓的窗戶，然後繞向大樓的後面，轉彎消失。

八點零六分，消防梯上陡然出現動態，是佛洛斯特笨手笨腳地鑽出窗戶，跳上歇腳處，然後向上爬出鏡頭範圍。

「怎麼會？」佛洛斯特喃喃說。「不是有東西早我一步跳窗嗎？我明明追著那東西爬上消防梯。怎麼看不見？」

「沒有拍到。」瑞卓利說。

「接著是妳，瑞卓利。怎麼也沒拍到譚？他明明跟在我背後鑽出來。」

譚：「哼，說不定我是鬼。」

「問題在於鏡頭的角度，」吉連姆說。「這一台只拍到消防梯的角落，所以進出的動作比較……呃……優雅的人，鏡頭拍不到。」

「換句話說，佛洛斯特和我當不成神偷。」瑞卓利說。

吉連姆微笑：「譚警探卻很適合。」

瑞卓利嘆氣說：「所以，這台攝影機什麼也沒拍到。」

「入侵者假如在其他時間進出過，鏡頭說不定能捕捉到。」

瑞卓利憶起焚香和鮮橙的氣味。有人定期造訪那間公寓，留下供品，祭拜吳偉民。「再倒帶，」她說，「倒回兩天前的晚上，然後照時間順序放帶子。」

吉連姆點頭。「看一看無妨。」

在螢幕上，光陰倒流四十八小時，停在晚間九點三十八分，然後前進到晚間十點整，繼續來到午夜，行人快動作匆匆來去。到了深夜兩點，矗街已無人跡，路上的畫面一成不變，只見一小片紙屑飄過。

凌晨三點零二分，瑞卓利看見牠了。

在畫面上，消防梯歇腳處有陰影閃動一下，卻令坐在椅子上的她晃向前仔細看。「停。倒帶！」她陡然說。

吉連姆把錄影帶倒回去，在陰影籠罩歇腳處時定格。

「沒什麼嘛，」譚說。「可能是貓留下的影子。」

「如果有人從這裡進樓房，」佛洛斯特說，「一定會再出來，對不對？」

「好，我們看看接下來發生什麼事。」吉連姆說著繼續放帶子，大家看著時間一分一分流逝，看見兩個醉漢在聶街上東倒西歪，轉彎離開。

幾秒之後，瑞卓利驚呼一聲。「在那裡。」

吉連姆讓畫面定格，注視著消防梯上一條彎腰的身影。他緩緩說：「什麼鬼東西？」

「我就說嘛，我明明看見東西，」佛洛斯特說。「就是牠。」

「有什麼好看的，我搞不懂，」譚說。「看不到臉，連這東西是不是人類都不清楚。」

「只知道是雙足動物，」佛洛斯特說。「看，牠向後蹲了一下，做出準備跳躍的動作。」

瑞卓利的手機鈴響，令她大吃一驚，倒抽一口氣，才有辦法穩住語氣來接聽。「我是瑞卓利警探。」

「妳在我的語音信箱留言，」一個男人說，「所以我回妳電話。我是盧易斯・英格叟。」

她坐直身體。「英格叟警探，我們一整個禮拜聯絡不上你。我們想跟你請教事情。」

「什麼事？」

「中國城的一樁兇殺案。事情發生在上星期三晚上，死者是身分不詳的女性，三十幾歲。」

「我已經從波士頓市警局退休十六年了，妳應該知道吧？為什麼找我？」

「我們推測，這件命案可能牽扯到你辦過的舊案——紅鳳凰血案。」

英格叟久久不語。「我覺得這事不適合在電話上談論。」他說。

「當面談，如何？」

她聽見他在地板上走動的足音，聽見他吃力的呼吸聲。「還好，那輛車子好像走了。可惜沒看見該死的車牌。」

「什麼車？」

「我一回家，馬路對面就停了一輛廂型車。我北上的期間家裡遭小偷，監視我的人可能是同一個。」

「到底出了什麼事？」

「快過來吧，我把我的構想說給妳聽。」

「我們在戴德姆，車程大概三十分鐘以上。在電話上不方便講嗎？你確定？」

她又聽見腳步聲。「我不想在電話上講。我不知道誰在竊聽。而且我跟她保證過，不會把她牽連進來。所以，我就等妳過來再談。」

「有什麼好竊聽的？」

「那幾個女孩子的事，警探，」他說。「事關那幾個女生的案子。」

「至少妳現在相信我了，」佛洛斯特說。他正和瑞卓利驅車前往波士頓。「妳親眼見到了。」

「鏡頭拍到什麼還不確定，」她說。「不管是什麼，一定有合乎邏輯的解答。」

「我從沒看過動作那麼快的人。」

「不然你認為是什麼？」

佛洛斯特凝望車窗外。「瑞卓利啊，這世上有很多無法理解的事物。有些東西太古老，太怪誕，根本無法列入考量的範圍。」他停一下。「我跟一個華人女孩交往過。」

「有嗎？什麼時候的事？」

「中學時代。她家剛從上海移民過來。她真的好可愛，好害羞，而且觀念非常守舊。」

「早知道，你當初應該娶她，而不是跟艾莉絲結婚。」

「後見之明啦。其實，跟她交往下去也不會有結果，因為她家人誓死反對女兒和白人交往。可是，她的曾祖母，她對我沒意見。我認為，她之所以看得起我，是因為別人都不聽她講話。」

「天啊，佛洛斯特。活在世界上的老女人當中，有哪一個不喜歡你？」

「我喜歡聽曾祖母講故事。她講中文，叫小玉翻譯給我聽。她講了好多中國的事，哇塞，假如其中一小部分是真的……」

「例如？」

他看著瑞卓利。「妳信不信世上有鬼？」

「我們見過的死人有多少？如果真的有鬼，能活見鬼的人非你我莫屬。」

「小玉的曾祖母呢，她說中國到處有鬼。她說是因為中國是古國，累積了無數的魂魄。人死了，靈魂總要飄到哪裡去，如果不能上天堂，只好待在人間。待在你我之間。」

瑞卓利在紅燈前煞車。等綠燈的當兒，她思考著，逗留在波士頓的靈魂有多少？在這個路口，會有多少靈魂？幾世紀累積下來，亡魂不下億萬，波士頓絕對是一座鬼城。

「曾祖母姓常，她告訴我的東西，很多聽起來像鬼話，不過她是深信不疑。說什麼聖人有辦法走在水面上，武僧能飛天而過，還能隱形。」

「聽起來，她是功夫電影看太多囉。」

「可是，傳說總不會沒有根據吧？也許我們西方人的思想太封閉，無法接受難以理解的東西，而世界上我們沒聽過的事物太多了。妳進中國城，沒有那種感覺嗎？每次我進中國城，都會不禁懷疑，我雖然睜著眼睛，該不會瞎眼沒看出隱形的線索吧。那些中藥店，灰塵不擦，瓶瓶罐罐裝著莫名其妙的什麼乾。我們覺得只是唬傻瓜的東西，可是，說不定那些東西真的能治好癌症咧。說不定吃了能長命百歲。中國擁有五千年的文明，中國人一定知道不少東西，懂得很多不願告訴外人的秘密。」

瑞卓利從後照鏡知道譚的車跟在後面。她在想，這段對話的主題是異國色彩豐富而神秘的華人，如果被譚聽見了，不知他會不會惱羞成怒。綠燈亮了。

駛過路口時，她說：「這些話最好別對譚提起。」

佛洛斯特搖頭。「他聽了八成會生氣。可是，我又沒有種族歧視吧？我跟華人女孩交往過咧。」

「講這個，鐵定把他氣炸。」

「我只是想儘量去理解嘛，想展開心眼，認清肉眼看不到的東西。」

「我看不到的是，這些事件之間有什麼關聯。一個女人死在屋頂。一件同歸於盡的舊案。現在英格叟又冒出來，嘟噥著說有一輛廂型車在監視他家。他還提到什麼『那幾個女孩子』。」

「他幹嘛不在電話上直接講？他認為誰在竊聽？」

「他不肯說。」

「每次我碰到懷疑電話被竊聽的人，我腦子裡的瘋子警報就會哇哇響起來。妳有沒有聽出疑神疑鬼的口氣？」

「他的語調帶有憂慮。而且，他提到她字。他說，他保證過，不會把女的她扯進來。」

「艾睿絲・方？」

「我不知道。」

佛洛斯特望向前方的路面。「像他這樣的老警察，大概身上有槍。我們最好慢慢來，不要驚嚇到他。」

十五分鐘後，瑞卓利把車子駛向英格叟家前停車，譚把自己的車停在瑞卓利後面，三人下車，不約而同關車門。英格叟的房子風格屬於城市屋，有三層樓，屋內亮著燈，佛洛斯特按電鈴卻沒人應門。他再按一次，舉手拍窗戶。

「我打給他好了。」瑞卓利說著，在手機上鍵入英格叟的號碼。三名警探聽得見他的電話在屋內響起，四聲之後切入答錄機，聽到他短促的應答語：不在，留言。

「看不見裡面的狀況。」譚說。正面的窗戶有窗簾遮著，他伸長脖子向內望。

瑞卓利掛掉手機，對佛洛斯特說：「你繼續按門鈴。譚，我們繞到後面。說不定他聽不見我們。」

她和譚從屋子側面繞過去時，她仍能聽見佛洛斯特猛敲前門。房屋之間的走道狹窄，沒有燈，矮樹叢有待修剪。她嗅到濕葉子的氣味，感覺皮鞋陷入濕草地。來到一扇窗戶，她看見英格叟的電視開著，投射出藍光。她停止動作，望進客廳，電視上的畫面閃動。咖啡桌上有一支手機，一個吃了一半的三明治。

「這個窗戶沒閂上，」譚說。「我可以爬。妳要我進去嗎？」

他們在陰影中互看。未持法院令狀又未經屋主允許，擅自入內，後果這兩人明白。

「他口頭上邀請過我們，」瑞卓利說。「說不定他正好坐在馬桶上，聽不見我們。」

譚打開窗戶，才幾秒的工夫，他躍上窗台，蛇溜溜地鑽進屋內，毫無聲響。他的身手太好了吧？她心想，看著與胸同高的窗台。譚果真具有一流神偷的料子。

「英格叟警探？」譚走進隔壁房間，呼喚著。「我們是波士頓市警局。你在裡面嗎？」

瑞卓利考慮，要不要跟著爬窗子進去？肯定會爬得氣喘吁吁，姿勢難看。她想想之後決定作罷，因為等到她終於爬進去了，譚可能已經幫她打開正門。

「瑞卓利，他在這裡！他倒在地上！」

譚的叫聲一掃所有猶豫。她抓住窗台，正要跳上去、一頭鑽進窗內，這時聽見樹叢窣窣響起，腳步聲從黑暗中傳來。

房子的後面。嫌犯逃逸中。

她拔腿追緝過去，來到房子後院，及時看見黑色人影攀越圍牆，跳向外面。

「佛洛斯特，快支援我！」她縱聲大叫，朝圍牆衝刺，憑仗腎上腺素的作用跳上圍牆，翻向另一邊，掌心被裂片刺到。兩腳落地時，鞋底碰觸柏油地面，撞擊力順著腳骨向上衝。

追緝的對象進入視野。一個男人。

她聽見背後有人翻牆而過，並沒有回頭看是佛洛斯特或譚，全神注意前方的男子。距離愈拉愈近了，近到能看清男子一身黑衣褲。絕對是作案的打扮。卻跑不贏這個女警。

她的背後響起後援的腳步，但她不稍歇腳步，不肯給歹徒溜走的機會。她已經追到只剩十幾碼了。

「我是警察！」她喊叫。「不許動！」

男子向右衝，鑽進兩棟房子之間。

她氣壞了。在怒火的助長之下，她以百米速度繞進巷子。裡面好暗，太暗了。她的腳步聲砰砰引起回響，衝刺了六、七步，放慢速度。停下來。

他在哪裡？他哪裡去了？

她拔槍，心臟狂跳，掃瞄著陰影，看見垃圾桶，聽見玻璃碎裂聲。

子彈射進她的背部，正中肩胛骨之間，撞擊力將她轟得兩腳離地，撲臥地上，手掌被地面磨傷，手槍從她手中飛走。克維拉防彈衣救了她一命，但子彈的力道打得她呼吸暫停，她倒臥地上，一時無法動作，手槍掉在她搆不到的地方。

腳步慢慢靠近，她掙扎著，跪坐起來，胡亂摸索著手槍。

腳步停在她的正後方。

一扭身，她看見男人的身影聳立眼前，男人的臉被影子遮住，但遠方的路燈有餘光照進巷子，因此她看見男人舉起一手，看見手槍反射的微光，見到男人對準她的頭。以這一槍了結，迅速而有效率，兇手與受害人不必互看一眼。她想到嘉柏瑞，想到蕾吉娜。沒機會告訴你們，我對你們的愛有多深。

她聽見死神在夜色裡低吟，感覺死神聲嘶嘶劃過耳際。有東西潑灑在她的臉上，她眨一眨眼，等她的眼睛再睜開時，聳立眼前的人影已經開始倒下來，宛如被砍伐的樹，壓向她的雙腿。她被男人的身體壓得難以抽身，覺得熱熱的液體滲入衣褲。她對這股銅腥味太熟悉了。

某種東西在黑暗中呼吸。那東西現在矗立於槍手幾秒前站的地方。她看不見臉孔，只見黑色的橢圓物，外圍是一圈銀毛。牠不吭一聲，轉身離開前，手上的東西閃了一閃，反射出一道明亮的弧形，稍縱即逝。她聽見她認為是風的聲音，看見陰影交錯。接著，來人走了，她仍被壓在男人和地面之間。男人的最後一滴血傾瀉在她的衣褲上。

「瑞卓利？瑞卓利！」

她從屍體下面掙脫出雙腿。「我在這裡！佛洛斯特！」

手電筒的光束遠遠閃動，愈來愈近，在巷子裡左右照耀。

她使勁，嗯哼一聲，總算把屍體移開，碰觸死人肌膚令她打一陣哆嗦，她倉皇向後退。「佛洛斯特，」她說。

光束直照她的眼睛，她舉手擋光。

「天啊，」佛洛斯特驚叫。「妳——」

「我沒事。我很好！」她深呼吸一次，子彈射中防彈衣的地方仍隱隱作痛。「大概還好吧。」

「流這麼多血……」

「不是我的。是他流的。」

佛洛斯特的手電筒對準屍體，她則心有餘悸地猛吸一口氣，肋骨因而悶痛。屍體俯臥著，斷頭滾到幾呎外，眼珠向上凝視著他們，嘴巴張開，像是臨死前的最後一口驚喘。瑞卓利對著整齊的切口看得目瞪口呆，忽然察覺長褲沾滿鮮血，布料黏在腿上。夜空開始旋轉起來，她踉蹌幾步，癱靠在樓房牆壁上，低下頭，拚命壓抑嘔吐的衝動。

「發生什麼事？」佛洛斯特說。

「我看見牠了，」她低聲說。「那個東西。你在屋頂看見的生物。」她覺得雙腳軟如泥，順著牆壁向下滑，最後靠著牆腳坐下。「牠剛剛救了我一命。」

兩人相視無言半晌。風吹過巷子，颳起砂石，刺激她的眼珠，撲擊她的臉。她心想，我差點死了，差點倒在這裡，腦袋多一顆子彈。幸好我今晚還有機會回家，能回去擁抱丈夫，親吻幼女。從夜色飛出來的奇蹟救了我一命。

她抬頭看佛洛斯特。「你剛剛一定也看到了。」

「我什麼也沒看見。」

「你進巷子時，牠一定是從你身邊跑出去。」

佛洛斯特搖頭。「和屋頂上的情形一樣。只有我看見，妳不相信我。」

她再把視線聚焦在屍體上，看著無頭男屍仍握著的手槍。「現在，我相信你了。」

18

莫拉停車坐著，看見三位警官站在刑案現場的封鎖線旁。他們全向她瞄一眼，幾乎篤定是認出了她這輛黑色凌志車，所以他們知道艾爾思法醫剛抵達現場。然而，她下車走過去時，他們卻轉身，背對著她，繼續聊天，在她正式自我介紹時，他們才放下身段，對她行注目禮。

「瑞卓利警探在這棟民宅裡嗎？」她問。

「我不知道，小姐，」一基層員警之一回答。「進去看一看，不就曉得？」

他是蓄意刁難人嗎？他冷冷的表情不透露情緒，難以判斷。莫拉從封鎖線下面鑽進去，走向前門，這時聽見他們在大笑，懷疑自己是否成了笑柄。她進而懷疑，今後每次進出血案現場，是否會有同樣的遭遇。那種表情，竊竊私議的動作，微微遮掩的敵意。她在前門口停下來，穿上鞋套，動作謹慎，不願失去重心，以免讓他們又有機會竊笑。她恢復站姿時，正門打開，譚警探站著看她。

「艾爾思醫師。抱歉，這麼晚還勞駕妳。」

「兩名死者都在屋子裡？」

「一個在廚房，另一個在幾條街外的巷子裡。」

「第二個死者怎麼和第一個相隔這麼遠？」

「他是想逃避瑞卓利的追緝。我猜她是個很難甩掉的女生。」

譚帶她從玄關進入走廊。鞋套在地板上窸窸窣窣，她跟著他進廚房，赫然發現波士頓市警局兇殺組的組長站在貝瑞．佛洛斯特的身旁。馬凱特鮮少親赴刑案現場，他的出現表示這件兇殺案必定具有大異其趣的特點。

死者側躺在瓷磚地板上，臉趴在逐漸凝結的血泊中。他是七十幾歲的白人，體型偏胖，穿著棕褐色的長褲、針織衫、暗色襪子，一隻拖鞋仍穿在腳上。子彈在左太陽穴留下一個彈孔，無疑是致命傷。莫拉沒有立刻上前，反而站在原地片刻，掃瞄著地板，尋找兇器，在屍體附近沒有看見槍械。不是自殺。

「他當過警察。」瑞卓利輕聲說。

瑞卓利靠近過來，莫拉並沒有聽見。莫拉轉身凝視她血跡斑斑的上衣。瑞卓利的身上不是她慣穿的深色褲裝，而是寬鬆的運動褲，顯然是應急用的替代品。

「我的天啊，珍，」莫拉說。

「剛才的狀況有點波折。」

「妳不要緊吧？」

瑞卓利點點頭，看著地上的死人。「他就不一樣了。」

「他是什麼人？」

馬凱特組長回答：「盧易斯．英格叟警探，十六年前從兇殺組退休。他是我們自己人，艾爾思醫師，值得我們盡最大能力協助。」

馬凱特這話是暗示她，不要對這位死者少盡一點心力嗎？暗示著，背叛過警察的法醫會以相同的守法背叛這位警察？莫拉的臉頰灼熱，在屍體旁蹲下，幾秒鐘之後，死者的姓名才深入心頭。

她仰望譚。「當年偵辦紅鳳凰血案的人就是他。」

「妳已經知道英格叟的背景？」瑞卓利問。

「譚警探把驗屍報告送來給我時，跟我討論過紅鳳凰。」

瑞卓利轉向譚：「你去請教她，我怎麼不曉得？」

譚聳聳肩。「我只是想徵求艾爾思醫師的意見，看看十九年前是不是遺漏了什麼線索。」

「瑞卓利警探？」一位鑑識人員站在廚房門口，耳機掛在脖子上。「我們用無線電頻率掃描器搜尋過整個地方了。被妳說中了，他的傳統電話確實有訊號傳出來。」

「訊號？」馬凱特看著瑞卓利。

「英格叟懷疑有人在監聽他家的電話，」瑞卓利說。「講實在話，竟然掃描到訊號，我有點意外。」

「怎麼有人想竊聽他的電話？」

「原因一定不尋常。他的妻子已經去世十八年，所以和離婚糾紛無關。他有一個女兒，而女兒也不清楚狀況。」瑞卓利低頭凝視死者。「這件事愈變愈怪了。他抱怨說，有人在監視他家。他說，有人趁他出遠門時闖空門。我本來以為是瘋言瘋語。」

「看來，他的腦筋正常得很。」馬凱特看著鑑識人員。「你檢查過他的手機嗎？」

「還沒有偵測到訊號。手機的電池用完了。充電以後，我們才能查看他的通話紀錄。」

「手機和傳統電話的通話紀錄全調出來，看看他最近和誰聯絡過。」

莫拉站起來。「據我瞭解，另外有一名死者。」

「持槍歹徒，」瑞卓利說。「應該說，假定是歹徒的男子。我跑了幾條街才追到。」

「是妳制伏的嗎？」

「不是。」

「是誰？」

瑞卓利深深吸入一口氣，彷彿想硬起心腸，應付接下來的對話。「不太容易解釋。我帶妳去看好了。」

她們走到屋外，看見大批民眾聚集。執法人員入侵他們的領域，民眾感到迷惑。瑞卓利在圍觀群眾之間開道前進，帶領莫拉繞進一條僻靜的後街。雖然瑞卓利以她常用的快步前進，大搖大擺的氣勢卻不見了，肩膀下垂，好像被今夜的事件擊倒，自信心也被搶走了。

「妳真的不要緊嗎？」莫拉問。

「除了我喜歡的褲裝被毀了？是啊，我沒事。」

「妳看起來不對勁。珍，說出來吧。」

瑞卓利放慢步伐，停下。她低頭看地上，彷彿害怕看莫拉，唯恐自曝目前內心的弱點。「我本來死定了，」她喃喃低語，「本來沒機會站在這裡了，和英格叟的下場一樣，躺在巷子裡，子彈在腦袋裡。」她對著自己的雙手皺眉，彷彿手是別人的。「妳看看。媽的，我的手在抖。」

「妳說妳追上歹徒。」

「追，對。不過我膽子太大了。跟蹤他進巷子。中槍的人是我。」瑞卓利抱住自己，好像忽然覺得冷。「幸好被生日禮物救了一命。嘉柏瑞不是買一件防彈衣送我，記得嗎？妳和我不是笑他好驢？太浪漫了，送這種每個女生夢寐以求的大禮。我不穿的話，他會大發一頓脾氣，所以今天早上我只好穿著出門，家和萬事興嘛。看來，以後他肯定會拿這件事來囉唆我，說他料事如神。」

「他知道這件事了嗎？」

「我還沒打電話告訴他。」瑞卓利以衣袖擦臉。「我還沒機會。」

「妳應該回家去。現在就走。」

「辦案辦到一半？」

「珍，妳快支撐不住了。現場可以交給兇殺組的同事處理。」

「怎麼可以？馬凱特親自出馬了，怎能讓他看扁？背後中一槍，我就承受不住了？算了吧。」瑞卓利轉身走開，像是急著把正事辦完，以證明她有能力。

唉，珍，莫拉暗暗感嘆。妳一次又一次證明過自己的能力，卻永遠不知足。妳始終是那個極力想獲得認同的菜鳥，害怕曝露弱點。

來到另一道刑案封鎖線，一位基層員警守著巷口。莫拉再度碰到冷釘子。她換穿新鞋套，彎腰鑽過封鎖線，一直覺得警員的眼珠跟著她移動。跟著瑞卓利走進暗巷，逃離他的眼光，她才卸下重擔。

「這一位是第二號單身漢❸。」瑞卓利高聲說，手電筒對準地面。瑞卓利的話輕佻而突兀，令莫拉對腳邊的驚恐畫面毫無防備。

頭與身完全切割。罩著深色毛線帽的頭滾到離身幾呎外，白人男性，年約四十，身上的服裝全黑，軀體俯臥在自身的血海裡，狀似蛙式游泳中，死後的屍僵讓一手緊握著槍。莫拉將手電筒照向牆壁，鮮血在牆上間歇揮灑弧狀血跡，血塘在路面上凝結成黑色布丁。

「這一位是毀掉我最愛的褲裝的混蛋。」瑞卓利說。

莫拉對著斷頭軀體蹙眉頭，看著男屍手上的槍枝。「妳從英格叟家跑過來，追的是這個人？」

「對。從英格叟家的後院追來這裡，被他開了一槍，打中我的背，現在還痛得半死。」

「那他怎麼會……」

「第三者及時介入。如果妳對死亡過程有任何疑問，儘管問我，因為我在場。我躺在地上，這傢伙正要對我的頭開一槍，我以為死定了。我以為……」她乾嚥一下。「然後，我聽見聲音，一種唰聲。轉眼，他就倒在我的身上。」瑞卓利低頭凝視，輕輕說：「結果我還活著。」

「妳有看清楚對方是誰嗎？」

「只看到影子。銀色頭髮。」

「就這樣？」

瑞卓利遲疑著。「一把劍。他好像拿著一把劍。」

莫拉看著屍體，感覺巷子裡吹起一陣風，心想，砍下致命的一刀時，唰聲是否跟這陣清風一樣。她回想起無名女屍的斷腕，關節與肌腱切割得整整齊齊。她的視線停留在死者的手，焦點轉強。「這把槍裝了消音器。」

「對。他一身黑衣，拿著殺手專用的武器，和屋頂無名女屍的裝備類似。」

「這歹徒不是市井竊賊。」莫拉抬頭。「英格叟的電話為什麼被竊聽？」

「他沒機會告訴我，不過很明顯的是，他很擔心，想跟我談一談。他說是跟女孩們有關的事。那幾個女生發生的事，他說。」

「誰家的女孩子？」

「好像是和紅鳳凰血案有關。紅鳳凰死者當中，有兩家的女兒失蹤了，妳知道嗎？」

莫拉聽見人聲和關車門的聲響，朝巷口望去，看見鑑識組人員拿著手電筒過來。「這下子，我非參考一下譚送過來的檔案了。」

「他為什麼找妳？剛聽說他送檔案給妳看，我很意外。」

「他要的是公正的意見，好像不相信廚師會自我了斷。」

「妳認為呢？」

「我太忙了，抽不出時間看檔案。老鼠這禮拜來我家住，所以我儘量陪他。」莫拉轉身離去。「我明天一早驗屍。妳想過來看嗎？」

「兩具屍體都驗？」

此話問得奇怪，莫拉心一驚，回頭望。「為什麼不能？」

❸ 美國相親節目的用語。

「英格叟是退休警察。我只是顧慮到，目前的時機敏感，因為妳牽涉到葛瑞福警探的審判。」

瑞卓利的語氣難掩侷促不安，莫拉聽出來了，也明白原因。「以後不准我驗警察的屍體了嗎？」

「我可沒有這樣講。」

「妳不必講，我也知道。我完全明白大家在講什麼話。每次有警察看著我，或不屑看我，我都瞭然於心。他們把我當成敵人。」

「風波遲早會過去的，莫拉。過一段時間就好。」

直到我又出庭作證指控另一個警察。「主流的政治風向既然這樣吹，我不必逆風作對，」莫拉說。「我會請布里斯妥醫師替英格叟驗屍。」她鑽過黃布條離開，走過鑑識人員，離開巷口一條街之後，才覺得喉嚨裡的結漸漸鬆散。風波遲早會過去的，莫拉，瑞卓利剛才說。問題是，會嗎？警察的記性很強，幾十年舊案的細節琅琅上口是常有的事。此外，警察容易記恨，誰和他們配合過、作對過，他們一輩子不忘。我會永遠被歸類為仇人，她心想。二十年以後，他們仍將記得我曾害警察坐牢的舊事。

莫拉回到英格叟家時，已有更多警車抵達。她停下腳步，閃爍的警燈眩目，混亂的局面宛若節慶。忽然間，一陣女人的哭聲戳破警用無線電的嘰嘰呱呱。

「讓我去看他！我非去看我父親不可！」

「小姐，拜託。妳不能進去，」一位警員攔著她說。「待會兒有人出來，會馬上向妳說明。」

「可是，他是我爸爸啊。我有權知道他出了什麼事！」

「布洛菲神父，」警察喊叫，「麻煩請你過來開導這位小姐，好嗎？」

一名高挑的男子戴著神父的衣領，默默穿越人群而來。丹尼爾．布洛菲是波士頓市警局的神職人員，時常被喚來悲劇現場，因此莫拉不訝異在這裡見到他，但他的模樣一映入眼簾，她立刻變成木頭人。她以飢渴的眼神遠觀，看著神父把英格叟的女兒帶離現場。他看起來瘦了一點嗎？他的神情是否有煩憂，頭髮是不是更花白了？我這麼想念你，你是不是一樣想我？

神父把啜泣的女人帶向一輛巡邏車，接著忽然瞧見莫拉，兩雙眼睛相扣，萬物在剎那間幻化，她只看見丹尼爾，覺得心跳如鼓，節拍狂亂如垂死的鳥翼。

丹尼爾把哭泣的女子摟靠在肩膀，帶她走開，莫拉的視線流連不去。

19

珍‧瑞卓利站在停屍間的燈箱前，研究著男屍的X光片，怎麼看也覺得他的骨骼架構大致正常，只有一項醒目的特點：頭顱與軀體分離，遭人在第三和第四頸椎之間一刀砍斷。雖然譚和佛洛斯特已經站在驗屍桌旁，等候驗屍開始，瑞卓利仍杵在這裡，尚未做好心理準備，無法面對屍布下的屍首。X光片呈現的是抽象的線條，是黑白的卡通人體構造圖，缺乏血肉的外觀與氣味，也沒有臉孔。因此，她在燈箱前逗留，拖時間，專心看著X光片裡的心肺。昨晚，同一顆心臟將熱血噴灑在她的衣褲上。若非無名救星插手，掛在這裡的X光片就是我，她心想。躺在驗屍桌上的人是我。

「珍？」莫拉說。

「一刀就能斷頭，刀鋒一定銳利到難以想像。」瑞卓利說，視線仍固定在X光片上。

「重點在於人體結構，」莫拉說。「關鍵是刀口劈進關節的角度。在中古時代，熟練的劊子手能一刀斬斷犯人的脖子。如果一刀不夠，還得接著再補幾刀，表示他的能力不足。或是喝醉了。」

「一早欣賞這景象，心曠神怡啊。」譚說。

莫拉掀開屍布。「還沒有剪開衣物。我猜你們希望看全程。」

我可不想看，瑞卓利心想。我不想來這裡。但是，瑞卓利強迫自己轉向驗屍桌。雖然這具屍首不值得驚奇，她看見斷頭時仍驟然吸一口氣。她對男屍仍一無所知，不清楚這人的姓名與來歷。警方對他的瞭解僅止於昨夜從他口袋搜出的物品：一盒彈匣、一捲鈔票、福特廂型車的鑰匙。這輛車是贓車，停在英格叟家兩條街外。歹徒沒有任何證件。

譚彎腰近看斷頭，不為所動。莫拉揭開死者的毛線帽時，他也沒有畏縮的神色。死者褐色頭髮修剪整齊，五官毫無出色之處，鼻子不高不扁，嘴唇不厚不薄，下巴也沒有特點，是在路上擦肩而過、立刻忘記的長相。

昨晚屍體運來時，已有人員為他採集雙手證物和指紋，手指仍沾有紫墨。莫拉和吉間一起剪除運動衫、長褲、內褲、襪子。斷頭屍的身軀肌肉發達，體格壯碩，右膝蓋有一道對角線的傷疤，是從前動過手術的跡象。瑞卓利凝視著疤痕，心想：昨晚我輕鬆跑贏他，原因現在總算揭曉。

在放大鏡下，莫拉檢查被斬斷的軟組織，尋找異常與瘀傷。「不見鋸齒痕，」她說。「傷口的切痕一致，沒有再補一刀的現象，是一氣呵成的刀傷。」

「我不是告訴過妳嗎？」瑞卓利說。「是一把劍。一刀砍斷。」

莫拉抬頭。「無論我認為證人多可靠，證實一下總是最妥當。」她繼續檢查刀傷。「這一刀的角度有點異狀。持刀的手是哪一邊？左手或右手？」

瑞卓利遲疑著。「我沒有看見實際揮刀的動作。不過，他走開的時候，刀子在……在他的右手。」

「確定？」

「確定。為什麼問？」

「因為這一刀從右下方進入，角度偏上，從頸部左邊出來。」

「那又怎樣？」

「這名死者的身高大約五呎十或十一，如果兇手從背後攻擊，揮刀的動作是由右至左，兇手可能比死者矮。」莫拉看著瑞卓利。「妳贊同嗎？」

「我躺在地上，從那種角度，誰看起來都比我高，尤其是拿著一把大刀的人。」她吐出一口氣，忽然意識到莫拉又以分析心理的目光審視她，令她心煩。那種眼光能侵犯她的隱私，讓她覺得像泡在福馬林裡的標本。

瑞卓利陡然轉身走開。「我沒必要看下去了。驗這具屍體，能瞭解什麼？大驚奇喔，他的頭被砍斷了？」她脫掉袍子，扔進髒衣桶。「你們繼續忙吧，我想去化驗室走走，看英格叟的手機裡有什麼線索。」

等候室的門突然被推開，瑞卓利赫然看見走進門的人是她的夫婿。「你來這裡幹嘛？」

FBI特案探員嘉柏瑞．狄恩並非沒進過驗屍室。他曾偵辦過一樁連續殺人案，因而結識瑞卓利，兩人在辦案期間一起嗅過不少屍臭，觀察過幾具腐化程度不等的屍體。嘉柏瑞已經穿好袍子和鞋套，神情專注而陰冷，戴上手套，走向驗屍桌。

「是巷子裡的男屍？」他開門見山問。「差點槍斃妳的，就是這個？」

「哈囉，老公，怎麼連一聲招呼也不打，」瑞卓利挖苦他。她望向譚。「你如果在想，這個攪局的人是誰，我告訴你，他是我的先生嘉柏瑞。我也不知道他的來意。」

嘉柏瑞依舊關注著屍體。「我們目前對他的瞭解有多少？」

「我們？你什麼時候加入的？」瑞卓利問。

「從他對妳開槍的那一刻開始。」

「嘉柏瑞。」她嘆氣道，「這件事我們找時間再談。」

「應該趁現在談。」

她凝視著丈夫，想理解狀況，想解讀他的表情。他的臉在驗屍燈的照耀下顯得冷酷。「你怎麼了？」

「我想談的是指紋。」

「我們比對過他的指紋，在自動指紋辨識系統裡查無結果。」

「我指的是屋頂無名女屍的指紋。」

「她的指紋，我們也比對不出結果，」莫拉說。「她不在FBI的資料庫裡。」

「我對國際刑警發出一份黑色通報，」嘉柏瑞說，「因為我覺得，這案子明顯不單純，牽涉到的背景很複雜。想想看，屋頂女人的打扮，她拿的是什麼手槍，她沒帶證件，而且駕駛贓車。」他轉向斷頭屍。「和這男人一樣。」

「國際刑警對你回報了嗎？」瑞卓利說。

他點頭。「一個鐘頭前接到了。屋頂女人的指紋在他們的資料庫出現，沒有姓名，只有指紋。兩年前，倫敦發生一件汽車炸彈案，他們在爆炸裝置上採集到她的指紋。車子的駕駛是美國生意人，被炸死了。」

「牽扯到恐怖主義嗎？」譚問。

「國際刑警相信，汽車炸彈案是黑道的蓄意攻擊案，是付錢買來的暗殺行動。屋頂女子顯然是職業殺手，我猜這男人也是。」他轉向瑞卓利。「珍，碰上這種人，防彈衣也救不了妳。」

瑞卓利驚訝一笑。「嘩，我們抽中特獎了，不是嗎？」

「妳有一個女兒，」嘉柏瑞說。「我們有一個女兒。妳思考一下。」

「有什麼好思考的？」

「波士頓市警局能不能應付這種案子。」

「暫停。我們可以去隔壁溝通這件事嗎？」她瞄向同事。「抱歉，」她喃喃說，推開門出去，進入走廊，脫離旁人的聽力範圍時，她才對嘉柏瑞脫口質問：「你來這裡幹嘛？」

「我想保住妻子的性命。」

「這裡是我的地盤耶。這裡的事，由我做主。」

「妳的對手是什麼人，妳有概念嗎？」

「我正在調查。」

「調查期間，妳到處吃子彈、收屍？」

「對。收了不少。」

「其中一個當過警察。英格叟懂得自衛，結果照樣躺進屍袋。」

「照你這樣講，你是想叫我退出？叫我跑回家，躲進床鋪下面？」她繼續說，「哼，你想得美。」

「珍，職業殺手是誰找來的？請得起殺手，對付退休警察，這種人絕對不把波士頓市警局放在眼裡。他不怕妳。幕後一定有黑道在指使。俄裔幫派份子。或是華裔——」

「凱文・唐納修。」她說。

嘉柏瑞愣了一下。「愛爾蘭黑手黨？」

「我們已經在收集對他不利的證據。他的一個手下名叫喬伊・吉爾摩，是中國城血案的死者之一。吉爾摩的母親相信，血案其實是唐納修指使的暗殺。英格叟是那件案子的首席警探。」

「如果藏鏡人是唐納修，他的神通廣大，可能連波士頓警局的人也被他收買。」

她注視著丈夫。「FBI能佐證嗎？」

「證據還不足夠辦他。不過我可以告訴妳，他不是好惹的，珍。如果他能收買波士頓警局，他已經摸清了妳的如意算盤。他知道妳把苗頭對準他。」

她想起昨夜的情景。在英格叟家，警界人員蜂擁而至，連馬凱特組長也親自出馬。有多少警察一直在觀察她、留意她說的話、瞭解她的規劃？這些情資，有多少被走漏給唐納修？

「昨天晚上是運氣好，」嘉柏瑞說。「妳活下來了。建議妳見好就收，回家清靜一下。」

「丟下這個案子不管？你想叫我縮手？」

「請個假，休養一下。」

「少來。」她站得太近，乃至於脖子伸直才能平視丈夫的眼睛。嘉柏瑞不畏縮；他從不退卻。「你不必對我講這種話，」她說。「現在不要。」

「不然，妳要我等到什麼時候才講？替妳辦喪事時才講嗎？」

她的手機震破兩人之間的寂靜。她拿出來接聽，口氣很衝：「我是瑞卓利。」

「呃，是不是打攪到妳了，警探？」

「妳是誰？」

「艾琳。化驗室。」

瑞卓利呼出一口氣。「對不起。妳化驗出什麼結果？」

「無名女屍身上不是黏著兩根奇怪的毛髮嗎？我本來比對不出結果，記得嗎？」

「記得。灰色的那兩根。」

「我等不及想告訴妳結果。」

夫妻的爭執仍壓在瑞卓利的心頭，她駕車帶著佛洛斯特前往市警局。佛洛斯特對她的情緒夠瞭解，所以一路上儘量少開口，但當她把車子轉進停車場時，佛洛斯特若有所思地說：「結婚的滋味裡面，我懷念其中一部分。」

「哪一部分？」她說。

「有人掛念著另一半，嘮叨另一半不要冒險。」

「怎麼會懷念這種事？」

「怎麼不行？這表示他愛妳。表示他不願失去妳。」

「換言之，我要上的戰場有兩個，一方面盡工作上的本分，另一方面對抗嘉柏瑞，以免被他五花大綁。」

「假如他不囉唆呢，怎麼辦？妳有想過嗎？假如他對妳不夠關心，所以懶得唸妳，妳怎麼辦？感覺不是太像根本沒有結婚嗎？」

她駛進停車位，熄火。「他不希望我偵辦這案子。」

「碰到這麼多波折，我也不確定自己想不想辦這案子。」

她望著佛洛斯特。「你怕了？」

「我不怕承認。」

他們聽見車門關上的聲響，轉頭看見譚停在幾個車位之外下車。「我敢打賭，他沒有被嚇到，」她嘟噥著。「那個李小龍大概天不怕地不怕。」

「一定是裝出來的啦。要是他不怕唐納修那一票人馬，他的腦袋肯定有毛病。」

瑞卓利推開車門。「下車吧，不然會被人當成車床族。」

他們走到化驗室時，發現譚已經坐在艾琳的顯微鏡前觀察採樣。

「兩位來了，」艾琳說。「譚警探和我正在看幾種靈長類毛髮的標本。」

「和無名女屍身上的毛髮相似嗎？」瑞卓利問。

「有，不過顯微鏡無法確認出特定的品種，所以我只好求助另一種方法。」在桌台上，艾琳攤開一張紙，上面印著幾條垂直的粗灰線，灰色的色調不一。「這些是角質蛋白的圖案。毛髮的不同成分可以用電泳來分離，做法是先清洗採樣，晾乾，泡進綜合化學液體裡融化，接著把融化後的蛋白質滴在薄薄一層的膠體上，然後通電，讓不同種類的蛋白質以不同的速度在膠體上移動。」

「最後得到這幾條灰色的色帶？」

「對。不過要先經過銀染和沖洗，以加深對比。」

佛洛斯特聳聳肩。「沒啥看頭吧。」

「然後我用電郵發給奧勒岡州的野生動植物檢驗室，請他們用資料庫來比對角質蛋白。」

「這種東西也有資料庫？」譚說。

「當然有。全球野生動植物專家都有貢獻。美國海關如果扣押一批動物皮毛，會想調查皮毛是不是瀕臨絕種的動物，可以透過這套資料庫辨識皮毛的原主。」艾琳打開一份檔案夾，再抽出一張角質蛋白。「他們比對出這一份。各位會留意到，這一張上面的蛋白質色帶，排列組合和一種生物幾乎完全吻合。」

瑞卓利的眼睛在兩張紙上來回轉動。「第四條。」她說。

「答對了。」

「第四條是什麼動物？」

「是一種非人類的靈長類動物，符合我最初的猜測。獼猴科，長尾葉猴屬。這一品種的俗名是灰毛長尾葉猴。」

「灰毛？」瑞卓利抬頭問。

艾琳點點頭。「毛色吻合妳從無名女屍身上採集到的毛髮。長尾葉猴的體型相當大，黑臉，毛色有灰有金，分佈在南亞，從中國到印度都有，習性是地棲和樹棲。」她停頓一下。「意思是，牠們可以住在樹上，也可以住在地上。」她轉向電腦，以Google搜尋相片。「看這一張，就知道這種猴子的長相。」

瑞卓利一看見螢幕上的猴子，雙手頓時冰冷。黑臉。灰毛。子彈隔著防彈衣，射中肩胛骨的部位隱隱發痛。她憶起熱血潑臉的情景，想起巷內的人影聳立眼前，頭上有銀髮。「這種猴子能長多大？」

「雄猴的身長大概兩呎半。」

「不會長得更高嗎，妳確定？」

「牠們不是猿，只是猴子。」

瑞卓利看著佛洛斯特，見到他臉色蒼白，眼神震驚。「你在屋頂看見的是這個，對吧？」她問。

艾琳皺眉。「你看見什麼？」

佛洛斯特搖頭。「我看見的東西比兩呎半高太多了。」

瑞卓利點頭。「我同意。」

艾琳一下子看瑞卓利，一下子看佛洛斯特。「你們兩個都看見過？」

「臉是長得這樣沒錯，」佛洛斯特說，「也長著灰毛，不過那東西不可能是猴子。何況，哪門子的猴子會拿著刀劍到處跑？」

「哇，聽你這麼一講，我的脊背發涼了，」艾琳輕聲說。「這種猴子在印度稱為哈奴曼長尾猴。在印度教，哈奴曼是驍勇善戰的神猴。」

艾琳剛才體會到的涼意，這時忽然像一股冰氣，對著瑞卓利的頸背直吹。她想起巷子裡的那一頭生物，記得牠轉身時劍光一閃，然後溜進陰影。

「這種猴子和美猴王是同一種嗎？」譚說。「我知道印度神猴的傳奇。中國另有一個版本。

我祖母常講美猴王的故事給我聽。」

「誰是美猴王？」瑞卓利問。

「他的中文名字是孫悟空，從聖石裡蹦出來，最初只是一隻石猴子，之後變成有血有肉的猴子，受封為猴王。他後來變成戰士，上天宮學習眾神的智慧，可是他上了天宮卻大鬧。」

「照你這麼說，他是壞人？」佛洛斯特問。

「不對，他不邪惡，只是太衝動，愛調皮搗蛋，像真正的潑猴一樣。有人根據他寫了一整本書的故事，描寫他偷吃天宮的所有蟠桃，喝太多酒，偷走瓊漿玉液，和神打鬥。諸神全拿他沒辦法，只好把他趕出天宮，暫時關進山間的監牢。」

佛洛斯特笑笑。「聽起來像我的高中同學。」

「他後來怎麼了？」瑞卓利問。

「孫悟空在人間留下一連串的事跡。他有時候會惹麻煩，有時行善。我記不清楚所有故事，只知道有很多魔法打鬥、河怪、會講人話的動物。是很典型的童話故事。」

「童話故事可不會跳進人間喔，」瑞卓利說，「哪會在真人的死者身上留下毛髮。」

「我只是把孫悟空的傳奇講給妳聽。他的個性複雜，有時候樂於助人，有時候破壞心很重。不過，每當他來到好壞事的關口，他十之八九選擇做好事。」

瑞卓利凝視著艾琳電腦螢幕上的相片，看著片刻之前令她毛骨悚然的猴臉。「所以說，他一點也不邪惡。」她說。

「對，」譚說。「美猴王雖然缺點不少，雖然有時候愛作怪，他常站在正義的一方。」

20

安琪拉・瑞卓利的廚房飄散出陣陣香味，烤雞和迷迭香的氣味令人垂涎。在用餐室裡，退休警探文森・科薩克正在擺刀叉和碗盤。在院子裡，瑞卓利的女兒蕾吉娜笑得唧唧叫，嘉柏瑞正在推她盪鞦韆。然而，瑞卓利卻置身事外。她坐在母親家裡的沙發上，咖啡桌上散置六、七本圖書館的書，主題是亞洲靈長類和灰毛長尾猴，也有幾本關於美猴王孫悟空。她發現，孫悟空的故事不僅記載在書籍裡，也搬上大銀幕，改編成連續劇和舞蹈，甚至也成為兒童電視節目的題材。

在一本中國民間傳奇的選集中，瑞卓利找到一段孫悟空傳奇的引言。雖然孫悟空的故事在十六世紀期間記載，作者是吳承恩，故事本身卻發生在遠古，據說遠在鬼神與魔法的年代，是妖魔和天神在天地大戰的古時候。

該地有一塊岩石，一塊開天闢地以來的仙岩，吸收日月精華、天地靈氣，從中蹦出一顆石卵，後來孵化出一隻石猴。小猴子會跑會跳會爬樹，眼珠能射金光，連玉皇大帝也驚奇。

石猴子無父無母，不久後成為眾猴之王，集體生活相安無事，直到有一天，美猴王領悟到，所有人終將難逃一死，因此他上天堂尋求永生的奧秘，難耐誘惑，大鬧天宮之後遭到拘禁。他被裝進煉丹爐，在赴刑場的路上掙脫束縛，求生之戰鬧得天堂烏煙瘴氣，最後諸神被迫將他壓在五行山之下。

他在漆黑的岩穴裡蟄伏數百年，靜候邪魔降臨世界的那一天，他才將重現天日，重拔戰袍。

瑞卓利翻頁看見一張孫悟空的插圖。雖然只是畫像，圖中的美猴王握著一根金箍棒，令她看得手臂寒毛直豎。她凝視黑嘴裡的森森利齒，凝視著一頭銀毛，無法轉移視線。

記得六歲那年，父親曾帶她去動物園，抱她起來看蜘蛛猴。猴群看了她一眼，嚇得在籠子裡暴動，在樹枝之間吱吱叫、跳躍，活像見到撒旦本尊的臉。動物園的一名員工衝出來，命令大家：後退，後退！我不知道牠們被什麼嚇到了！父親抱著她遠離驚叫的猴子時，她知道嚇壞猴群的人是她。猴子怕她。猴群除了看見一個深色捲髮的六歲女童之外，還看見什麼？她納悶。即使在她那麼小的時候，牠們也認得出其他特點？也看得出她長大會變成什麼樣的人？

「這些猴子書，妳看出什麼樣的心得了？」

科薩克的聲音讓她陡然抬頭。他穿著他的週日盛裝——前來安琪拉．瑞卓利家吃晚餐，至少這身衣服是他最體面的打扮，至少白色高爾夫球衫和Dockers卡其長褲上不見番茄醬污漬。他幾年前曾經心臟病發，開始進行保養心臟的飲食，減肥三十磅，可惜現在的體重又開始回升。儘管他剛在皮帶新增一孔，漸大的肚子又把皮帶脹得緊繃。

「跟一個案子有關。」瑞卓利說。她合上書本，慶幸能驅走孫悟空的影像。

「對，我全聽說過了。妳又辦到奇案了。起先是屋頂死了那位小姐，對不對？害我好想再騎上戰馬。」

瑞卓利看著他的大肚腩，心想：被你騎到的戰馬，但願上帝憐惜牠。

科薩克在扶手椅一屁股坐下——這張扶手椅是父親法蘭克以前常坐的位子，現在換科薩克坐，瑞卓利看得不太適應。可惜，讓位的人是父親，都怪他自己拋棄髮妻安琪拉，搬去和那個傻辣妹同居。大家明知她的姓名，現在都稱呼她傻辣妹。她名叫珊娣·赫芬頓，是女字旁的娣喔。瑞卓利對傻辣妹瞭若指掌，知道她在近十年被開過多少交通罰單。三張。因為傻辣妹出來攪局，科薩克才有機會坐上這張扶手椅，讓安琪拉養得肥滋滋、樂陶陶。

在其他哪些方面，安琪拉也能討好科薩克？瑞卓利不願多想。

「中國城啊，」科薩克低吼著。「地方怪。餐廳好吃。」

他當然會提到食物。「你對紅鳳凰槍擊案還記得多少？」她問。「當年，你一定聽過不少八卦吧？」

「那案子怪得讓人拍案叫絕。好端端的一個廚師，養了一個可愛的小女孩，怎麼會轟爛自己的頭？我一直想不通。」他搖搖頭。「好乖的一個小孩子，好聽爸爸的話。」

瑞卓利被這話驚動。「你認識廚師一家人？」

「不算認識啦，只是以前常去吃飯。那些華人啊，不懂得休假，所以半夜還不打烊。一般人上完夜班，照樣能過去吃晚飯。我有一次，星期天晚上十點過去，那個小女娃還端著幸運籤餅出來給我。簡直像童工嘛。不過，她好像很高興能陪伴爹地。」

「你確定她是廚師的女兒嗎？那一年，她的年紀一定很小吧。」

「她看起來是很小，大概五歲吧？像娃娃一樣可愛。」他哀嘆一聲。「很難相信父親會丟下老婆、小孩，做那種事，而且還破壞了那麼多家庭。幾個禮拜以後，死者之一的女兒被綁架了。」

「夏洛蒂・迪昂。」

「是這個姓名嗎?我只記得像是一場希臘悲劇。厄運接二連三來。」

「最怪的疑點,你知道是哪一個嗎?」瑞卓利說。「血案發生的前兩年,死者之一的女兒,也就是服務生的小孩,也在放學回家的路上被帶走了。」

「這麼慘?我沒聽說過。」科薩克想了一下。「太古怪了。讓人忍不住懷疑,該不會太湊巧了吧。」

「英格叟警探和我通電話時,最後講到女孩們的事。事關那幾個女生的案子。這是他親口說的。」

「那兩個女孩嗎?或者還有其他女孩?」

「不知道。」

他搖搖頭。「過了這麼多年,我們卻還在想她們。有啥好想的,可能老早化成一堆枯骨了吧。」他停頓一下。「我今晚不想去動那一方面的腦筋。我們去倒葡萄酒吧。」

「咦,你不是專喝啤酒嗎?」

「被妳媽媽歸化了。反正葡萄酒對老心臟有幫助嘛。」他雙手向下壓,從扶手椅站起來。

「該聊聊歡樂的事情了,好嗎?」

死人的事少提為妙,瑞卓利心想。別提起重大槍擊案和少女綁架案。然而,嘉柏瑞牽著蕾吉娜的小手進屋子時,瑞卓利不禁想起夏洛蒂・迪昂和蘿拉・方。瑞卓利幫母親端菜上桌,一盤接一盤，每盤比上一盤更令人讚嘆。脆片烤馬鈴薯，橄欖油四季豆，最後是兩隻鮮嫩多汁、迷迭香撲鼻的烤雞。然而，即使在大家坐下開動之後，即使在她為蕾吉娜綁圍兜、把雞肉切成適合幼兒入嘴的份量，瑞卓利又想起失蹤少女和痛不欲生的家長。身為母親的人怎麼活得下去？她懷疑，艾睿絲．方是否曾有一死百了的念頭。從屋頂跳下去，吞下一大把安眠藥，不是比較省事嗎？何苦日復一日受哀傷的煎熬，為了再也見不到面的親人而黯然神傷？

「妳盤子裡的東西是不是不對味，小珍？」安琪拉說。

瑞卓利望向母親。安琪拉具有一份神通，能掌握每一位客人吃下的每一口東西。「很好吃啊，媽。妳這一餐又比上一餐更豐盛了。」

「那妳為什麼不吃？」

「有啊。」

「妳吃一小口烤雞，然後把盤裡的東西挪來挪去。妳該不會在節食吧？希望不是，因為妳不必減肥了，乖女兒。」

「我沒有在節食。」

「到處都有女生天天在減肥，吃沙拉餓肚子，為了什麼？」

「絕對不是為了男人，」科薩克說，滿腮是馬鈴薯。「男生喜歡肉感一點的女生。」他朝安琪拉眨一眼。「以妳媽來說吧，女人的身材就應該像她那樣。」

瑞卓利看不出餐桌下的實況，但母親突然坐直，呵呵笑起來。「文森！規矩一點。」

求求你，規矩一點。因為我看不下去了。

「這個時候嘛，」科薩克邊切烤雞邊說，「很適合提起一件事。」

最後這三個字聽起來陰沉到極點。瑞卓利的下巴向上合攏，望向母親。「哪一件事？」

「我們已經討論一陣子了，」安琪拉說。「文森和我。」

瑞卓利瞄向丈夫嘉柏瑞，但他如常擺出FBI的臉孔，即使他大概猜得到言下之意，也不肯付諸言表。

「你們應該曉得吧，文森和我已經交往了好一陣子。」安琪拉說。

「好一陣子？才多久？一年半而已吧？」

「認識一個人，一年半的時間綽綽有餘了，小珍。能看得出一個人的真誠。」安琪拉對科薩克投以粲然一笑，兩人交頭打一個響啵。

「妳跟爸交往整整三年才結婚，」瑞卓利指出，「結局怎樣？」

「我認識妳父親時才十五歲。在他之前，我只交過一個男朋友。」

「妳才十五歲，就有第二任男友啦？」

「重點是，我當年太小，沒見過世面，年紀輕輕就嫁掉了，太早生小孩，現在才曉得自己要的是什麼。」

瑞卓利看著科薩克，暗罵：妳瞎了眼才會看上他。

「所以我們才請你們過來吃晚餐。妳和嘉柏瑞是我們優先通知的對象。我還沒告訴過法蘭基和麥克，因為他們嘛，唉，妳應該知道。雖然爸跑去跟那個傻辣妹上床，他們的心還放在爸身上。」安琪拉停頓片刻，呼吸以平靜語氣。一提起傻辣妹，她的語調就提高半個八度。「妳弟弟啊，他們不會諒解的。可是，妳是我女兒，應該曉得女人在世上多苦，這世界對女人多不公平。」

「媽，這麼急，沒必要吧。」

「我們不急啊。我們想把訂婚期拖得長一點，照傳統的方式慢慢準備婚禮，找一家印刷廠訂購正統的喜帖，租一間大喜宴廳，請人辦桌。妳可以陪我去挑選禮服呀！母女倆一起去，多棒！我考慮穿桃色或淡紫色的，畢竟我已經不──唉，不說妳也知道。」

瑞卓利瞥向科薩克，看他對女方的待辦要務有何感想，但他只是咧嘴笑得像歡樂水手。

「這一次，我想慢慢來，享受婚禮的一分一秒，」安琪拉說。「慢慢來的話，可以讓妳弟弟有機會調適。」

「爸怎麼辦？」

「他怎麼辦？」

「他怎麼調適？」

「那是他家的事。」安琪拉的視線轉陰。「他最好不要搶先一步進教堂。他那種人啊，不是沒有可能趕快和傻辣妹結婚，為的只是讓我心煩。」她看著科薩克。「我這樣一想，覺得也許應該把日期往前挪。」

「不要！媽，算了，忘掉我提到爸的事。」

「但願我能忘掉他就好，可惜他像我腳上踩到的一根刺，一直摳不出來，我也沒辦法假裝它不在裡面，讓它老是戳著我。希望妳一輩子不會知道這種滋味，小珍。」她停下來，看女婿一眼。「妳當然不會。妳的丈夫是個好上加好的男人。」

一個仍然討厭我當警探的好男人。

嘉柏瑞明智地避免介入話題，專心餵蕾吉娜吃小塊的馬鈴薯。

「好了，大消息報告完畢，」科薩克說著舉杯。「敬一家人！」

「快嘛，小珍！嘉柏瑞！」安琪拉催促。「我們大家一起乾杯！」

瑞卓利面無表情，舉杯嘟噥說：「敬一家人。」

「妳想想看，」科薩克笑著說，一面捶她手臂一拳尋開心。「現在開始，妳可以喊我：『爸』。」

「遲早會演變成這樣，妳又不是不知道，」嘉柏瑞說。他正和瑞卓利開車回家，蕾吉娜睡在後座。「原本寂寞的兩個人，現在看起來多快樂，相配得十全十美。」

「對。女的喜歡做菜。男的是愛吃鬼。」

「這樣還算不錯了。」

「他們兩個都在感情療傷期，現在結婚，未免太急了。」

「人生苦短，珍。妳比別人應該有更深的體認才對。生死關鍵可能在一眨眼之間，只要碰到結冰的路面，或是酒醉駕駛。」

或是暗巷的一顆子彈。對，她確實知道，因為她太常看見橫死早逝的場面，看見每件命案的波瀾席捲活人的生活。她記得喬伊．吉爾摩的母親那張滄桑的臉，記得派崔克．迪昂提起女兒夏洛蒂時眼神的陰霾。縱使事隔十九年，餘波依然拍打著活人。

「我怕對弟弟報告這件消息。」她說。

「妳覺得他們會很難接受？」

「法蘭基肯定會發飆。最讓他抓狂的是想到媽媽跟另一個男人，呃，那個。」

「上床？」

瑞卓利縮緊眉頭。「我承認，我一想到，心裡也會毛毛的。我欣賞科薩克。他是個正派的男人，體貼我母親，可是，唉，她是我的母親呀。」

嘉柏瑞笑笑。「而妳的母親還有性生活。認了吧。快打電話給法蘭基，速戰速決。」

然而，返家之後，她特別迴避電話，故意拖延報喜訊的任務。她去燒開水，在廚房桌前坐下，翻閱圖書館借來的書。美猴王的插圖對著她瞠目怒視，抓著金箍棒揮舞，面貌猙獰恐怖，她為了翻頁才敢伸手去碰。

第九回。陳光蕊赴任逢災。

話表陝西大國長安城，乃歷代帝王建都之地。彼時是大唐太宗皇帝登基，天下太平。

故事開端的筆調輕鬆，卸除讀者的心防。主角姓陳名萼，字光蕊，是正直的年輕狀元，迎娶俏佳人之後奉派至江州擔任州主，遂帶領懷孕的新婚妻與家僮多名，穿越青翠蓊鬱、野花繽紛的鄉野，前赴新職。來到一處河流的渡口時，宜人的故事急轉直下，陳萼一行人遭強盜持刀械襲擊，血濺四方。原來，這一章根本不是一則美美的寓言，而是充滿驚駭尖叫的故事，橫死的屍首被丟進澎湃的河裡。那一夜，只有一人倖免於難。盜賊見狀元妻有幾分姿色，不顧她懷孕，強行將她擄回山寨拘禁，等她產下胎中的苦命兒。

熱水燒開了，壺嘴的尖哨聲將她強拉回現實。她抬頭看見嘉柏瑞過去關瓦斯爐，將熱水倒進茶壺。她連丈夫進廚房的聲音也沒注意到。

「寫得那麼精采啊？」他說。

「天啊，這本書寫得好恐怖，」她哆嗦著說。「我絕對不會朗讀這種故事給小孩聽。以這一則為例，〈陳光蕊赴任逢災〉，寫的是渡口的大屠殺事件，唯一活下來的人是一個孕婦，被歹徒抓走了。」

嘉柏瑞把茶壺提上桌，在她的對面坐下。他按捺情緒一整晚，眉宇之間的皺痕明顯，她留意到了。在廚房的亮光之下，她才注意到嘉柏瑞略有愁眉苦臉的模樣。

「我知道，我無法動搖妳辦這案子的決心，」他說。「我只想再發表個人的關切。」

她嘆氣。「心領了。」

「珍，妳那晚回家，整個人被嚇傻了，衣服上沾滿血跡，我一直甩不掉妳那副模樣。我好久沒看見妳那麼魂不守舍了，自從……」

嘉柏瑞不需明指，她也知道。他指的是間接為他們牽紅線的惡魔——在她雙手留下疤痕，血腳印至今仍在她的惡夢裡一步接一步走。

「記得我做的是哪一行吧？」她說。

他點頭。「我當初也知道，類似的日子多的是。我只不曉得過這種日子多辛苦。」

「你後悔過嗎？」她輕輕問。

「娶警察回家？」

「娶我。」

「呃，這個嘛。」他搓揉下巴，故作誇張的嗯……聲。「讓我思考思考。」

「嘉柏瑞。」

他轉頭時，廚房的電話正好響起。「何必問這種問題？」他說著穿越廚房去接電話。「我完全不後悔。我只是想告訴妳，我不喜歡這案子的進展，不喜歡妳槓上的對手。」

「我也不太喜歡。」她說完又埋首書堆，繼續閱讀陳莩的故事。這故事和紅鳳凰一樣，主題同是大屠殺。另一個共同點是，有女生被綁架了。她想到夏洛蒂．迪昂。

「珍，妳的電話。」嘉柏瑞握著話筒站著，眼神帶有憂慮。「他不肯報姓名。」

她接過話筒，接聽時感覺丈夫在一旁監看她。她說：「我是瑞卓利警探。」

「我知道妳最近在打探我的事情，所以我乾脆單刀直入，找妳過來我家，明天下午四點，妳我面對面講清楚。只准妳一個人過來。妳可以告訴妳丈夫，沒啥好擔心的。」

「你是誰？」她質問。

「凱文．唐納修。」

她陡然望向嘉柏瑞，幾乎以抖音說：「討論什麼事，唐納修先生？」

「紅鳳凰。妳查錯方向了。我想澄清幾點。」

21

雖有佛洛斯特和譚分別坐在車上靜觀其變，瑞卓利仍覺得隻身赴會毫無防備，危機重重。她來到凱文．唐納修的大門前按鈴。片刻之後，兩位彪形大漢從車道走來，外套的腰間明顯鼓起，表示壯漢隨身帶槍。他們不問她問題，只讓她入內，然後鎖門。她通過拱門時，瞧見頭上有一具監視攝影機。她的一舉一動全被人監看著。

她跟隨壯漢踏上車道，發現院子裡不見大樹小樹和樹叢，只有一大片草坪和水泥車道，醜陋的路燈夾道豎立，上面又見監視錄影機。顯而易見的是，身為愛爾蘭裔黑道老大也有壞處，必須無時無刻慎防遭人暗算，因為隨時隨地都有衝著你來的子彈。

儘管唐納修家財萬貫，品味卻貧瘠得令人為他難過。瑞卓利一進門，一眼認得出他的俗氣，因為他在牆上高掛平淡乏味的水彩畫，看似各地購物商場展售的量產風景畫。兩名壯漢帶她進客廳，她看見一個大胖子坐在特大號的扶手椅上，年過六十，肥腫如蟾蜍，嘴上無毛，頭髮也掉得差不多，眼瞼沉重，藍眼珠帶有慍意。不需對方自我介紹，她知道這個赫特族賈霸正是唐納修。他的胃口之大令人大開眼界，脾氣之壞也同樣令人稱奇。

「掃人一下，尚恩。」有人說。她這才發現，客廳裡另有一男，是個身穿西裝、外表緊張兮兮的瘦皮猴。

壯漢之一走向她，握著無線電頻率掃描器，瑞卓利怒罵：「幹什麼？」

「我是唐納修先生的律師，」瘦皮猴說。「在他開口之前，我們想確定妳身上有沒有竊聽裝置，也想先沒收妳的手機。」

「我們事先沒有這樣的協議。」

「瑞卓利警探，」唐納修低吼，「諒妳自願前來，我才特准妳留著手槍，不過我不希望這段對話留下錄音。妳有幾位同事停車在外守候，狀況一出現，他們可以救妳，所以妳不必擔心自身安全。」

瑞卓利和唐納修互瞪了幾秒，然後她交出手機，遞給律師，站著不動，讓保鏢尚恩掃描無線電訊號。保鏢宣佈無訊號，唐納修才對她招手，邀請她坐沙發。她希望視線與唐納修水平，所以改選坐扶手椅。

「妳的名聲很響亮。」唐納修說。

「你也是。」

他笑笑。「看來，謠言是真的。」

「謠言？」

他交握雙手，放在肥肚上。「珍．瑞卓利警探。唇舌刁鑽。他媽的鬥牛犬。」

「過獎了。」

「所以我才叫妳去別家揭瘡疤，別在我這裡浪費時間。」

「我有嗎？」

「妳最近忙著打聽我的消息。妳丈夫也是。他是特案探員嘉柏瑞．狄恩，我對他清楚得很。

一對模範警界夫婦。妳不會找到有用的東西，所以我不擔心，不過，被妳這樣東打聽西打聽的，會讓對手認為我顯得衰弱，快垮台了。我一露出衰弱的模樣，兀鷹就來上空盤旋。」他傾身向前，肥肉淹沒皮帶。「妳挖不出東西的，瞭解嗎？我和紅鳳凰之間清清白白。」

「喬伊．吉爾摩呢？」

他嘆氣。「妳一定和他那個醜婆娘有聯絡。」

「她說你和喬伊．吉爾摩十九年前鬧翻過。」

「為了小事情。不值一顆子彈。」

「事情不算小吧？不然，你現在怎麼會找外人來大掃除？」

「什麼？」

瑞卓利瞥向唐納修的兩個保鏢。「我想伸手進口袋拿幾張相片，好嗎？別緊張，小朋友。」她取出兩張驗屍照，放在咖啡桌上遞過去。「你請的幫手膽大無腦。」

唐納修盯著看。驗屍照有無數張，瑞卓利精選的這兩張最為怵目驚心。無名女屍的喉嚨傷口大如血盆，無名男屍的斷頭擺在驗屍桌的屍身旁。這些相片發揮了預期的效果：唐納修的臉色慘白如相片中的死屍。

「妳幹嘛讓我看這個？」他質問。

「你為什麼請來這兩個殺手？」

律師插嘴：「對話到此為止。尚恩，科林，護送瑞卓利警探出門。」

「住嘴。」唐納修說。

「唐納修先生，為保護你的權益，最好——」

「我想回答她的問題，不行嗎？」唐納修看著瑞卓利。「我沒找過這兩人。我連那女人都不認識。」他斜眼看女屍照，看出興趣來，嘟噥說：「長得不錯嘛。多可惜。」

「這個男人呢？你能認出他的長相嗎？」

「大概吧。有點眼熟。你覺得呢，尚恩？」

保鏢尚恩過來看相片。「好像在附近看過他。不曉得他叫什麼名字，只知道他是本地人。烏克蘭裔或俄羅斯裔。」

唐納修搖頭：「那些臭小子，不長進啊。完全沒有道德良知。我敢保證，這一個從來沒在我手下工作過。」他望著瑞卓利。「以後大概也沒機會了。」

「我怎麼不相信你？」她說。

「因為妳早認定我有罪了，就算我一手按老母的聖經，發誓沒有請過這兩個殺手，妳照樣不信。」被驗屍照嚇跑的血色和傲慢重回他臉上。「所以，妳應該考慮縮手。」

「妳是在威脅我嗎，唐納修先生？」

「妳是個聰明的女孩。妳認為呢？」

「我認為你怕了。我認為，你自知被包圍了。」

「被妳？」他哈哈笑起來。「我最不擔心的就是妳。」

「把我喊成『鬥牛犬』的人是你自己，別忘了。好吧，我會繼續在你後院挖，因為我遲早會挖出喬伊．吉爾摩跟你的糾葛。」

「何必呢？廚師宰掉那些人之後自我了斷，大家都知道是自殺，喬伊．吉爾摩那個醜老婆娘卻一直放在心上，所以才寄那張他媽的信給我。」

瑞卓利呆住了。「你接到信？」

「幾個禮拜前寄來的，裡面有一張喬伊．吉爾摩的影印訃聞。她還在背面寫一句蠢話：我知道事件的真相。什麼鬼話嘛。」

「如果是吉爾摩夫人勸妳來調查唐納修先生，」律師說，「我勸妳不要浪費時間了。」

「你怎麼肯定這些信是瑪莉．吉爾摩寄的？」瑞卓利問。「她有在你那一封信上簽名嗎？有附上寄件人地址嗎？」

律師突然聽懂了瑞卓利的用語，皺眉問，「這些信？複數嗎？妳是說，她寄了不止一封？」

「另外有幾封。紅鳳凰血案的死者家屬全接過。和唐納修先生收到的那一封類似。」

律師面露狐疑。「沒有道理吧。吉爾摩夫人為什麼寄信騷擾其他人？」

「也許寄件人不是她。」瑞卓利說。

律師和唐納修互看一眼。「我們需要從長計議，」律師說。「事情顯然和我們的想法有所出入。如果信不是瑪莉．吉爾摩寄的……」

唐納修的手指握成兩個胖嘟嘟的拳頭。「我想知道寄件人是哪個混帳。」

22

莫拉於破曉時分清醒，慶幸太陽露臉了。她想煎一些煎餅和香腸給老鼠吃，然後啟程去遊覽波士頓的名勝景點。行程的第一站是自由步道和北角，然後去藍山保護區野餐，陪狗跑一跑。她為全天排滿活動，不至於出現相視無言的尷尬空檔，以免想起兩人仍無異於陌生人。六個月前在懷俄明州的山區，她將自己的性命寄託給綽號老鼠的朱力安・普金斯。現在，她不得不承認，這位高大的大腳少年依舊是一團謎。她納悶著，老鼠對她是否也有同感。他從小被親屬當成人球，現在是否擔心壞事重演？

她穿上牛仔褲和T恤，適合陪狗嬉鬧。她思忖著她計劃做的酪梨雞肉三明治，不知老鼠是否喜歡酪梨。他或許從未嚐過酪梨、苜蓿芽、龍蒿？她心想，我對他的所知少得可憐，而他如今卻在同一個屋簷下，成了我生命中的一部分。

她進走廊，注意到老鼠的臥房門開著。「老鼠？」她說。向內一瞧，裡面沒人。

在廚房裡，她發現老鼠坐在筆電前。她昨晚把電腦放在桌上，沒有收起來。大狗趴在他的腳邊，看見莫拉靠近，耳朵豎起來，彷彿在說，終於有人注意到我了。莫拉從老鼠的背後看螢幕，赫然發現一幅驗屍照片。

「別看那個，」她說。「是我不好，昨晚應該把所有東西收起來。」她按下退出鍵，驗屍照倏然消失。她匆匆捧起紅鳳凰檔案，放在流理台上。「你來幫我做早餐吧？」

「他為什麼做那種事？」少年問。「他連那些人都不認識，為什麼要殺他們？」

莫拉望著他苦惱的眼睛。「你讀過那份警方的報告嗎？」

「就擺在桌上，我忍不住拿起來看。可是，我覺得沒道理。怎麼有人會做那種事。」

她拉一張椅子過來，在他對面坐下。「老鼠，有時候，這些事情無法解釋。碰到這種事，我經常對兇手的動機沒有概念，我自己也覺得遺憾。人為什麼溺死自己的嬰兒、勒死自己的妻子、槍殺自己的同事？我看見的是行為的後果，但我說不出觸發殺機的原因。我只知道，事情發生了，人類有能力做可怕的事情。」

「我知道，」他喃喃說，低頭看狗。熊把大頭擱在老鼠的大腿上，似乎知道小主人此時需要安慰。「妳的職業就是這個？」

「對。」

「妳喜歡妳的工作嗎？」

「用喜歡這個詞來形容，好像不太貼切。」

「不然要怎麼形容？」

「這份工作很有挑戰性。很有意思。」

「看見這一類的事情，妳不會難過嗎？」

「總要有人挺身替死者講話，而我知道替他們發言的做法。他們告訴我——他們的遺體告訴我——他們死亡的過程：是死於自身的病痛，或是遭外力加害致死。對，這份工作會讓人難過，你看見人類彼此殘殺，會質疑人類的本性。不過，我一直覺得，我註定要走這一行，替死者發聲。」

「妳認為我也能做妳這一行嗎？」他看著成疊的檔案。

「你指的是病理醫師？」

「我也想追求答案。」他望著莫拉。「我想和妳一樣。」

「你的這一句話，」她微笑說，「是我一輩子聽過最中聽的讚美。」

「在伊文頌，老師說我很厲害，能注意到別人漏掉的東西。所以我想我能做這一行。」

「如果你想走病理學的路線，」她說，「你的在校成績要很出色才行。」

「我知道。」

「你要上大學，然後修完四年的醫學院。之後，你要擔任住院醫師，另外還要做刑事病理學的研究。成為病理醫師的過程很長，志願非堅定不可，老鼠。」

「妳的意思是，妳認為我沒有這份本事？」

「我只是說，你的志向一定要很堅定。」她直視少年的黑眼珠，自認能一窺他長大成人的模樣：全神貫注而忠心不二，不僅能為死者講話，更能為他們抗爭。「你要學習科學，因為你坐上證人席的時候，只有科學能證明你的論點。只憑直覺是不夠的。」

「假如直覺真的很強烈呢？」

「再強烈，說服力也比不過一滴血含有的證據。」

「可是，直覺能告訴人哪些東西不對勁。例如這張相片。」

「哪張相片？」

「自殺的這個華人。我找給妳看。」他站起來，把筆電和檔案夾抱回桌上，按滑鼠幾下，重新開啟吳偉民屍體的數位相片。吳偉民陳屍在紅鳳凰的廚房。「警方說，他朝自己的頭開一槍。」老鼠說。

「對。」

「看看他身邊的地板上有什麼東西。」

昨晚，她只匆匆瞄這些相片一眼，原因是時間不早了，而且她陪老鼠一整天，喝了兩杯葡萄酒，覺得腦筋昏沉沉。現在，她比較能聚精會神在廚師的遺體，專注於仍握在手中的兇器。他的肩膀附近躺著一枚彈殼。

老鼠指向她昨晚漏看的東西。這東西位於相片的邊緣，是第二枚彈殼。「報告寫說，他的頭裡面有一粒子彈，」老鼠說。「可是，如果他對自己開兩槍，另一粒子彈射到哪裡去了？」

「有可能掉到廚房的任何一個地方。依照這種情況，警方可能認為沒必要去找。」

「他為什麼開兩槍？」

「我以前看過類似的自殺案。死者不鼓足勇氣無法動手，也許第一槍失手了，或是手槍走火。我甚至見過一件自殺案，死者對自己的頭連開兩槍以上。也有一個死者以他不常用的一手自殺。另外還有一個男人……」她停下來。怎麼對十六歲小孩聊起這種話題？她忽然惶恐。但老鼠一直望著她，神態鎮定如專業人士。

「這個疑點確實值得探討，」她說。「我相信警方當時考慮過。」

「考慮過，卻沒有改變觀念，照樣認為他殺了四個人，結果警方也沒辦法解釋動機。」

「怎麼解釋？認識廚師的人太少了。」

「就像我，沒有人真正認識我。」他幽幽說。

莫拉總算明瞭老鼠心中的芥蒂。他也曾經被人指控為兇殺犯；他也曾被幾乎不認識他的人品頭論足。老鼠看到吳偉民時，他見到的是他自己。

「好吧，」她讓步了。「我們暫且假設，吳偉民的死不是自殺，假設是被人佈置成自殺的假象。這樣一來，一定有另一個兇手槍殺四人，然後解決掉廚師。」

老鼠點頭。

「你設身處地，想像自己是廚師。你站在廚房裡面，有人在用餐室開槍。兇槍沒有消音器，所以你聽見槍聲。」

「那為什麼別人沒聽見？報告寫說，樓上三個公寓裡的人只聽見一槍，所以才沒有人馬上報警。然後，廚師的妻子下樓，發現丈夫的屍體。」

「這份報告，你讀了多少？」

「大部分。」

「比我多。」她承認。她打開檔案夾，裡面是史甸斯和英格叟提出的報告。那一夜，譚警探把資料送來她家時，她勉強允諾下來，最後拖到昨晚才打開相片，隨便瀏覽幾眼。現在，她從頭到尾閱讀這一份報告，證實老鼠所言。七名證人表示，他們只聽見一槍，警方卻在紅鳳凰餐廳裡尋獲總共九枚彈殼。

莫拉的第六感開始蠢動，逐漸認同老鼠的推理，感到本案另有蹊蹺，心情跟著七上八下。

她打開吳偉民的驗屍報告。根據本案病理醫師的紀錄，廚師以側躺的姿勢陳屍，背部緊靠關閉的地窖門，仍持槍的右手經採樣後發現殘餘火藥。她忘掉老鼠在一旁觀看，逐一點擊廚師的驗屍相片，看見致命的一槍射入右太陽穴，特寫照顯示傷口曾遭硬物擠壓，槍管氣體激射而出，導致傷口邊緣焦黑，形成環狀壓擦痕。沒有子彈出口。她點擊頭顱的X光片，看到顱腔佈滿金屬碎片，心想，是空尖彈，作用是在進入目標物後裂解成蕈狀，直接將動能傳遞至人體組織，以最低限度的侵入傷釀成最慘的災害。

她繼續看其他檔案。

第二份驗屍報告的主角是詹姆斯．方，三十七歲，陳屍在結帳櫃檯後面，頭部中一槍，子彈從左眉上方進入。

第三份是喬伊．吉爾摩的驗屍報告，死者二十五歲，在結帳櫃檯前方倒地死亡，外帶紙盒散落身旁一地，後腦一槍斃命。

最後兩名死者分別是亞瑟．麥勒理與笛娜．麥勒理，兩人陳屍於用餐時的角落位子。亞瑟身中兩槍，一槍擊中後腦，一槍射入脊椎。妻子身中三槍，臉頰、背部中間、頭部各中一發子彈。莫拉往下速讀病理醫師的概述，看見本案病理醫師與她的結論相同：笛娜．麥勒理身中最初兩槍，仍有動作，可能想逃離兇手。莫拉正要把報告放下，這時留意到解剖胃臟與十二指腸的一段觀察心得。

胃腸內容物含有義大利麵碎屑，醬汁以番茄為主，據份量推估，死亡時間在餐後一至兩小時。

莫拉打開亞瑟・麥勒理的驗屍報告，向下速讀胃腸內容物的化驗結果。解剖胃腸、採集內容物並加以檢視，是驗屍的例行公事。

胃腸內容物含有起司與肉類，以及消化一半的萵苣碎屑，死亡時間應為餐後一至兩小時。

不合常理。麥勒理夫婦才飽餐一頓，滿肚子是義大利菜，怎會坐進中國餐館？

讀到軟化的萵苣、番茄醬等等胃腸內容物，莫拉的胃口盡失。「早餐前不應該看這個，」她說著合上檔案夾。「今天的天氣很晴朗，我想先煎幾份煎餅，你想吃嗎？我們不要再想這個案子了。」

「那粒子彈被漏掉，怎麼辦呢？」老鼠說。

「即使現在找得到，也無法改變結論了。遺體早已下葬或火化，刑案現場也被打掃乾淨。想重新調查舊案，一定要有新的刑事證據才行。案子經過這麼多年，證物早就消失了。」

「可是，這個案子，怎麼看都覺得怪怪的，妳不也覺得？」

「好吧。」她嘆氣。「暫且假設廚師沒有自殺。暫且假設，另外有個不明人士，走進餐廳開槍。廚師為什麼不逃命？」

「說不定他逃不出去。」

她打開筆電上的現場相片。讓小孩看這種圖片極為不妥，但由於他提出的疑問中肯，而且目前為止，他見到、聽到的事物似乎都沒有嚇倒他，因此莫拉繼續。她指著廚房出口：「看這裡。門好像沒關緊，所以他沒有理由不逃命。如果他聽見用餐室傳來槍聲，有常識的人一定會從這道廚房門逃出去。」

「另外那一道門呢？」他指向地窖門。廚師的遺體擋住門口。「說不定他想躲進地窖。」

「地窖是絕路，沒道理往地窖逃命。老鼠，證據這麼多，你想想看：他死時握著槍，手上殘留火藥，表示兇器發射時握在他的手裡。」她忽然停口，想起被遺漏的彈殼。手槍在廚房裡發射兩槍，證人卻只聽見一槍。而且，這支葛拉克的槍管有螺紋，可裝消音器。她儘量揣摩另一種案發過程：不明歹徒槍斃了吳偉民，卸除消音器，將兇器壓進死者手中，開最後一槍，讓火藥濺滿死者的皮膚。這樣的過程能說明為何證人只聽見一槍，而廚房裡卻有兩枚彈殼。但是，她仍然無法解釋一項疑點：吳偉民有機會從後門逃生，為何選擇留在廚房不走？

她聚焦在地窖門，凝視廚師的遺體。廚師躺在門口，擋住門口。她霎然明白：也許他不能逃走。

因為他有充分的理由，非留下來不可。

23

「魯米諾一噴，這整個地方可能大放光明，」瑞卓利說。「根據房屋仲介的說法，案發後，他們清洗過牆壁、把地板拖乾淨。亞麻地板從來沒換新。所以我不確定來這一趟能證明什麼。」

「不試一試，怎麼知道？」莫拉說。

她們站在紅鳳凰餐廳的舊址，等候鑑識組人員前來。在天色全黑之前，魯米諾無法發揮作用，而暮色正逐漸加深，勾起一份濕冷的寒意，莫拉身上這件防水外套無法禦寒，她怪自己怎麼不多穿一件衣服過來。在聶街的另一頭，一盞路燈亮著，但街尾陰暗。這一棟樓房裝著鐵窗鐵門，宛如一棟幽禁鬼魂的監獄。

瑞卓利向餐廳窗內窺視，明顯哆嗦一陣。「我們不是來過了嗎？這地方陰森森的，而且搞不好蟑螂滿地爬。裡面只有空牆和空房間，值得看的東西一個也不留。」

「血還會在。」莫拉說。以清潔劑刷洗只能清除肉眼可見的證物，血跡的化學物質會殘留在地板和牆壁上，像幽靈一樣戀棧。最初調查時漏看的血痕和足跡，經魯米諾顯示，皆能無所遁形。

車頭燈照過來，她轉身，瞇眼看見一輛車轉彎，煞車慢慢停下，走下車的人是譚和佛洛斯特。

「你拿到鑰匙了嗎？」瑞卓利大聲問。

佛洛斯特從口袋掏出鑰匙：「我搬出祖宗八代向關先生發誓，他才肯交出來。」

「裡面又沒有值得偷的東西，何必那麼慎重？」

「他說，他怕我們弄壞了東西，會影響轉售的價值。」

瑞卓利哼一聲，說：「給我一管炸藥，我就能替他提高轉售價值。」

佛洛斯特打開門鎖，摸索著電燈開關。電燈沒反應。「燈泡一定是終於燒壞了。」他說。

門檻以內的環境漆黑，有東西被來人驚動。莫拉打開手電筒，看見六、七隻蟑螂被照得竄逃，鑽進結帳櫃檯下面。

「噁心，」佛洛斯特說。「我敢說，那下面躲著大概一千隻。」

「多謝你了，」瑞卓利嘟噥。「這下子，我怎麼也揮不掉蟑螂窩的印象。」

四支手電筒的光束東照西照，在黑暗中交錯。如瑞卓利的描述，這裡面只有牆壁和地板。然而，當莫拉環視一周之際，刑案的相片一一映在現場上。她看見喬伊．吉爾摩俯臥在結帳櫃檯附近，看到詹姆斯．方癱倒在結帳櫃檯後面。她穿越用餐室，來到麥勒理夫妻陳屍的角落，想像死者倒地的情形。亞瑟面朝下，趴在桌上斷氣。笛娜四肢打開，趴在地上。

「哈囉？」有人從巷子裡呼喊。「瑞卓利警探？」

「我們在裡面。」瑞卓利說。

兩支手電筒照過來湊熱鬧，隨之進來的是兩位鑑識組的男人。「這裡面絕對夠暗，」其中一人說。「也沒家具可搬，不會拖時間。」他蹲下來，檢查地板。「是原本的亞麻地板嗎？」

「房仲說，沒換過。」譚說。

「看樣子的確是。被踩遍的亞麻地板，有很多凹洞和裂縫。亮度應該很高。」他悶哼著起身，肚子大如懷胎八月。

他的同事比他瘦許多，高出他一個頭。高瘦男說：「你們希望在這裡找到什麼？」

「不確定。」瑞卓利說。

「案子過了十九年，你們又想過來調查，不會沒有原因吧？」

在無言的空檔中，莫拉覺得自己臉皮發燙，懷疑著，出這趟任務的全責是否落在她一人肩膀上。瑞卓利接著說：「我們有理由相信，本案不是同歸於盡的案子。」

「所以說，我們要注意的是無法解釋的腳印？以證明有外力入侵，是吧？」

「可以從這角度開始。」

胖同事嘆氣道：「好吧，你們要什麼，我們照辦，從開胃菜到點心，全套輪流上。」

「我可以幫兩位去車上搬東西過來。」譚說。

三男搬進來的物品有照明設備、攝影器材、電線、化學藥劑。雖然餐廳裡的燈泡全報銷，插座仍運作正常，插上照明設備的插頭之後，用餐室頓時大放光明，亮如日光。鑑定人員之一開始拍攝整間用餐室的同時，搭檔從冷藏箱取出已開箱的化學藥劑。在燈光下，莫拉才認出，這兩人也曾在樓頂蒐證。

拿著攝影機的鑑定人員慢慢轉身拍攝，然後打直身體。「好了沒，艾德？你準備開始了嗎？」

「等大家戴好器材就開始，」艾德回應。「防毒面具在那邊的箱子裡，一人一個，應該夠用。」

譚把眼罩和防毒面具遞給莫拉，以阻絕魯米諾散發的毒氣。大家都戴好之後，艾德——至少她終於知道高個子的名字了——開始調製化學藥劑。他把廣口瓶裡的藥劑搖一搖，然後倒進噴灑瓶裡。「誰來負責開燈關燈？」

「我來。」佛洛斯特說。

「待會兒一暗下來，會真的什麼也看不見，所以你最好留在電燈旁邊，以免摸不到開關。」艾德向四周瞄一眼。「你們想從哪裡找起？」

「這一區。」瑞卓利指向結帳櫃檯附近。

艾德走至定位，然後瞥向佛洛斯特。「關燈。」

用餐室陷入黑暗，似乎更加強化防毒面具內的呼吸聲，莫拉只隱約聽見噴灑魯米諾的嘶嘶聲。魯米諾與陳年微量的血紅素發生反應，地板上頓時顯現藍綠光的幾何圖形。無論是滴血、濺血、淌血，勢必留下無法抹滅的蹤跡。十九年前，鮮血曾滲入這層亞麻地板，霸佔裂縫不走，再徹底拖地也無法消除。

「開燈。」

佛洛斯特按開關，所有人被強光照得直眨眼站著。藍綠光不見了，眼前變成剛才見到的同一塊地板。

譚開著筆記型電腦，螢幕上有紅鳳凰的刑案相片。他把視線從電腦移向大家：「和我這裡看見的血跡吻合，」他說。「沒有值得驚奇的疑點。喬伊．吉爾摩陳屍的地點就在那裡。」

他們把攝影機和三腳架移到結帳櫃檯裡面，大家讓開，熄燈後再度聽見嘶嘶的噴灑聲，棋盤狀的藍綠光又出現在地板上。這裡是詹姆斯．方喪生的地點，牆上也亮了起來，是服務生血濺牆壁的痕跡，宛如回音漸弱的一聲慘叫。

在這棟樓房裡，等著被人聽見的慘叫聲仍有幾個。

大家移向麥勒理夫婦陳屍的角落。屍體有兩具，表示血跡多一倍，驚叫聲也最大，儼然是一齣恐怖劇，濺血痕與抹痕在黑暗中燐燐發光，緩緩暗淡而去。

佛洛斯特開燈，大家站著，相視無言一陣，凝視著幾秒前大放光明的舊地板。目前為止，並未發現出乎意料的異狀，但眼前的景象依然令大家心驚。

「移到廚房去吧。」瑞卓利說。

走進廚房門，感覺比隔壁冷，冷到寒意横掃莫拉的肌膚。她四下張望，看見一台冰箱，一套古老的抽油煙機和爐子。廚房的地板鋪著水泥，油漬和醬汁如果濺出來，清洗比較容易。血跡也一樣。她在地窖門邊發抖，大家把器材搬進來，也帶來攝影機和化學藥劑。現在廚房大亮，艾德與搭檔對著周遭皺眉。

「那邊的廚房器材好像生鏽了，」艾德說。「會和魯米諾發生作用，也會發光。」

「我們的焦點放在地板，」莫拉說。「只注意廚師陳屍的這裡。」

「又會看見血跡。大驚奇喲。」艾德說，語氣中的諷刺無庸置疑。

「喂，如果你認為是浪費時間，瓶子給我，我自己來。」莫拉發飆。

眾人頓時鴉雀無聲，兩位鑑定人員面面相覷。艾德說：「艾爾思醫師，妳想找什麼，告訴我們吧。不然，忙起來總覺得沒道理。」

「等我看見再說。我們先從通往用餐室的門口找起。」

艾德朝佛洛斯特點頭。「關燈。」

廚房頓時一片黑壓壓，濃得化不開，莫拉的視覺失靈，察覺不到身邊的人或物，覺得天旋地轉。在這種漆黑的環境，任何人靠過來，她也渾然不覺。噴灑聲嘶嘶，藍綠光奇蹟似地在地板上擴散，她又覺得一股寒意悄悄爬上皮膚，彷彿有幽靈擦身而過。沒錯，廚房的確有鬼，她心想，是附著在地上不去的幽魂。她再次聽見噴灑聲，更多亮光在地上呈現。

「我看見這裡有腳印，」艾德說。「可能是五、六號女人鞋。」

「這些腳印在蒐證照裡也有，」譚說。「廚師的妻子是第一個進現場的人。她住在樓上的公寓。她聽見槍聲，從巷子門進來，發現丈夫，踩到他的血，走進用餐室，發現其他受害人。」

「嗯，符合這裡的現象。鞋印朝用餐室的方向前進。」

「廚師躺在我現在站的地方，」莫拉說。「我們應該把焦點擺在這裡。」

「別急嘛，醫師，」鑑定人員說。莫拉聽得見他語帶煩躁。「待會兒再查那邊。」

「我把這一區拍下來了。」

「好，改個地方。」

莫拉又聽見噴灑聲，又見足跡顯影，重現血案當晚廚師妻子的動態。大家循著足跡向後走，忽然來到亮起大片血泊的地方。這裡是吳偉民淌血匯聚之處，鮮血來自太陽穴的槍傷。莫拉閱讀過驗屍報告，見過小彈孔的特寫。表皮上的彈孔小，和腦受到的傷害不成比例。雖然他顱內中彈，心臟仍持續跳動一陣子，血液在他身體周圍凝結成一大灘。妻子來到這裡蹲下，留下足跡。

他的屍體一定仍有餘溫。

「開燈。」

莫拉對著地板眨眼，現在只見空白的水泥地。然而在艾德重灌魯米諾之際，她仍能看見那灘血泊，看得見妻子在場的證據。

「改去那邊看看吧，」艾德指向廚房通往巷子的出口。「妻子離開現場時，走的也是同樣一道門嗎？」

「不是，」譚說。「根據英格嫂的報告，她往前門衝出去，跑進聶街，往必珠街的方向去呼救。」

「所以，這一邊應該不會出現血跡。」

譚凝視著筆電。「在這張現場照裡看不到。」

莫拉看見艾德看一下手錶，提醒時間不早了。目前拍到的畫面完全合乎預期。她不禁想著，這兩人事後會怎麼奚落她，對她的評語勢必傳遍波士頓市警局：艾爾思醫師請我們去白忙一場。是我判斷錯誤了嗎？她懷疑。難道是我輕信十六歲少年的疑慮，害大家白費一晚？話說回來，莫拉當時也認同老鼠的疑心。老鼠回學校上課之後，她又獨守空樓，整個家顯得哀靜而空虛，所以她連花幾小時，細讀紅鳳凰血案所有的報告，在相片裡抽絲剝繭，愈看愈覺得老鼠一眼看出的疑點果然也令她想不透。

「我們趕快把這裡檢查完，收工回家。」瑞卓利的語氣疲憊，同時帶有些許厭煩。

燈光又暗，莫拉雙手緊握，慶幸自己的臉被黑幕罩住。她又聽見魯米諾的嘶嘶噴灑聲。

艾德倏然問：「欸，你們有看見嗎？」

「開燈！」瑞卓利大喊。佛洛斯特朝開關伸手。

在強光下，眾人無言站立，直盯空白的水泥地板。

「剛才那東西，沒有任何一張刑案現場照拍到。」譚說。

艾德皺著眉頭：「我倒帶看一下。」大家簇擁過來看攝影機時，他倒帶，按播放鍵。在黑暗中發光的是三片亮光，朝巷子門直線前進，其中兩片的輪廓扭曲而模糊，但第三片無疑是個小鞋印。

「說不定這三個腳印和槍殺案無關，」瑞卓利說。「這些可能是幾十年累積下來的腳印。」

「同一間廚房發生兩次血案？」譚說。

「不然怎麼解釋蒐證時沒拍到這三個腳印？」

「因為被洗掉了，」莫拉輕聲說。「在警方趕到之前。」血跡卻殘留在原地，她心想。肉眼看不見，卻逃不過魯米諾。

其他人被剛才的景象嚇傻了。案發時，有個小孩在廚房裡，踩到血，印在地板上，走出門，進入巷子。

「那間地窖，」瑞卓利說。她走過去開門。莫拉走向她身邊時，瑞卓利正拿著手電筒往木梯照下去。一股濕岩味和霉味從暗室飄上來。瑞卓利的光芒刺穿陰影，莫拉瞥見幾個大木桶、幾大罐沙拉油，在地窖儲存了二十年，想必已經腐敗。

「廚師死在這裡，擋住地窖門，」瑞卓利說。她轉向艾德。「我們查一查最上面幾階。」

這一次，沒有人露出不耐煩的神色，沒有嘆息聲，更沒人頻頻看手錶。鑑定人員迅速把攝影機和三腳架搬過來，對準地窖樓梯，在熄燈的同時全湊過去，看著艾德噴灑魯米諾，這時才看見血從廚房向下流至最上面一階。

而就在這一階上，大家看得見一隻小鞋踩出來的鞋印。

24

「那天晚上，方夫人，廚房地窖裡有一個人——一個可能知道案發經過的小孩，」瑞卓利警探說。「妳知道那小孩是誰嗎？」

女警端詳著我，在我吸收這句話的當兒監視我的反應。辦公室的門關著，我聽得見外面教室裡學員練功的聲響，有木棍撞擊的劇烈劈啪聲，有學員齊聲喊口令的聲音。但我的辦公室裡很安靜，因為我正在斟酌幾種可能的回應方式。沉默也是一種反應，瑞卓利警探想必忙著解讀含義，但我不允許情緒的波動蕩漾到臉皮上。在她與我之間，這次問答變成了棋局中的棋局，每一步棋走得微妙，站在一旁觀棋的佛洛斯特警探可能察覺不到。

這女人才是我真正的對手。我直盯著她問：「妳怎麼知道地窖裡有人？」

「廚房裡有腳印，地窖階梯上也有。是一個小孩的腳印。」

「可是，事情已經過了十九年。」

「即使過了好幾年，方夫人，血跡仍然會殘留微量證據，」佛洛斯特解釋。他的語氣較柔和，屬於朋友之間的口吻，耐心解說著他以為我不瞭解的事物。「在某些化學藥物的作用之下，我們看得見血跡被帶到什麼地方。我們也知道，有個小孩從地窖走出來，踩到吳偉民的血，然後從廚房進巷子。」

「沒有人對我提過這件事。英格叟警探完全沒提過。」

「因為他沒有看見那些腳印，」瑞卓利警探說。「那天晚上警方趕到現場時，那幾個腳印已經被擦洗掉了。」她靠近過來，近到我看得見她的瞳孔——巧克力棕色的虹膜，中間是烏黑的標靶紅心。「方夫人，誰會做這種事？誰會想隱瞞地窖裡有小孩的事情？」

「為什麼問我？案發的時候，我根本不在國內。我回台灣探親去了。」

「可是，妳認識吳偉民夫妻。妳和他們一樣，會講北京話。地窖裡的小孩是他們的女兒，對不對？」瑞卓利取出一本口袋型的小筆記簿，從中朗讀：「美梅，五歲。」她望著我。「母女哪裡去了？」

「我怎麼知道？案發三天，我才訂到機位回美國。等到我回來，母女已經不見，帶走了衣服和家當。我不知道她們去哪裡。」

「她們為什麼逃走？因為妻子是非法移民嗎？」

我咬緊上下牙齒，怒視著她。「她跑掉了，妳覺得意外嗎？警探，假如我是偷渡客，妳認定我丈夫剛殺了四個人，妳會遲疑多久，才替我戴上手銬，把我驅逐出境？那女孩有可能是在美國出生的，麗華不是。她希望女兒能在美國長大，所以帶小孩躲警察，躲在陰影裡，妳能怪她嗎？」

「如果腳印是被她擦掉的，她湮滅了重大證據。」

「也許是想保護女兒。」

「那女孩是證人，有可能改變偵查的方向。」

「妳願意把五歲小女孩叫進法庭，叫她作證？爸媽是非法移民，全波士頓一口咬定爸爸是妖魔，這樣的小孩子作證，妳覺得陪審團會相信嗎？」

我的回答令她陡然心驚。她沉默無語，思考著我這話的邏輯，明瞭麗華的行為確實不無原因。身為人母的麗華不信任警方，擔心警方搶走女兒，情急之下才出此下策。

佛洛斯特柔聲說：「方夫人，我們不是敵人。我們想追求的是真相。」

「真相，我在十九年前說過了，」我指出。「我告訴警方，吳偉民絕不可能傷害任何人，警方卻聽不進去。比較容易接受的是，相信他是個發瘋的中國佬。中國佬的腦袋裡發什麼神經，有誰在乎呢？」我聽出自己口氣裡的怨恨，但我不想壓抑。怨恨之意嘩嘩傾瀉而出，尖銳而刺耳。「追尋真相太累人了。這才是當時警方的想法。」

「我的想法跟他們不一樣。」佛洛斯特小聲說。

我把視線轉回他臉上，見到他眼中的誠意。隔壁教室下課了，我聽見學員離去時的開門關門聲。

「如果美梅當時在地窖，」瑞卓利警探說，「我們非找到她不可。我們想知道她記得什麼。」

「妳願意相信她？」

「視她是什麼樣的小孩而定。妳對她瞭解多少，能告訴我們嗎？」

我思考片刻，思緒穿越十九年的迷霧。「我記得她什麼也不怕。她定不下心，老是跑跑跳跳的。她父親叫她小虎。我的女兒蘿拉當過她的保姆，回家時累壞了，對我抱怨說，如果她生的小孩都和美梅一樣野，她寧願永遠不生。」

「聰明嗎？」

我對她哀戚一笑。「妳有小孩嗎，警探？」

「我有一個兩歲的女兒。」

「那妳八成認為，她是史上最聰明的小孩。」

現在輪到瑞卓利微笑。「我知道她確實是。」

「因為所有小孩看起來都很聰明，不是嗎？小美梅的反應好快，好奇心好強……」我的音量愈來愈小，重重乾嚥一口。「母女一走，我失去親生女兒的那種感覺又回來了。」

「她們去哪裡了？」

我搖頭。「麗華在加州好像有個親戚。她當時才二十幾歲，還漂亮得很，改嫁應該沒問題，可能隨夫姓了。」

「妳不知道她人在哪裡？」

我停頓的秒數拿捏得恰到好處，足以令她生疑，懷疑我說的話是否屬實。我和她的棋局持續，妳動一步棋，我立刻下棋反制。

「不知道，」我久久之後回答。「連她是死是活，我都不清楚。」

有人敲門，進辦公室的是蓓拉。她剛教完一班，運動得滿臉通紅，黑色短髮汗濕沖天。她頷首敬禮。

「師父，今天最後一堂課結束了。妳要我留下來嗎？」

「妳等一等。我們快談完了。」

兩位警探看得出，我已無法提供有用的線索，所以他們轉身離去，來到門口，瑞卓利停下來，審視著蓓拉，視線逗留許久，帶有猜忌的神態。我幾乎能看穿她動個不停的心思。美梅失蹤時五歲，這個小姐今年多大？有可能嗎？但瑞卓利不發一語，僅僅點頭告辭，走出武術館。

辦公室的門一關，我對蓓拉說：「我們快來不及了。」

「他們知道嗎？」

「他們逼近真相了。」我深吸一口氣。一陣新來的倦怠籠罩下來，壓得我憂心忡忡。我同時面對兩座戰場，一方面對抗骨髓裡醞釀造孽的敵人，另一方面對抗警探。我知道，其中一方絕對能奪走我的生命。

問題在於，先殺死我的人是哪一方？

25

總共有三名失蹤女孩。

珍·瑞卓利喝著半熱的咖啡，一邊吃雞肉三明治，一邊重讀桌上愈堆愈厚的檔案夾，分別是無名女屍案、紅鳳凰血案、蘿拉·方和夏洛蒂·迪昂失蹤案。她為另一位失蹤女童開一份新檔案：廚師的女兒美梅，十九年前隨母親遠走高飛。美梅今年應該二十四歲了，也許已婚，也許改名換姓。沒有相片、指紋，也沒有人知道她的長相。她甚至可能不住在國內，也有可能近在眼前，在中國城的武術館教武術，瑞卓利心想。她想著艾睿絲·方那位面無表情的助理蓓拉·李。警方已經開始調查她的背景。

在這三個女孩當中，唯一可能活著的是美梅，另外兩人幾乎能肯定已遭不測。瑞卓利將注意力轉回蘿拉·方和夏洛蒂·迪昂。儘管兩女的身世天南地北，她們之間仍有驚人的關聯。夏洛蒂是白人富家女，蘿拉是貧苦華人移民的女兒。夏洛蒂在布魯克萊恩豪宅裡長大，蘿拉住在狹小的中國城公寓。兩個截然不同的女孩，卻同在餐廳槍擊案失去父親或母親，如今兩人的檔案在兇殺組的辦公桌上佔據同樣大的空間——沒有人願意自己的檔案出現在瑞卓利的桌上。她翻閱兩人的檔案，英格叟生前對她說的最後幾句話迴盪在耳際：事關那幾個女生的案子。

他指的是這三個女孩嗎？

她二度看見派崔克．迪昂的房地產，依然覺得和上次同樣氣派。瑞卓利駛上私人道路，沿途岩柱夾道，庭園裡種植樺樹和紫丁香，草坪此起彼伏，最後是殖民地風格豪宅。她把車子停放在停車門廊下面，這時派崔克從屋內出來迎接。

「謝謝你再一次答應見我。」她與他握手時說。

「有夏洛蒂的消息嗎？」他問。他的眼神充滿希望，說話帶有顫音，令人心酸。

「如果我沒有把來意講清楚，是我不好，」她說。「可惜我沒有新消息可報告。」

「妳不是在電話上說，妳想談談夏洛蒂的事？」

「是和目前調查的案子有關的事——中國城無名女屍案。」

「那案子和我女兒有什麼關係？」

「我還不確定，迪昂先生，不過，調查這案子期間，我想到夏洛蒂的失蹤和另一個失蹤女孩有關。」

「這個關聯，巴寇茲警探好幾年前就調查過了。」

「我想再調查一遍。雖然事情已經過了十九年，我不肯讓你女兒被人遺忘。夏洛蒂不應該受到這種待遇。」

她看見派崔克眨眼強忍淚水，心知對他而言，失女之傷仍一碰即痛。身為父母的人永遠不會忘記。

他帶著倦意頷首，說：「進來吧，我已經照妳的吩咐，把她的東西從閣樓搬下來，請慢慢看，多久都行。」

她跟著派崔克走進玄關，再次大開眼界看著亮晶晶的硬木地板，以及看似至少兩世紀之久的油畫。她忍不住拿凱文．唐納修的家來比較。唐納修的家具平凡，裝飾品俗氣如購物中心的商品，和迪昂家有老財主和新財主之別。派崔克帶她進一間正式的用餐室，拱頂窗外面是一座荷花池。玫瑰木的餐桌大得足夠坐十幾位客人，桌上是大大小小的紙箱子。

「這些是我保留的東西，」他沉重地說。「她大部分的衣服最後被我捐給慈善機構。夏洛蒂知道的話，應該會認同我的做法吧。她很在意這種事，怕窮人挨餓，怕遊民沒地方住。」他環視用餐室，反諷一笑。「妳大概覺得我很虛偽吧？住大房子，土地這麼大，卻講這種話。不過，我女兒確實是有一顆善良的心，一顆慷慨的心。」他伸手進箱子，拿出一條脫線的藍牛仔褲，凝視著褲子，彷彿仍能看見褲子包住女兒的瘦腰。「很可笑吧，我狠不下心捐走這一件。牛仔褲永遠不會退流行。如果哪天她回家了，我知道她會想再穿這件。」他輕輕把褲子放回箱子，長嘆一聲。

「迪昂先生，很抱歉讓你想起痛苦的往事。如果我自己一個人查看這些東西，你會不會比較不難過？」

「不行，我可以幫妳解釋這些東西。妳不清楚有些東西代表的意義。」他伸手進另一箱，抽出一本相簿，握了一會兒，好像捨不得放手。最後他遞給瑞卓利，把相簿當成貴重的獻祭品，以雙手交過去，瑞卓利也以同樣虔敬的態度接下。「妳大概想看這一本。」

她掀開相簿，第一頁是金髮少婦抱著紅臉新生兒。小嬰兒裹在白毛毯裡，看似小號木乃伊，相片下面有一行優美華麗的女人筆跡，寫著：「我們的夏洛蒂，八小時大。」原來這位是笛娜，是派崔克的花樣新娘，是亞瑟．麥勒理介入他們生活、拆散婚姻之前的笛娜。

「你們只有夏洛蒂這一個小孩？」瑞卓利問。

「笛娜堅持只生一個。當時我無所謂，可是，現在……」

現在他後悔莫及了，瑞卓利心想。他後悔把所有的父愛與希望灌注在一個小孩身上，結果小孩後來化為雲煙。她繼續翻頁，細看金髮藍眼的夏洛蒂其他嬰兒照。笛娜偶爾會出現在相片裡，但派崔克從不入鏡，只以攝影師的身分，將影子投射在鏡頭邊緣。瑞卓利翻至最後一頁，也就是夏洛蒂四歲那年的留影。

派崔克遞給她下一本。

第二本相冊的年份進程似乎加快，每隔幾頁，女孩變高了。小孩誕生的頭幾年，新鮮感洋溢在初為人父人母的心中，但過幾年之後，拍照不再是自然而然的舉動，只在特殊場合才記得找相機。五歲慶生會。第一次芭蕾舞表演。紐約市一遊。轉眼間，小天使轉變為臉色陰沉的少女，穿著學校制服，在博敦學院大門前拍照。

「在這張相片裡，她十二歲，」派崔克說。「記得她討厭那套制服。她說格子布讓女生看起來像胖妹，所以學校才逼她們穿這種制服，讓她們看起來醜醜的，以免跟男生亂來。」

「她不想讀博敦嗎？」

「她當然想啊。不過，我承認，她離家去讀寄宿學校，我並不高興。我捨不得讓女兒走。笛娜很堅持，因為博敦是她的母校，是女生認識該認識的人的地方。那是笛娜的說法。」他頓一下。「天啊，聽起來多膚淺，可惜笛娜最執著的就是這一類的東西，堅持要讓夏洛蒂結交對的朋友，嫁對人。」他停一下，改以諷刺的語氣說，「結果，在博敦看上對象的人是笛娜。」

「笛娜要求離婚，你一定很難接受吧。」

派崔克聳一聳肩，表示莫可奈何。「我還是接受了。我又能怎麼辦？說來也奇怪，我和亞瑟．麥勒理滿合得來的。其實，麥勒理的一家人，包括他的元配芭芭拉和兒子馬克，我都喜歡，全是正派人士。可惜，荷爾蒙的力量難以抗拒。我認為，亞瑟和我太太第一次見面，我太太的心就已經飛走了。我只能束手旁觀，看著婚姻崩潰。」

瑞卓利翻到最後一頁，研究著最後一張相片。這張是婚禮照，新郎新娘站中間，分別是笛娜和亞瑟．麥勒理，穿著禮服。分站兩旁的是各人的小孩，馬克站在父親那邊，夏洛蒂在母親身旁。新人笑吟吟，夏洛蒂卻是滿臉茫然，彷彿不知自己為何跑來和這些人站在一起。

「這張相片是夏洛蒂幾歲時拍的？」瑞卓利問。

「應該是十三歲那年。」

「她看起來有點失神。」

「婚事的進展很快，我想所有人都一時調適不過來。在他們結婚之前，我們才剛認識麥勒理夫妻，那時候，博敦學院舉辦耶誕盛會，夏洛蒂和馬克同台演奏。一年後，所有人再度參加博敦學院的耶誕會，不同的是，笛娜已經和我離婚，改嫁亞瑟。我呢？只不過是個獨自撫養女兒的單親爸爸。」

「你離婚時，夏洛蒂歸你養？」

「笛娜和我討論過，兩人都覺得，監護權最好歸我，好讓夏洛蒂在她童年住慣的房子裡長大。原本說好，每隔幾個月，讓夏洛蒂去笛娜和亞瑟家過個週末，可惜他們經常出遠門，很少在家。」

「雙方沒有官司糾紛？沒有女兒監護權的爭奪戰？」

「離婚歸離婚，並不表示兩人再也不關心對方。我們把對方放在心上。而且，現在兩家人成了一個大家庭。唉，亞瑟的前妻芭芭拉不太能接受離婚的事實，含恨到最後。但我覺得，何苦記恨呢？相敬如賓不是更好。」

英格叟在報告中確實也提過，即使在離婚之後，派崔克和笛娜相處融洽。現在由派崔克親口轉述，她可以相信了。

「在最後一年的耶誕節，他們甚至來這裡，跟我一起慶祝，」他說。「亞瑟、笛娜、馬克都來了，兩家坐在這一間，一起進餐，一起拆禮物。」他環視大桌，彷彿所有人的靈魂仍坐在這裡。「我記得夏洛蒂坐在那裡，在桌尾。她問馬克喜不喜歡在哈佛的生活。笛娜送她珍珠項鍊。點心是南瓜派。晚餐後，我帶馬克下樓，進我的木工室，因為他喜歡動手做東做西的。這個哈佛青年，竟然喜歡做精美的家具。」派崔克眨一眨眼，望向她，好像突然想起她在場。「後來，大家走了。只剩下馬克和我。」

「你們兩個好像走得很近。」

「對，他是個不錯的年輕人。」派崔克停頓一下，忽然微笑起來。「馬克已經三十九歲了，不過以我這個年齡，四十歲以下的人全算年輕人。」

瑞卓利從箱子抽出另一本——不是家庭相簿，而是博敦學院的紀念冊，醬紫色皮面上印有燙金校徽。

「她那年是四年制的高二，」派崔克看著封面說。「也就是她……那個……的前一年。」他臉色沉下來。「我考慮過，要不要告學校失職。學校帶我女兒出去進行校外教學，卻監督不當，在公眾場合，在費紐爾廳鬧區！校方應該知道，有些學生會自行走開，或者陌生人可能過來搭訕，老師們卻粗心大意，一轉眼，我女兒就失蹤了。當時我人在海外，隔海只能乾著急，沒辦法救她。」

「據我所知，你人在倫敦。」

他點頭。「和有意投資的人談生意，替該死的財產再加一筆。我願意拋棄所有資產，換回……」他突然站起來。「我想來一杯烈酒。要不要我幫妳倒一杯？」

「不用了，謝謝。我待會兒要開車。」

「啊。負責任的女警。容我告退一下。」他說完走開。

瑞卓利掀開博敦學院紀念冊，翻到二年級的部分，在最下面一排找到夏洛蒂的大頭照。她的金髮及肩，嘴唇似笑非笑，若有所思。她是個美少女，可惜悲劇似乎已在她的五官蓋上戳印，彷彿她自知未來只碰得到苦難。她的相片下面印著一串個人興趣和活動：戲劇社、藝術、管弦樂隊、網球隊。

管弦樂隊。瑞卓利記得，夏洛蒂曾拉過中提琴。她也記得，蘿拉・方演奏的是小提琴。兩個女孩生長在天南地北的宇宙，卻在音樂裡找到交集。

瑞卓利翻閱紀念冊，找到校內外活動的部分，在二十幾位樂隊學生的合照裡又找到夏洛蒂，坐在弦樂手的第二排，樂器立在大腿上，文字說明是：「坎蒂絲．芙瑟斯，音樂主任，與博敦學院管弦樂隊合影。」

她聽見派崔克回到用餐室，端著一杯飲料，冰塊在杯中叮噹響。「你女兒認識一個名叫蘿拉．方的女生嗎？」瑞卓利問他。

「巴寇茲警探也問過我同一個問題，在夏洛蒂失蹤以後。我告訴他，我沒聽過這個姓名。我後來才發現，蘿拉．方比夏洛蒂早兩年失蹤，這才瞭解警探為何問到她。」

「兩個女生之間有什麼關聯，你想不出來嗎？夏洛蒂從來沒提過蘿拉的名字？」

他看著博敦管弦樂隊的合照。「小孩放學回家，一下子提到這個女生，一下又提到那個男生，哪有家長能記得所有名字？」

有道理；家長不可能記得所有同學的名字。

瑞卓利翻到紀念冊最後幾頁，這一部分是四年制的高四學生，相片裡的男生頭髮整齊，身穿博敦的男生制服：藍外套、紅領帶。相片裡的馬克．麥勒理臉瘦了一些，頭髮比較長，比較捲，已經是個小帥哥，即將前進哈佛。興趣列在他的相片下面：袋棍球、管弦樂隊、西洋棋、西洋劍、戲劇。

又是管弦樂隊。畢竟，迪昂和麥勒理兩家的緣分始於愛樂的小孩——兩家出席耶誕盛會，欣賞子女的演出。

「這些東西對妳有什麼幫助，我不太確定，」派崔克說。「巴寇茲警探十九年前問了我好多問題。」

她抬頭看派崔克。「說不定，答案變了。」

瑞卓利離開布魯克萊恩，駛上西向的麻州公路，午後的斜陽直射她的眼睛，一路至伍斯特市，交通順暢，但從這裡往北走是次級道路，路面因柏油工程而窄成單線道，車速遲緩。等到她抵達博敦學院時，已經將近下午五點。她駛進大門，開上蜿蜒的林蔭車道，兩旁是老橡樹。在學校大樓前，三個女生坐在石階上聊天，懶得向停車走過來的瑞卓利看一眼。她們大約十五、六歲，全是苗條俏麗的少女，完全吻合天意的設計，誕生下來人間，為的是達成生物學上的目的，吸引年輕男人。

「對不起，我想找音樂主任芙瑟斯女士。」瑞卓利說。

三位小女神以被動的眼神回應，即使穿著格紋裙和白棉上衣，仍讓瑞卓利恨自己趕不上時尚潮流。

「她在班奈特廳。」半晌之後，女生之一說。

「怎麼走？」

女孩抬起手臂，姿態優雅，指向草坪另一邊的一座堂皇建築。「那邊。」

「謝了。」瑞卓利穿越草坪時，覺得她們的眼神跟過來，把她當成凡人世界來的異形。這就是傳說中的寄宿學校啊，根本不像哈利波特裡的霍格華茲，倒比較近似跩不拉嘰的大學姐妹會。

她來到班奈特廳的階梯前，仰望白廊柱和精雕細琢的三角牆飾。拾階而上時，她心想，多像在攀登奧林帕斯神山啊。

她進入走廊，一陣吱嘎的小提琴聲從左邊傳來。她循著聲音的來向走，找到一間教室，裡面有個少女低頭坐著，神情極為專注，身邊有一位銀髮婦人對著她皺眉。

「天啊，雅曼達，妳的顫音聽起來像高壓線！一聽就讓我渾身緊張。而且，妳抓得這麼緊，簡直是想把小提琴掐死。手腕要放鬆。」女人握住少女的手腕，使勁甩一甩。「快呀，放鬆！」

女生忽然注意到瑞卓利，愣住了。老師轉頭過來：「什麼事？」

「芙瑟斯主任嗎？我剛才打過電話。我是瑞卓利警探。」

「我們快下課了。」老師轉向學生，嘆氣說，「妳今天綳得太緊了，所以再練下去也沒用。回妳宿舍去吧，練習甩甩手腕，雙手都練。小提琴手最重要的是手腕靈活。」

女生莫可奈何地收拾樂器，正要離開教室時，突然停下來，對瑞卓利說：「妳剛說妳是什麼探？妳是警察局派來的嗎？」

瑞卓利點頭。「波士頓市警局。」

「酷斃了！我以後也想當FBI探員。」

「我祝福妳。FBI應該多招收一點女生才對。」

「算了吧，我爸媽才不願意咧。他們說，警察的工作不是我們這種人做的。」她嘟噥著，駝背離開教室。

「唉，那女孩不是音樂家的料子。」芙瑟斯主任說。

「會拉小提琴，才進得去FBI嗎？」瑞卓利說。「沒這種規定吧？」

這種輕薄話並沒有拉近她與主任之間的距離。芙瑟斯主任冷眼看她：「妳說妳想問幾個問題，是吧，警探？」

「關於妳十九年前的一位學生。她在學校的管弦樂隊待過，演奏中提琴。」

「妳是來問夏洛蒂・迪昂的事，對不對？」見到瑞卓利點頭，主任嘆氣說，「當然是衝著夏洛蒂來的。永遠不讓大家遺忘的那個學生。事情過了這麼多年，迪昂先生還在責怪我們，對不對？怪學校弄丟了他的女兒。」

「出這種事，任何一個父母都難以接受，妳應該能諒解。」

「波士頓市警局徹底調查過她失蹤的始末，從來不認為校方有任何疏失。那次校外教學，隨車老師和學生的比率是一比六，應付學生綽綽有餘。這些學生又不是嬰兒，是青少年了，老師不應該把他們當小孩呵護。」她壓低嗓門補上：「不過，或許老師應該把夏洛蒂當成小孩看待。」

「怎麼說？」

芙瑟斯主任愣一下才說：「對不起，我多嘴了。」

「夏洛蒂很難帶嗎？」

「我不喜歡講往生者的壞話。」

「往生者應該希望正義獲得伸張吧。」

一陣子後，主任點頭。「我這麼說好了：她在學業方面並不出色。唉，她的腦筋是夠聰明了，從入學測驗的成績看得出來。她進學校的第一年，成績也還可以。可是，在她爸媽離婚以後，她的狀況直直落，大部分科目的成績是低飛過關。老師當然是同情她囉，不過，本校學生半數來自離婚家庭，學生有能力調適，繼續往前走。夏洛蒂卻沒辦法。她一直悶悶不樂，成天是苦命女的態度，靠一副苦瓜臉吸引厄運上門。」

號稱不喜歡講死人的壞話，芙瑟斯主任竟能暢所欲言，真不簡單。

「母親死了，怎麼能怪她呢？」瑞卓利指出。

「當然不能怪她。中國城的槍擊案，太可怕了。可是，妳有沒有注意過，不幸的事情好像專門砸某些人，害他們在同一年失去另一半和工作，癌症上身。夏洛蒂老是那樣陰沉沉的，老是吸引厄運。她的朋友好像不多，可能就是這個原因。」

瑞卓利訪談派崔克時，對夏洛蒂的印象和老師口中的夏洛蒂大相逕庭。夏洛蒂在校的一面令瑞卓利大吃一驚。

「從學校的紀念冊看來，她好像滿活躍的，」瑞卓利說。「例如說，她喜歡音樂。」

主任點頭。「她的中提琴還可以，不過她的心好像從來不在音樂上，升上三年級，她總算通過波士頓交響樂團暑期研習營的考試。不過，中提琴手常常缺人，對她比較有利。」

「這個研習營，妳有幾個學生參加？」

「每年至少有幾個入選。研習營是由波士頓交響樂團的成員親自指導，在新英格蘭區是最好的一個，學員全經過精挑細選。」主任停頓一下。「妳接著想問什麼，我知道。那個失蹤的華人女孩，對吧？」

瑞卓利點頭。「妳看穿我的心意了。她的姓名是蘿拉·方。」

「據說，她是個很有才華的女孩。是我在她失蹤之後聽說的。我有幾個學生和她是同一梯次的研習營學員。」

「和夏洛蒂不同梯？」

「對。夏洛蒂是在蘿拉失蹤之後的一年才入選，所以她們不可能認識。妳應該也想問這個問題，沒錯吧？」

「過了十九年，妳還記得這麼詳細？」

「因為我剛接受那位警探訪談。」

「哪一位警探？」

「我不記得他的姓名了。是幾個禮拜前的事，我要查一查行事曆才知道。」

「主任，麻煩妳現在去找找看，我感激不盡。」

主任的眼神閃現一絲煩躁，好像這事太勞駕她了。但她耐著性子，走向教室另一邊的辦公桌，在抽屜裡翻出一本行事曆，翻一翻，點頭：「找到了。他在四月二日打電話找我，和我約時間。我見到他，覺得這警探怎麼看起來有點老。不過我也心想，人老，經驗多，辦案應該更紮實。」

有點老。打聽失蹤女孩的事。「該不會是英格叟警探吧？」瑞卓利問。

主任抬頭。「原來妳認識他。」

「妳沒看新聞嗎？英格叟警探死了。他上禮拜被人槍殺。」

行事曆從主任手裡滑落，摔在桌上。「我的天哪。我不知道。」

「主任，他來這裡問什麼？他為什麼要打聽夏洛蒂的事？」

「我以為是她父親還抱著一線希望，找人過來蒐集資料。幾個禮拜前，我在校友晚宴上碰到馬克．麥勒理，跟他提起這件事，他說他完全不知道。」

「你問過迪昂先生嗎？」

主任氣得臉紅。「博敦學院迴避和迪昂先生打交道，以免……傷和氣。」

「英格叟警探對妳說過什麼？」

主任癱坐在辦公椅，體型突然縮小，威嚴也少了一分，想必是在書籍與樂譜的世界待慣了，被外人莽撞入侵，來不及反應。「對不起，讓我回想看看……」她乾嚥著。「夏洛蒂的事，他其實問得不是很多。他比較想知道的是另外那個女生。」

「蘿拉．方。」

「另外還有幾個。」

「另外幾個？」

「他帶了一份名單過來。好長一份，大概有二十幾個吧。他問我，認不認得這些人，博敦有沒有收過這些學生。我告訴他，不認得，沒有。」

「妳記得名單上的姓名嗎？」

「不記得了。我說過，我一個也不認識。他告訴我，這些女孩全失蹤了，和蘿拉一樣。」芙瑟斯主任打直上身，正視瑞卓利。「全是一去沒有蹤影的女孩子。」

26

「這幾張是英格叟警探最後三十天的通聯紀錄，包括手機和家中的電話，」譚說，同時在會議桌上攤開幾張資料，讓瑞卓利和佛洛斯特看。「上面列出最後一個月他打過、接過的所有電話。一眼看去，好像沒什麼特別的，多數是稀鬆平常的對象，例如他女兒、牙醫、有線電視公司、信用卡公司。他打過一通電話去緬因州，後來去了那裡的釣魚度假村。有幾通打到他家那條街上的披薩店。」

「哇。他太常吃披薩了吧。」佛洛斯特有感而發。

「你們也會注意到，他撥電話給紅鳳凰死者的家屬，日期是三月三十和四月一日，也就是在血案紀念日的前後。」

「我去找過吉爾摩夫人和馬克．麥勒理，」佛洛斯特說。「他們證實，他們接過英格叟的電話，英格叟想知道他們是不是跟他一樣，也收到每年出現的匿名郵件。」

「不過，這上面有幾通電話，我想不透原因，」譚說。「好像是隨便亂打的。」他指著其中一組號碼，點一點。「以這個電話為例，日期是四月六日，打到羅威爾市的一家名叫摯友的愛犬美容院。」譚望向兩位同事。「就我們所知，英格叟從來沒養過狗。」

「說不定他在和寵物美容師交往。」瑞卓利說。

「我撥電話過去，」譚說。「愛犬美容院沒人聽過他的名字，而他也不在狗主人名單上。我在想，說不定他撥錯號碼了。」他指向另一通。「然後，他打這一通，在四月八日，打去伍斯特市，給一家名叫浪女的情趣內衣店。」

瑞卓利縮縮眉頭。「他找那種店做什麼？我還是不知道比較好吧。」

「我打給那家店，」譚說，「也沒人認得英格叟的名字，所以我猜，又是他撥錯號碼。」

「合理的假設。」

「卻是錯誤的假設。他沒有按錯號碼。」

「求求你告訴我，他是想買性感內衣送女朋友，而不是買來自己穿。」瑞卓利說。

「跟性感內衣無關。他的電話根本不是打給浪女，而是以前用過同一支門號的人。」

瑞卓利皺眉。「你怎麼查出來的？」

「妳從博敦學院回來之後，我照妳吩咐，從麻州失蹤人口資料庫調資料，整理出一份失蹤少女的名單，涵蓋最近二十五年。」

「有必要追溯到那麼遠嗎？」佛洛斯特說。

「夏洛蒂在十九年前失蹤。蘿拉．方在二十一年前失蹤。我想說，把範圍擴大一點比較有彈性，所以隨便挑了二十五這個數字。結果是，幸好我向前推到二十五年前。」譚從一份飽滿的檔案夾抽出一頁，順著桌面溜過去給瑞卓利。在這一頁的中間，有一組電腦號碼被紅筆圈出來。「這一通是英格叟打給情趣內衣店。同樣的號碼，在二十二年前，原主是伍斯特市的格列葛里．波爾斯先生。十二年前，這組號碼的主人是另一人。最後在四年前，才變成浪女情趣內衣店的電話。近年來，愈來愈多人淘汰傳統電話，號碼更常換來換去。我認為，英格叟警探真正想找的人是波爾斯先生，可惜格列葛里・波爾斯十二年前就搬離麻州了。」

「誰是波爾斯？」佛洛斯特問。

瑞卓利順著這頁電話號碼往下瀏覽，豁然開朗。「這些是從失蹤兒童資料庫調出來的家屬電話。」她抬頭看。

譚點頭。「波爾斯的女兒失蹤了。我本來打算，把麻州仍未結案的失蹤人口案全調出來，時間設定在二十五年內，範圍縮小到十八歲以下的女生。」他指向他帶來的厚厚一份檔案夾。「不過，資料堆得像山一樣高，假如我一一去調查這些案子和夏洛蒂、蘿拉的關係，可能永遠查不完。而且，老實說，被妳交代這個差事，我有點不爽，因為我覺得只是沒事找事做的任務。」

「後來，你卻查出東西了？」瑞卓利說。

「對。我拿英格叟家的電話和手機的通聯紀錄來比對。從他的通聯紀錄來判斷，他在四月初開始聯絡幾位家屬，然後突然一通也不打了，再也不用家裡的電話或手機來聯絡家屬。」

「因為他懷疑被人監聽。」瑞卓利說。他的疑慮果然事出有因；鑑識組確實在英格叟家的傳統電話揪出電子竊聽器。

「在他停止打電話之前，他把範圍縮小到這幾個女孩。」譚把另一頁滑給瑞卓利。

她在這頁只看見三個姓名。「我們對這幾個女孩的瞭解有多少？」

「她們的年齡有差別，分別是十三、十五、十六歲，全在波士頓的一百五十哩之內失蹤。兩個是白種人，一個是亞洲人。」

「蘿拉・方也是。」佛洛斯特說。

「和蘿拉相同的特點還有另外一個，」譚說。「這三個女生可以說是乖乖女，成績非A即B，沒有犯過法，也沒有理由認為她們會蹺家。我在想，英格叟把這三個歸為一類，可能認為三人共通點是乖順用功。」

「這些是多久前的案子？」佛洛斯特問。

「她們失蹤超過二十年了。」

「所以，英格叟只查陳年的舊案？為什麼不查最近的案子？」

「我不知道。說不定他才剛剛起步。假如他沒死，可能會列出更多姓名吧？困擾我的一點是，他查這些案子的動機是什麼？他在市警局執勤的時候，沒有辦過這幾件失蹤人口案，怎麼現在突然感興趣？是退休以後閒得發慌嗎？」

「也許有人請他當私家偵探。說不定家屬之一找他幫忙。」

「我直覺的猜測也是這樣，」譚說。「我後來聯絡上這三家的親屬，可是他們都說沒有找過英格叟。我們也知道，派崔克．迪昂也沒有。」

「所以說，他可能是自己主動想偵辦失蹤少女，」佛洛斯特說。「有些警察受不了退休生活。」

「這三個女生都不可能歸波士頓市警局調查，」瑞卓利說。「她們隸屬的轄區完全不一樣。」

「可是，夏洛蒂．迪昂是在波士頓失蹤的，蘿拉．方也是。她們有可能是英格叟的出發點，是他最初的動機。」

瑞卓利看著這三個女生的姓名。「結果他死了，」她輕聲說。「他到底惹到誰？」

「凱文・唐納修。」譚說。

瑞卓利和佛洛斯特望向他。儘管譚和他們合作不到兩星期，他已經養成微微傲慢的態度。他穿西裝、打領帶，頭髮理得平整，目光冷冽，不知情的人會以為他是特勤人員，或是漫畫《星際戰警》裡的角色，莫測高深。瑞卓利絕對無法想像和這種人暢飲啤酒。

「有傳言說，」譚說，「唐納修經營雛妓業好幾年了，是他的副業之一。」

瑞卓利點頭。「對。『唐納修批發肉品』另有含義。」

「他該不會用這種方式逼少女跳火坑吧？」

「專找好學生下手？」瑞卓利搖搖頭。「以這種方法挑選雛妓，風險未免太高了。比較輕鬆的管道多的是。」

「可是，從這個角度去想，可以一竿子打到喬伊・吉爾摩、失蹤少女、紅鳳凰。也許英格叟發現唐納修和這些事件有關，所以被人監聽，不敢再打電話。因為，如果被唐納修嗅到味道，英格叟知道自己死定了。」

「英格叟的確是沒命了，」瑞卓利說。「我們不明白的是，他開始調查的動機何在。他退休這麼多年，怎麼突然對失蹤少女感到興趣？」

譚說：「我們應該問的問題或許是：他在替誰辦案？」

名單累積到六人。

珍・瑞卓利坐在辦公桌，閱讀新增三人的背景。最先失蹤的少女名叫黛玻拉・希弗，十三歲，麻州羅威爾市人，父親是醫生，母親是小學老師，失蹤時身高五呎二，體重一百磅，褐色頭髮，褐色眼珠。二十五年前，她在鋼琴老師家和學校之間的路上失蹤。她在校成績優異，給人的印象是害羞的書蟲，據信沒有交過男朋友。假使她失蹤的年代有網際網路，警方或許能查出更多背景，可惜當年網路論壇群組、MySpace和臉書都尚未問世。

一年半之後，這份名單上的第二位少女失蹤，名叫派翠霞．波爾斯，十五歲，某天母親送她去購物中心，相約在三小時之後過來接她，母親卻在約好的地點等無人。她的身高五呎三，體重一百〇五磅，金髮藍眼。和黛玻拉．希弗相同的是，她的成績中上，沒有闖過禍。她失蹤之後，父母親離異，原因可想而知。母親在七年後去世。瑞卓利輾轉找到目前定居佛羅里達州的父親，但他不太願意談論失散已久的女兒。「我已經再娶，又生了三個小孩了，一聽見派翠霞的名字就心痛得受不了。」他透過電話告訴瑞卓利。近幾年來，他確實接過幾通警方的來電。他最近確實也和英格叟警探講過電話。但這些電話後來都沒有下文。

派翠霞．波爾斯失蹤一年多之後，又有一名少女不見蹤影。雪莉．田中失蹤時十六歲，身材嬌小，就讀阿特波羅市的四年制高中三年級。有天下午，她從自家消失，前門沒關緊，學校作業仍攤在餐桌上。她的母親現居康州，最近接到英格叟警探寄來的一封信，寄件日期是四月四日。他想問雪莉的事。這封信被重複轉寄多次，才轉到雪莉母親的現址。昨天她撥警探給的電話，結果無人接聽。

因為英格叟已經喪生。

田中夫人不認識名單上的少女，也沒有聽過夏洛蒂．迪昂，但她覺得蘿拉．方的名字耳熟，因為蘿拉和雪莉同是亞裔女孩，所以田中夫人有印象，曾懷疑兩案之間是否有所關聯。幾年前，她曾致電阿特波羅市警局詢問，至今沒有回音。

麻州在六年間發生三件少女失蹤案，並不是什麼稀奇的事。在美國，以十二至十七歲的兒童而言，每年失蹤的數字不下數千人，其中很多人無疑是被親屬以外的人綁架。在那六年之間，麻州有數十名年齡層相同的少女失蹤，只是沒有列入英格叟的名單中。他為什麼聚焦在這三人？是因為她們的年紀和體型相近嗎？或是基於地緣因素？四九五號公路環繞大波士頓區，三個女生失蹤的地點全在這條公路附近。

此外，費人思量的是十七歲的夏洛蒂．迪昂。她和這三位女生不同，年紀大了一點，成績中下，對學業漠不關心，不符合歹徒的作案模式。

也許根本沒有模式可循。也許英格叟追求的是根本不存在的關聯。

瑞卓利把三名少女的資料放到一旁，將注意力轉向巴寇茲警探整理的夏洛蒂檔案。這一疊比蘿拉的檔案厚了幾倍，瑞卓利猜是因為身世的關係。即使是在司法範疇內，家財也具有份量，也許在司法範疇內更是如此。家中有小孩走丟了，必定會在任何父母的心靈蒙上永遠揮不去的陰影。身為父親的人，即使事隔多年，偶然瞥見年輕女子路過，難免會懷疑她該不會是失散已久的女兒？該不會和其他陌生女子一樣，只是笑容和嘴角的彎度勾起令人心碎的往事？

警方已從《波士頓環球報》取得夏洛蒂．迪昂的相片檔案。瑞卓利打開信封，裡面的相片可能是夏洛蒂生前最後的留影。這些相片共十幾張，拍攝於亞瑟與笛娜．麥勒理的聯合喪禮。由於紅鳳凰槍殺案駭人聽聞，也由於媒體大篇幅報導，根據《環球報》所言，當天吸引了將近兩百人至墓園。相片中可見兩座墓穴，攝影記者以長鏡頭拍攝到服裝肅穆的人群圍站著。

然而，最令人動容的莫過於親屬的特寫照。夏洛蒂站在畫面的最中央，以構圖焦點來凸顯氣氛。這也難怪，因為夏洛蒂臉色蒼白，金髮披肩，具體呈現了悲慟而弱不禁風的模樣。她一手舉向嘴巴，彷彿想止哭，臉孔則扭曲成深受皮肉之痛的表情。父親派崔克站在她的右邊，以關切的眼神看著她，但她背對著父親，好像不願讓父親看見她的悲情。

站在鏡頭邊緣的是馬克．麥勒理，深色的頭髮長了一點，也更加雜亂。二十歲的他已經長得肌肉雄偉，肩膀寬厚，一手放在身旁一位中年女子的肩膀上。這名婦人坐在輪椅上，面容憔悴，瑞卓利猜她是馬克的生母、亞瑟的元配芭芭拉。她坐著凝視著棺材，毫不知悉自己的表情被相機的快門永遠記錄下來。她的表情不是悲慟，而是事不干己的冷漠，眼神令人心寒，彷彿躺在棺材裡的男人與她無關。另一種解讀方式是，比「無關」更不屑一顧。畢竟，亞瑟當年為了娶笛娜，棄她而去，儘管兒子馬克聲稱兩家人一家親，芭芭拉的神態卻透露另一番光景。她是被拋棄的糟糠妻，出席的是前夫和小三的喪禮，此時此刻會不會興起些許滿足感？會不會因她活得比這一對久，因而微微沾沾自喜？

瑞卓利翻至下一張相片。攝影記者從同一個地點拍攝這一張，但夏洛蒂的身體離父親更遠，臉孔模糊，正在向前彎腰。下一張，夏洛蒂繼續移動，一手仍捂著嘴，眉宇鎖成一團，派崔克對她皺眉。到了下一張，她已經半身脫離相片，只見背部入鏡，黑裙子模糊。再按一次快門時，夏洛蒂已完全脫離鏡頭，馬克亦然。派崔克．迪昂和芭芭拉．麥勒理留在原地，兩人面露迷惑，不知子女為何開溜。

馬克和夏洛蒂之間怎麼了？他是追過去安慰夏洛蒂嗎？

下一張，派崔克彎腰下去擁抱芭芭拉，姿勢彆扭，形成失婚者相互安慰的畫面。這張相片的構圖具有巧思，因為兩人的擁抱映照在光亮的棺材板上。

最後一張是群眾解散的畫面，大家背對著夫妻塚離去。攝影記者也許想暗喻，活人終究還是要繼續走下去。在最後這張，夏洛蒂重現鏡頭前，走在父親身旁，派崔克一手緊摟她的腰，但她回頭望向母親的墳墓，滿臉是迫切的渴望，好像她多想投身亡母的棺材上——五年前棄女而去的母親。

瑞卓利放下這張相片，被夏洛蒂的淒愴感動得無法自已。她想起自己的母親安琪拉，想到母親討人厭的所有缺點。討厭歸討厭，瑞卓利毫不懷疑母愛，認定母親絕對會為她犧牲自己，就像瑞卓利願捨身救女兒蕾吉娜一樣，分秒不遲疑。笛娜和派崔克離婚那年，夏洛蒂年僅十二歲，正值童年尾聲的脆弱年齡。即使爸爸恪盡親職，女孩子總有一些只有母親能傳授的私事。誰來教妳女人經呢，夏洛蒂？

午餐時間到了，瑞卓利到樓下的自助餐廳買咖啡和火腿三明治，帶上樓，回辦公桌吃，吃不出美味，只求果腹。她擦掉手指上的美乃滋，轉向電腦，溫習英格叟住家裡的命案相片電子檔。她一張一張點閱，想起步道兩旁的灌木叢氣味，隔著窗戶看見電視螢幕的閃光，看到這裡，她的心臟開始狂跳。那天晚上，我撿回一條命。她深深喘一口氣，強迫自己專心看相片，從比較心平氣和的觀點來評斷現場。她細看著廚房，見到英格叟陳屍處，血泊蓄積在他的頭下。她點擊英格叟家中辦公室的相片，見到抽屜被亂翻，原本應該有電腦的桌面空無一物。和英格叟通話時，瑞卓利記得他說過，他家被人闖空門。他釣魚度假完回家，目睹的必定是這場遭小偷的亂象。最後，瑞卓利點擊臥房相片，看見英格叟的行李箱仍合著，擺在地上，沒有機會開箱整理。

她開始點閱車子的相片。英格叟的福特Taurus停在門前的路旁，車上仍有長途開車留下的廢物：空咖啡杯、揉成紙團的漢堡王紙袋、一份《邦戈爾日報》。那天晚上，瑞卓利渾身是血，被巷內發生的事嚇得直發抖，所以無法親自驗車，交代佛洛斯特和譚代勞。佛洛斯特在手套箱裡找到一星期前的收據，地點是緬因州格林威爾的加油站，能佐證英格叟女兒的說詞。女兒說他北上釣魚度假去了。

瑞卓利再檢查所有相片一遍：客廳、用餐室、廚房、臥房，沒有找到她想找的東西，於是打電話給佛洛斯特。

「你在他家找到魚餌箱嗎？」她問。

「呃，沒有。我沒印象。」

「去釣魚卻沒帶魚餌箱，怎麼會有這種事？」

「說不定他向釣魚度假村租所有的釣具。」

「你和度假村的經理通過電話嗎？」

「有。不過，我沒有問到釣具的問題。」

「我想打電話問他。」

「為什麼？」

「我只是覺得怪怪的。」她掛掉電話，抽出英格叟的通聯紀錄，掃瞄一陣，找到區域代碼二

○七的電話。英格叟在四月十四日從家中電話打給度假村。

她撥完號碼，對方的電話響五次，接聽的是個男人，語氣一本正經。「這裡是潛鳥角。」

「我是珍．瑞卓利，波士頓市警局警探。請問你是哪位？」

「喬。你們還有問題要問嗎？」

「什麼？」

「昨天有人從波士頓警察局打電話過來，問過我兒子威爾。」

「那一定是佛洛斯特警探。潛鳥角在什麼地方？」

「我們在穆斯海德湖邊，有十幾間舒適的小木屋。」

「最近有一個姓英格叟的客人嗎？」

「有，威爾說，你們在問他的事。幫他辦住宿手續的是我老婆，不過她今天不在。我只知道，他住五天，幾乎是獨來獨往。」他停下來，對兒子吶喊：「威爾，去幫他們搬釣具下船。他們的船停進港口了！」接著，他繼續對瑞卓利說：「抱歉，警探。生意開始忙了。我是很樂意幫妳忙，不過我知道的東西不多。聽見那人死了，我們都很難過。」

「英格叟先生以前有沒有在潛鳥角住宿過？」

「好像沒印象。」

「你在潛鳥角上班多久了？」

「從開幕那天起。我是這裡的老闆。好了，我非去幫忙客人不行了。」

「讓我再問最後一個問題。英格叟先生住宿期間，有沒有租過釣具？」

「有。威爾幫他挑選釣竿和捲線軸。他好像釣不到幾條。」

她瞄向鈴響的手機。「謝謝你。請問貴姓？」

「派頓。有問題再來電吧。」

她掛掉辦公桌上的電話，拿起手機，看見來電者是化驗室。「我是瑞卓利。」

鑑識組的艾琳．沃區科說：「入行幾年，我見過一些稀奇古怪的東西，不過可能沒有東西比這個更怪。」

「妳指的是什麼東西？」

「醫事檢驗所送過來的金屬屑，卡在無名女屍頸椎的那片。」

「對，刀刃留下的碎片。」

「我從來沒看過這樣的金屬。」

27

瑞卓利走進化驗室時，佛洛斯特和譚正在等她，同樣在等她的是和她素昧平生的男人，經艾琳介紹，才知道這位語調柔緩的非裔紳士是博士，名叫卡文．拿破崙．伽瑞，任職於哈佛大學的賽克勒博物館。

「我大致分析出這片金屬的屬性後，請伽瑞博士過來看一看，」艾琳說。「能確認的人應該非他莫屬。」

伽瑞以靦腆一笑回應。「妳把我吹捧得太厲害了。」

「這方面的論文當中，有一半掛著伽瑞博士的大名，我想不出比你更適合請教的專家。」

「伽瑞博士，你在賽克勒博物館擔任什麼樣的職位？」瑞卓利問。

他謙虛地聳肩表示：「我負責管理兵器收藏品。我的博士論文題材是刀鋒金相分析，特別是中國和日本的刀鋒。這兩國的兵器有密切的淵源，幾世紀之前，手工才開始歧異。」

「所以你認為，這把刀的產地在亞洲？」

「我幾乎能肯定是。」

「只化驗一小片，你就能確定？」

「妳來看看，」艾琳說著，在自己的電腦前坐下。「我前幾天寄幾張顯微圖給伽瑞博士，就是這幾張。」她敲幾下鍵盤，螢幕呈現灰色的螺紋與波紋。

「各位看到的東西，」伽瑞博士說，「是所謂的千層鋼，或稱大馬士革鋼。這種鋼鐵的做法是把幾層金屬重複折疊鍛打，中間夾雜軟硬不一的鋼，最後會形成這種波浪紋路。鍛打的金屬層愈多，手工愈精良，刀劍也愈強韌。在中國，最上等的鋼稱為『百煉精鋼』，也會產生各位見到的這種俗稱為刃脈的紋路。」

「不是中國的兵器嗎？」佛洛斯特說，「怎麼會稱作大馬士革鋼？」

「想知道原因，必須先瞭解中國兵器史的一些典故，不知道各位想不想聽？」他停下語氣，望向三位警探，試探他們的興趣。

「請講。」瑞卓利說。

博士的眼神大亮，彷彿這是他最津津樂道的話題。「這要從刀劍工藝的遠古講起。幾千年前，中國人開始製造石刀，然後進步到銅刀。銅的性質軟而重，製作兵器有其限制。後來進步到鐵。不過，鐵容易鏽蝕，所以留存下來的古代鐵劍很少，反而是早幾世紀出現的古銅兵器更常出土。」

「證物的成分是鋼吧？」譚說，「怎麼提到鐵？」

「你瞭解鋼和鐵的差別嗎？」

譚遲疑著。「我沒記錯的話，鋼好像比鐵多了碳的成分。」

「優秀！」博士喜上眉梢。「這一點不是大家都知道，連我在哈佛的大一新生，有些人也搞不清楚。到了大約兩千年前，也就是中國的漢代中葉，兵器工匠學會了鍛造、折疊鋼的技術，可以把鋼鍛打成條狀和板狀。這種技術可能發祥於印度，後來傳到中國和中東地區，所以才有大馬士革鋼的稱呼。」

「所以，起源地根本不是大馬士革。」佛洛斯特說。

「對，是印度人發明的。不過，高明的思想註定會傳開。這種技術一傳到中國，兵器工藝才真正進步成一門學問。隨著歷史推演，工匠的品質依當代的戰爭情況起起落落。一出現戰亂，兵器就向前進化一步。宋末蒙古人入侵中原，引進軍刀。中國人把這種刀改造成彎刀，發給騎兵，讓騎兵能騎著馬砍殺敵軍。這種兵器的刀鋒和剃刀同等銳利，所以戰場上的腥風血雨可想而知，隨處可見斷肢斷頭的場面。」

怵目驚心的畫面浮現瑞卓利的腦海，栩栩如生到極點。她回想起巷內的情景。兇刀呼咻而過。熱血潑灑到她的臉。博士的語氣輕柔，輕描淡寫，更能襯托敘事內容的恐怖。

「誰那麼傻，自願去從軍？我才不要。」佛洛斯特說。

「可能由不得你做主，」博士說。「中國古代歷史戰亂頻仍，持兵器戰鬥是家常便飯。軍閥和軍閥火拚。蒙古人和海盜入侵。」

「海盜？中國人碰過海盜？」

博士點點頭。「明朝期間，日本海盜常侵犯中國沿海地區，後來被戚將軍擊退。」

「我記得戚繼光的故事，」譚說。「我祖母說過戚繼光斬首五千倭寇的歷史。睡覺前聽他的征戰史很過癮。」

「哇，」瑞卓利嘟噥著。「我聽到的故事是白雪公主和七矮人，太遜了。」

「戚將軍的菁英部隊以足智多謀著稱，」博士說。「他們最常用的兵器就是刀。」他指向艾琳的電腦螢幕，畫面是放大後的刀屑。他以敬畏的口吻說：「這一小片是從那裡脫落的，想想就覺得大開眼界。」

「是中國刀？」瑞卓利說。

「對。」

「才這一小塊，你就能判斷？何以見得不是日本武士刀？」

「日本的兵器技術來自中國，所以不無可能。」

「武士刀很常見啊，」譚說。「在刀器專賣店都買得到。」

「啊，那些店不賣這一種刀。」

「這一種有什麼特點？」瑞卓利問。

「差別在於這一把的年代。根據碳十四分析。」

瑞卓利皺眉。「碳十四不是只能用來分析有機物嗎？這把是鋼刀。」

「我們回頭探討古代兵器的製作過程，」博士說。「古法是用熔爐熔化鐵砂，然後把碳攙入鐵裡，結合成鋼。碳從哪裡來？古人用的是木灰。」

「木頭是有機物質。」譚說。

「答對了。我們利用焊封管燃燒法，從這片碎屑萃取出碳，」艾琳說。「然後加以分析。」

「所以，化驗過後，碎屑就被銷毀了？」

「不得已，對。為了判定碳的年代，只有犧牲樣本一途，才能求得精確的年代。」

「結果出現一大驚奇。」博士的口氣帶有些許興奮。

「我猜，這把兵器不是在附近的刀店買來的吧？」瑞卓利說。

「除非那家店專賣年代久遠的古董。」

「有多久遠？」

博士指向顯微圖。「各位見到的鋼是明朝鍛造的，碳十四分析將年代縮小到一五四〇年到一五九〇年之間。」他望向瑞卓利，目光炯炯。「正好符合戚將軍率領傳奇部隊的年代。一把刀的手工如果精良到這種程度，有可能跟著戚將軍的菁英部隊出生入死，甚至可能斬斷幾顆倭寇的頭。」

瑞卓利凝視著電腦螢幕。「這件兵器的歷史有五百多年？現在還能用？」

「這種刀器如果保養得當，有可能留存很久很久。上過戰場的刀特別需要保養，因為血對鋼具有腐蝕性，即使擦得再鉅細靡遺也一樣。接觸空氣，也會生鏽，產生瘡孔。這種刀想保存幾世紀，必須反覆擦拭清理，這種保養的動作就能磨損金屬，讓刀刃變得脆弱。所以這一小片才會脫落，卡在死者的頸骨。這把刀作為殺人工具，已經走到實用的盡頭了。」他若有所思地嘆息。「能實際化驗到它，該有多好！戚將軍時代的刀一定是無價之寶，假如能找到的話。」他停下來，對佛洛斯特顰眉，因為佛洛斯特忽然臉色蒼白。「你怎麼了，警探？」

佛洛斯特幽幽說：「我知道哪裡找得到那把刀。」

28

瑞卓利和佛洛斯特警探再度侵襲我的武術館，這一次帶來一位衣裝體面的黑人紳士，語氣輕柔而謙遜，顯示他不是警察。三人登門時，我正在上課，十幾名學員正在對打練習，突然停止動作，只有蓓拉邁開大步，穿越學員而過，在我身旁站定，擔任強悍的護衛，包括沖天的黑髮在內共有五呎四的身高。我見這些人上門並不訝異，對蓓拉使眼色，表示：退下，讓我來應付。

她若有似無地點頭，卻固執不走，待在我身邊。

瑞卓利警探主掌這次對話的方向。想當然耳；她把權威當成盔甲穿在身上。「據警方瞭解，妳擁有一把古董刀，方夫人，」她說。「馬上交出來。」

我望向佛洛斯特警探，目光冰冷，帶有指責的意味。他的眼神蒙羞。共進晚餐的那一夜，我倆產生溫馨的友誼，我讓他握握正義，也向他闡述這把刀的歷史。那一夜，我在他臉上看見親切。現在，同一張臉緊繃成一副面具，隔絕我倆的前緣，顯示他以警務為重，我倆的友誼無以為繼。

「如果妳不想交出那把刀，」瑞卓利警探說，「我們能出示搜索令。」

「刀交到你們手上，你們會拿去做什麼？」我問。

「化驗。」

「為什麼？」

「判定是不是刑案的兇器。」

「能原封不動交還給我嗎？」

「方夫人，我們不是在跟妳談判。刀在哪裡？」

蓓拉向前跨一步，怒火如嗡嗡響的高壓電線輻射而出。「妳不能說沒收就沒收！」

「法律說我可以。」

「正義是我家的祖傳之寶，」我說，「從來沒有離開過我。」

瑞卓利警探對我皺眉。「蒸什麼儀？」

「是它鍛造出爐時的命名。意思是正義。」

「那把刀有名字？」

「有什麼好奇怪的？西方文化裡，不也有一把傳奇寶劍名叫Excalibur[4]？」

「方夫人，」黑人開口，輕聲細語以示敬意。「相信我，我不希望那把刀受到任何毀損。我瞭解它的價值，保證能謹慎對待。」

「憑什麼要我相信你？」我問。

「因為我的職責是維護、保存這類兵器。我是賽克勒博物館的卡文・伽瑞博士，檢驗過無數古代刀劍，熟知它們的歷史，明瞭它們打過的戰役。」他微微低頭，尊重的態度令我對他另眼相看。「允許我見正義一面是我的榮幸。」他輕聲說。

4 亞瑟王的神劍。

我直視他溫柔的棕眼球，見到我始料未及的一份誠意。他對正義的發音標準無誤，所以我知道他會講中文。更重要的是，他懂得尊敬上等兵器的手藝和歷史沿革。

「跟我來，」我說。「蓓拉，請代我上課。」

我帶三名訪客入內，關門，從口袋取出一支鑰匙，打開櫃子，架子上有一個以絲布包裹的物品。我以雙手取出，呈給博士。

他鞠躬接下，小心翼翼放在我的辦公桌上，掀開層層紅絲布，展現一把插進刀鞘的兵器，瑞卓利和佛洛斯特警探在一旁觀看。他稍停動作，細看著漆木外殼與青銅接頭的鞘。握柄的材質也是漆木，外層覆以魟魚皮，染成綠色。博士抽刀而出時，刀刃發出悅耳的音符，一陣寒意劃過我的皮膚。

「柳葉刀。」他輕聲說。

我點頭。「是的。」

「妳說，這把是祖傳的刀？」

「是我母親傳下來的。她從我外祖母那裡繼承而來。」

「祖傳了幾代？」

「最遠回溯到瓦氏將軍。」

他的神色明顯震驚，望向我。「真的？」

「一代相傳。」

瑞卓利警探問：「這個將軍，他是誰？」

「警探，這一段歷史，妳一定能聽出興趣，」博士說。「瓦氏將軍是女將，是史上最負盛名的雙刀手，上戰場時左右手各握一刀。瓦氏夫人在明朝指揮幾千士兵，對抗日本倭寇。」他以驚異的眼神看我。「而妳是瓦氏夫人的後代。」

我以微笑回敬，點頭。「你聽過瓦氏夫人，我很高興。」

「太驚奇了！意想不——」

「伽瑞博士，」瑞卓利插嘴。「你對這把刀有什麼看法？」

「喔，對。」他取出眼鏡戴上，隔著鏡片瞇眼專心看。「這一把具有柳葉刀的典型弧度，刀型非常古老，」他向兩位警探解釋。「這一把比普通刀短一些，我推測最初是設計來讓女人握用的刀。這上面的血槽也很典型，作用是稍微減輕刀的重量。看看鋼面上的雕刻！年代久遠，刻痕依舊深到這種程度，我很意外！另外，這個握柄，假如不知道它至少有五百年的歷史，差點誤以為是原始的握……」他停口。我看見他眼鏡上方的皺褶加深。接下來幾秒，他不發一語。他把刀湊近眼鏡，鉅細靡遺檢視刀刃面，測試韌性，最後從口袋掏出放大鏡，檢查雕刻鑲板。

最後，他打直上身，當他望著我時，我看見他的眼神含有異樣的哀傷，近乎遺憾。他默默把刀插回刀鞘，遞給我。「方夫人，」他說。「謝謝妳讓我見正義。」

「你檢查完了？」我問。

「我們沒必要帶回去。」

瑞卓利警探抗議：「博士，鑑識組想化驗一下。」

「相信我，妳想找的不是這一把。」

瑞卓利轉向佛洛斯特警探。「和你見過的是同一把嗎？」

佛洛斯特面露疑惑，目光在我的臉和我手握的刀之間上下飄動。他發現自己有可能弄錯了，臉色漲成深紅色。

「怎樣，是或不是？」她再問。

佛洛斯特搖搖頭。「我不敢確定。我只看過那把刀一下子而已。」

「佛洛斯特警探，」我冷冷說，「下次你登門拜訪，我希望你夠禮貌，能明講你真正的來意。」

這話帶刺，命中目標，他像被針戳到，縮縮頸子。

瑞卓利警探嘆息。「方夫人，別理會博士的說法，我們照樣要把這支刀帶回局裡，進一步檢查。」她舉出雙手，等著我交出寶物。

我遲疑一下，把刀放進她的手。「希望交還給我時能毫髮無傷。」

他們離開時，我看見佛洛斯特警探回首一望，帶有惋惜的神態，但我以輕蔑的表情為盾牌，抵擋歉意。他步出門時雙肩下垂。

「師父？」蓓拉輕聲說，踏進我的辦公室。

隔壁的教室裡，學員繼續對打、踢腿、流汗、哼哈。她關上門，不讓學員見到我倆相視時的滿意神色。

你下一步棋，我出棋反制。棋局繼續進行，警方仍落後我方一步。

29

瑞卓利憋著心中話，走向停車地點，半路上才質問伽瑞博士：「你怎麼確定那一支不是兇器？」

「不信的話，帶回去局裡化驗看看。」他說。

「我們找的是中國古董刀，她碰巧有一把。」

「妳從她手上接過來的不是妳要的那一把。她那一把的刃緣有使用後產生的缺口和傷痕，不過，雕刻和血槽太深了。而且，握柄看起來是原廠的刀柄。如果是明朝的木造刀柄，經過幾世紀，不可能保養得這麼好。」

「所以，她那一把不是古董？」

「手工的確很精巧，而且具有明代刀器重量適中、重心平衡的特質，卻只是一把幾可亂真的複製品，刀齡最多五十到七十五年。」

「你剛才為什麼不當面說？」

「因為，以她個人來說，她信以為真。她相信這把刀是祖傳下來的寶貝，對她的意義重大，我不忍心戳破她的幻想。」他望向中國城的牌坊。現在是傍晚時分，晚餐的食客正湧向中國城，在狹隘的街道上漫遊，閱讀著窗戶上的菜單。博士審視著群眾，眼神悲傷。「在我上班的博物館，」他說，「常有人找我去評估祖傳寶物的價值，常有民眾從閣樓帶各式各樣的垃圾過來，有花瓶，有繪畫，有樂器，每一樣東西都有千奇百怪的典故迷思。幾乎每一次，我的評估都讓他們失望，因為他們帶來的不是無價之寶，而是沒有價值的仿造品。聽到這樣的鑑定，他們被迫質疑小時候聽過的每一個故事。大家都想相信自己的身世異於常人，想相信自己家族的淵源獨一無二。有什麼證據呢？他們拿出祖母的古董戒指，或是祖父的舊小提琴。殘酷的事實是，常人十之八九的背景都很平凡，何必逼他們接受這種事實呢？事實是，我們視之若寶的祖傳古物，幾乎無一不是假的。」

「方夫人相信她的祖先是女將，」佛洛斯特說。「你認為也是祖傳的幻想？」

「我認為她是聽信父母講的話。父母把刀子送給她，以寶刀為證。」

「所以說，她不是瓦氏夫人的後代。」

「任何事情都有可能，佛洛斯特警探。你也有可能是亞瑟王或征服者威廉的後代。如果你認為這樣的身世很重要，能幫助你應付日常生活的難關，那你不妨繼續相信下去，因為家族傳說的真諦更勝事實百倍。日常生活平淡無奇，家族傳說能助人忍耐度日。」

瑞卓利：「哼，我們家族的傳說全是路易伯伯一口氣能灌幾杯啤酒。」

「妳只聽過這一種？我很懷疑。」博士說。

「我也聽過，我曾祖母害一整團吃喜酒的客人上吐下瀉。」

博士微笑說：「我指的是英雄。妳家至少有一個吧。警探，妳仔細想想看，家族傳說中的英雄對妳的自尊心有多重要。」

開車回家途中，瑞卓利深思這件事，但她最先想到的家族大人物全是壞壞的、搞笑的那一型。她想到，有個表哥想證明耶誕老公公也能從正門進來，於是緊急拆掉媽媽家的煙囪。她想到一位叔叔，為了炒熱元旦慶祝會的氣氛，拿出自製的煙火來施放，出院時缺了三根手指。

但是，她深入回憶之後，挖掘出幾件堅忍不拔的祖傳事跡，例如有一位曾祖嬸去非洲當修女，另有一位曾祖姑姑在大戰期間的義大利一手帶大八個子女。她們也算是英雄，只是她們默默不出聲罷了。她們是以韌性見長的真性情女子，不像方夫人家傳事跡裡的雙刀巾幗英雄。方夫人的祖傳事跡充其量是寓言一則，真實性和保護良民、斬妖魔、力抗河怪的美猴王孫悟空差不多。艾睿絲·方生活在這一類的神話故事裡，身為寂寞寡婦的她自信是古戰士的後代，自信擁有寶刀，思想縮進幻想中，誰能怪她呢？她罹患白血病，不久於人世，丈夫與女兒全早走一步，她孤零零在家傷心，和破舊的家具為伍，是否會夢想置身戰場、威震天下？換成我，我難道不會？

她遇到紅燈，煞車停下，這時手機鈴響，她不看來電顯示，直接拿起來接聽，氣沖沖的語音灌進她的耳朵。

「搞什麼名堂啊，珍？為什麼不早告訴我？」弟弟法蘭基說。「我們一定要阻止她啊。」

她嘆氣。「你指的應該是媽媽想訂婚的事？」

「聽麥克講，我才知道。」

「我本來想打電話通知你，最近有點忙，忘了。」

「她不能嫁給那男人啊。妳一定要喊停。」

「怎麼喊法？」

「她還沒離婚啊，亂來嘛！」

「對。她還有一個被傻辣妹拐跑的老公。」

「不准妳這樣數落老爸。」

「不然怎麼講？」

「他遲早會收心啦。老爸遲早會回家，不信妳等等看，等他的玩心累了就知道。」

「你去告訴媽媽啊，看她有什麼反應。」

「去妳的，珍。妳竟然會束手旁觀。我們是姓瑞卓利的一家人。既然是家人，就應該團結。何況，我們對這個叫科薩克的傢伙認識又不深。」

「什麼話？你和我都知道他為人不賴。」

「不賴是什麼意思？」

「他的為人正直。而且，他是個稱職的警察。」她頓一下，訝異自己居然為科薩克辯護。科薩克即將成為繼父，她心裡不是滋味。然而，她對科薩克的評語字字屬實。他確實是個正直的男人，確實值得信賴，比他差勁的男人多的是，碰到他的女人還算幸運。

「他跟媽嘿咻，妳也無所謂？」法蘭基說。

「老爸跟傻辣妹嘿咻，你不是沒意見？」

「不能一概而論啦。老爸是男人。」

這話惹毛了她。「媽不能嘿咻嗎？」瑞卓利嗆回去。

「她是我們的母親。」

路燈轉綠，她駛過十字路口，一面說：「媽還沒老死，法蘭基。她的外形好，個性也風趣，值得再愛一次試試看。與其拿這件事騷擾媽，你不如去開導老爸。媽和科薩克交往的始作俑者就是他。」

「好，我去找他講講看。他該掌控全局了，也許要趁現在。」法蘭基說完掛電話。

掌控？有今天這種亂象，全怪老爸缺乏自制力。

手機被她扔向座椅。她煩惱父親會對婚訊有何反應。多了這件傷腦筋的事情，她愈想愈生氣。雜事十幾件，一同冒出來，她形同雜耍藝人，忙著避免空中的球落地。

手機又響。

她緊急靠邊停車接聽。「我沒空跟你吵，法蘭基。」她怒罵道。

「媽的，誰是法蘭基？」對方反駁的語氣同樣火爆。「給我聽好，瑞卓利，紅鳳凰的狗屁我已經受夠了，妳給我去做個了斷。」沙啞的嗓音無疑來自凱文．唐納修。從這段妙語如珠的話也知道是他。

「我不懂你在講什麼，唐納修先生。」她說。

「我今天下午又接到了。這一次，他們把信壓在我的擋風玻璃刷下面。誰這麼大狗膽，媽的，竟敢亂摸本大爺的車？」

「你又接到什麼？」

「又來一份喬伊．吉爾摩訃聞的影印。生前嗜好籃球和打靶，身後留下慈母與胞妹，囉唆一堆。背面寫了一句話。」

「寫什麼？」

「牠即將前來對付你。」

「你認為值得重視嗎？」

「已經有兩顆頭被什麼猴怪砍掉了，我豈有不重視的道理？」

她以平緩的語氣說：「你指的是什麼猴怪？」

「什麼？我不應該知道這件事嗎？」

「那份資訊沒有對民眾公開。」

「我是哪門子民眾？我是生命受威脅的納稅人。」

瑞卓利暗忖，他能直通本案調查過程的核心。波士頓市警局被他滲透了。瑞卓利不應該意外。以唐納修的勢力而言，哪裡的眼線買不通？市政府和市警局應該也在他的佈局範圍之內。

「警探，妳的職責是服務民眾，保護民眾，別忘了，」唐納修說。「盡一盡責任吧。」

連你這種雜碎也要保護？遺憾。她深呼吸，儘量保持禮貌。「我需要化驗最新的這一份郵件。你目前人在哪裡？」

「我在傑夫瑞斯角區的公司倉庫裡。我不會在這裡待太久，妳最好趕快來。」

30

瑞卓利驅車進入唐納修批發肉品公司的大門時，夜幕已低垂。她在BMW和銀色賓士車之間停車。黑道大哥好像很喜歡拉風的進口貨。她下車時聽見噴射引擎呼嘯而過，洛根機場在附近，有飛機剛起飛。她遐想著佛羅里達海灘、蘭姆潘趣酒、棕櫚樹。若能甩開命案、去陽光明媚的地方度假，該有多好？

「瑞卓利警探。」

她轉身，認出幾天前在唐納修家見過的壯漢保鏢。這一位的名字是尚恩。

「他在裡面等，」尚恩說，斜眼瞄她放在槍套裡的佩槍。「妳要先交出那東西。」

「唐納修先生上次准我帶進去。」

「對，呃，他現在比上次更緊張了，因為接到雨刷壓著的那封信。」他伸出一手。

「我不對任何人繳械。你去告訴唐納修先生，想商量事情，就來警察局找我，我很樂意接見。」她轉身步向停車處。

「好吧，好吧，」尚恩讓步。「不過，我醜話說在前頭，我會像老鷹一樣盯住妳。」

「隨便。」

尚恩帶她進倉庫，隔熱門在她身後沉沉關閉，她忽然怪自己不穿厚一點的外套來。倉庫裡面寒颼颼，是個沒有窗戶的大地洞，冷到她看得見自己的團團吐氣。尚恩帶她穿越一道直條塑膠布幕，進入深處的冷藏區，天花板的鉤子懸掛著龐大的縱切牛身，一排接一排掛著，形成一座懸屍森林。冰霧瀰漫著血氣和死肉的氣息，她擔心這種臭味附著在頭髮和衣褲上，離開之後仍久久不散。走過懸屍林之後，來到倉庫的尾端，這裡有一間辦公室，保鏢敲門。

門打開，她認出另一位保鏢，見到他招手。瑞卓利走進無窗的辦公室，門重重關上。她被困在儲肉櫃裡的森林，被武裝惡棍看守著，但她的緊張程度遠不及主人的神態。貴為愛爾蘭裔黑道老大的滋味原來是這樣啊。時時刻刻受疑心與恐懼的煎熬。大權在手，意味著早晚憂心失勢的一刻來臨。

唐納修看來比前幾天更加臃腫，隔著辦公桌坐著，香腸似的手指壓著一只鎖鏈袋，裡面是最新一封信。他舉起袋子。「可惜，」他說，「上面沾滿了指紋之後，聰明絕頂的部下才交到我手上。」

「這些信件沒有一封查得出指紋，」她說著接下袋子。「寄信的人謹慎過度。」她看著影印的一面，同樣是十九年前刊登在《波士頓環球報》上的喬伊．吉爾摩訃聞。她把信翻過來，閱讀背面一句大寫的字：「牠即將前來對付你。」

她望向唐納修。「牠指的是什麼，你知道嗎？」

「妳智障嗎？用頭皮想都知道，就是那隻帶刀跑遍波士頓扮義警的東西。」

「這個義警為什麼會來對付你？你犯了什麼罪？」

「認得出威脅就好，有沒有罪，跟這事有啥關係？我接過的威脅夠多了。」

「賣上等肉竟然是這麼危險的行業，都怪我的眼界太小。」

他以淡藍色眼珠瞪人。「妳的頭腦太聰明了，少跟我裝蒜。」

「卻沒有聰明到可以理解你找我做什麼，唐納修先生。」

「我在電話上講過了。我要妳在更多人流血之前阻止這件鳥事。」

「尤其是你自己的血。」她瞥向站在她兩旁的壯漢。「我倒覺得，你受到的保護已經夠多了。」

「不夠抵擋那個——那東西。誰知道是什麼。」

「東西？」

唐納修把上身晃向前，紅著臉，滿面不耐煩。「聽風聲說，牠把那兩個職業好手當成午餐肉來砍，然而一溜煙，不見了。」

「他們是你請的職業好手？」

「我上次告訴過妳了。他們的僱主不是我。」

「僱主是誰，你清楚嗎？」

「我假如知道，我會告訴妳。我已經派人去打聽了，幾個禮拜前聽說，有人想找人暗算那個老警察。」

「暗算英格叟警探？」

唐納修點頭，三下巴同時抖。「價碼一開出來，他就死定了。有人聽了肯定很緊張。」

「英格叟退休了。」

「他卻到處打聽消息。」

「調查失蹤少女的事，唐納修先生。」瑞卓利凝視他的眼神。「提到少女，緊張的人應該是你吧？」

「我？」他向後靠，龐大的身軀壓得椅子嘎嘎大叫。「不曉得妳在扯什麼。」

「綁架未成年少女當雛妓？」

「拿出證據來。」

她聳聳肩。「講這樣？我現在一想，倒覺得乾脆放手，讓猴怪去撒野算了。」

「牠找錯對象了！我跟紅鳳凰沒有瓜葛！喬伊．吉爾摩是條黃鼠狼，我承認，他死的時候，我一滴眼淚也沒掉，可是，指使人不是我。」

她向下看著喬伊．吉爾摩的訃聞。「有人認為是你。」

「是那個中國城的瘋婆子啦。一定是她寄的。」

「你是說，方夫人？」

「請英格叟調查的人大概是她，想揪出殺夫兇手。英格叟太接近真相了，所以引發這場戰爭。如果妳認為愛爾蘭裔夠狠，妳還沒見識過華人的能耐。他們有些人能鑽進任何東西，簡直可以穿牆而過。」

「你講的是華人，還是神話？」

「你沒看過《忍者刺客》嗎？他們從小就受訓練來殺人。」

「忍者是日本人。」

「別跟我分得那麼細！技巧一樣，訓練也一樣。妳知道她是什麼人吧？知道艾睿絲．方是哪裡來的嗎？我最近調查過她的背景。她在深山裡的一個秘密修道院長大，那地方專門訓練小孩做這種事。搞不好，她十歲大就學會扭斷別人脖子的功夫。何況現在，她帶了一大群徒弟幫她。」

「她是個五十五歲的寡婦。」一個罹患絕症的弱女子，瑞卓利心想，而且具有自大妄想，令人鼻酸。她自信是傳奇女將的後代，還拿出一把假寶劍來證明。

「寡婦歸寡婦，她不是一般的寡婦。」

「你能確認威脅你的人是艾睿絲．方嗎？」

「證明的事是妳的責任。我只是告訴妳，我懷疑是她在搞鬼。她在那天晚上的血案死了丈夫，咬定是我在幕後指使。紅鳳凰的帽子硬戴在我頭上，我被冤枉了。以那個案子來說，真的不是我做的。」

一陣轟隆巨響倏然撼動整棟建築。瑞卓利瞥見唐納修被嚇呆的表情，室內瞬間陷入不見五指的黑暗。

「搞什麼鬼？」唐納修大罵。

「好像停電了。」保鏢說。

「廢話！我沒長眼睛嗎？快去開發電機！」

「我找找看手電筒……」

屋頂一陣聲響傳下來，四人不約而同噤聲。瑞卓利抬頭看時，屋頂正好響起連續啪、啪、啪聲，來得快，去得也急。她仰望著漆黑的空間，覺得心臟怦怦直跳，伸手下去解開槍套釦時覺得掌心冒汗濕滑。「發電機開關在哪裡？」她問。

「在——在倉庫裡，」保鏢回答，嗓音在她身邊，充滿畏懼。「電箱設在後牆上。不過，這麼暗，我絕對找不到，而且那東西——」他停口，因為大家又聽見剛才那陣聲響，輕如雨滴，橫掃屋頂。

瑞卓利從包包裡取出SureFire手電筒，按下開關，光束打在唐納修臉上。他的臉孔汗光晶瑩，滿是恐懼的神色。「快報警。」她命令。

他從辦公桌抓起無線電話機，然後重重放下。「沒訊號！」

她摘下皮帶上的手機。沒訊號。「這地方的牆壁是鉛做的嗎？」

「全是防彈、防爆牆壁，」唐納修說。「以測安全。」

「妙。終極的死角。」

「到外面才有訊號。」

我不想去外面呀。沒人想出去送死。

辦公室裡愈來愈悶熱，體溫和恐懼無法疏散。她心想，一直躲在裡面也不是辦法，總要有人出去打電話。照情況看來，這個人非我莫屬。

她拔槍走向門口。「我帶頭，」她說。「待在我身邊。」

「等一下！」唐納修插嘴。「保鏢是我的，不能跟妳走。」

「我需要支援。」

「他們領我的薪水，應該保護的人是我，不准走。」

她轉身，以手電筒正對他的眼睛。「好。這樣吧，你出去，帶保鏢一起走，我留守這裡面，等你回來。」她拉來一張椅子坐下，切掉手電筒。

幾秒鐘在黑暗中流逝，整棟建築的聲響只剩唐納修恐慌中的吁吁急喘。

「好吧，」他終於說。「帶科林走。尚恩留下。」

她不知能否信任科林的能力，只盼科林的智商夠高，不至於粗心射中她的背。來到門口，她停下來，聆聽外頭的聲響，但門太厚了，完全聽不見。防彈、防爆，唐納修說過。

她拉開輔助鎖，推開一小道門縫。辦公室外的夜色不如裡面暗，因為倉庫的高牆上有一扇窗戶，把昏黃的市區燈光投射進倉庫，僅供瑞卓利依稀辨別一行又一行的牛肉，看似列隊立正的陰影戰士。在縱切牛身的影子裡，萬物都能委身其中，冒充是牛屍的陰影。

瑞卓利打開手電筒，迅速掃瞄周遭環境，以單一動作認清懸吊的牛屍、水泥地板、自己的吐氣。她聽見科林站在正後方，呼吸因畏懼而顫抖。心生恐懼的持槍男子並非理想的支援。她暗罵，我的脊椎可能會吃一顆子彈。假如沒先被怪物砍頭的話。

「最近的出口在哪裡？」她低聲問。

「正前方。在倉庫的最尾端。」

她用力乾嚥一口，開始穿越一排排的牛屍，來回以光束掃射，注意動靜，留心是否瞥見一張臉或鋼鐵的閃光。她只看見屠宰場的產物，全是生物化成的骨肉，以鉤子掛著。手電筒在她顫抖的手中覺得滑溜溜。她心想，無論你是誰，是什麼東西，你饒過我一條命。不過，這不表示你會再施恩一次。你見到我和誰為伍時，可能會改變心意。

前面有更多若隱若現的屍骨。她的手電筒照向正前方，看不見盡頭。她陡然立定，想排除耳際噗噗響的心跳聲，仔細聆聽。

「什麼？」科林低語。

「聽。」

只是微弱一陣吱嘎聲，是風輕搖樹梢的聲響，但是吱嘎聲提高了，變成具有旋律的呻吟，彷彿樹枝擺動得愈來愈厲害。牠從我們頭上攻過來了。瑞卓利把光束投射在天花板，看見一具牛屍晃來晃去，好像被隱形手推了一把。

他們又聽見吱嘎一聲，這次從左邊傳來。「在那裡！」科林說，瑞卓利照向聲音的出處，又看見一具搖晃的牛屍，在窄窄的光束裡形同巨型鐘擺。

「在我們後面！」科林說，嗓子尖銳成驚叫。「不對，在那邊！」

瑞卓利急轉身，照到四方萬物動起來，金屬摩擦、碰撞的嘈雜聲在暗室裡四起。

「媽的，牠跑哪裡去了？」科林吶喊，在她身邊轉來轉去，舉槍揮舞，對準四周搖晃的牛屍。他開槍，暗處有金屬發出「噹」一聲。他再開槍，子彈「噗」的一聲，射進冷凍肉。

「你再射，我們兩個都會被你槍斃！」瑞卓利大叫。

他總算停火，但仍不斷左轉右轉，尋找目標。他無疑是假想猴怪無所不在，正如瑞卓利的想像。在那邊，不是有一張臉孔閃現嗎？不是有一顆眼珠亮了一下？移動時怎有辦法如此神速、如此靜悄悄？忽然間，她想起那本中國民間故事書裡的美猴王插圖，孫悟空手持金箍棒，長尾捲曲如蟒蛇。她也想到刀鋒咻然劃過夜空、切穿她的咽喉。她的視線猛然上移，恍然看見牠吊在天花板下，野蠻的目光在暗夜裡閃耀。但是，天花板下面沒有生物，只見一個鋼鉤子等著新鮮縱切牛身吊上來。

呻吟聲和咿呀聲漸漸減弱，最後沉寂，她與科林卻佇立原地，背靠背，慌忙掃瞄著陰影。瑞卓利的手電筒每照一個方向，都找不到入侵者，黑暗卻似乎監視著他們。她心想，手電筒在手，肯定對妖怪自曝方位。

「繼續移動，」她悄悄說。「走向門口。」

「這東西是什麼？我們的對手是什麼東西？」

「別拖拖拉拉，等我們發現是什麼時，就太遲了。」

他不肯落後。瑞卓利移向門時，幾乎能感覺他對著她頸背吐氣。像科林這種男人，槍只有壯膽的作用，只夠把懦夫轉變為霸凌和殺手。然而，讓同一個男人置身黑暗，見不到敵人，敵我一樣盲目，懦弱的心性勢必再度裸露出來。他們來到出口，走向倉庫外，這時她才聽見科林嘆氣表示如釋重負。空氣有海水的氣息，盤旋夜空的客機閃爍如移動的星星。她取出手機，卻猶豫該不該打電話。她能怎麼說？*停電了，我們全被嚇破膽，聽見黑暗裡有東西在動，幻想有怪獸在肆虐。*

「妳到底打不打電話？」科林說。懦夫走了，霸凌回來了。

她舉起手機撥號，全身突然靜止，視線固定在倉庫的屋頂，凝視著蹲在上面的身影，背景是夜空，只見輪廓，猶如樓角怪物石像，正在看她。*牠把我視為敵人或朋友？*

「在上面！」科林大喊。

正當他舉槍的剎那，瑞卓利拉他的手臂一把，子彈打偏，飛向夜空。

「媽的，幹什麼啊？」科林罵道。「牠就在上面啊，快殺牠！」

屋頂上的身影沒有動作，只是坐著凝視兩人。

「妳不開槍，我開，」科林說完，再次舉槍，忽然愣住，來回掃瞄屋頂。「牠哪裡去了？跑去哪裡了？」

「走了。」瑞卓利說。她仰望空曠的屋頂。你救過我一命，這次我也救你一命。

31

「唐納修是個大渾球，」譚說。「讓那東西幹掉他算了，把那批人全部幹掉。」

那東西。由於他們不清楚昨夜坐在屋頂的生物是什麼，只好以「那東西」來稱呼。沒人看見牠的臉，也沒聽見牠出聲音，只偶然驚鴻幾瞥。牠總是躲在暗處，影影相護。在善與惡的戰場上，「那東西」顯然已經卡位成功，已經劈死兩個職業殺手，現在眼光聚焦在唐納修身上。

牠卻饒了我一命，瑞卓利心想。牠怎麼知道我是好人？

「不管牠是什麼，」佛洛斯特說，「一定很刁鑽，懂得閃躲監視攝影機。」

三位警探在二樓會議室窩了整個上午，過濾著監視錄影帶。唐納修位於傑夫瑞斯角區的倉庫周圍設有多部攝影機，他們觀看的是其中一部的帶子，畫面顯示停車場的夜景。瑞卓利看見自己的車駛進大門，停在唐納修賓士車旁的位置。

「笑一個。妳上鏡頭囉。」佛洛斯特說。

在錄影帶中，瑞卓利下車，駐足仰望夜空，好像在嗅著風。我的頭髮真有那麼亂嗎？她心想，對著自己的影像蹙眉頭。我駝背真的有那麼嚴重嗎？以後要記得站直、縮小腹。

接下來，唐納修的保鏢尚恩出現，要求瑞卓利繳械。尚恩堅持，瑞卓利挺肩抗拒。

「妳怎麼不叫我們一起去？」譚說。

「我只是去拿那封信回來，以為沒什麼。」

「結果碰到大事。有我們在場，對妳應該有幫助。」

螢幕上，保鏢帶領瑞卓利走進倉庫，畫面歸於寧靜，不見動態，停車場也沒有變化，只見路過車輛稍縱即逝的車頭燈。佛洛斯特將帶子向前快轉五分鐘、十分鐘，畫面閃爍一陣，旋即一片空白。

「沒了，」佛洛斯特說。「他的四台監視攝影機全有這種現象——斷電後畫面空白。」

「所以說，完全沒有拍到那東西。」譚說。

「唐納修的攝影機沒拍到。」

「那東西該不會隱形吧？」

「也許只是牠懂得秘訣而已。」佛洛斯特打開檔案夾，裡面有倉庫外觀的縮圖。「我今早帶相機過去，拍了這幾張，你們可以看清楚所有攝影機架設的地方。想也知道，監視的重點在各個入口，例如前門側門和進出貨站。不過，倉庫的後面是一整面牆壁，所以不必裝監視攝影機。屋頂也沒有。」他看著瑞卓利。「所以，閃躲鏡頭不是辦不到的事。換言之，那東西不見得具有超自然能力。」

「換成昨晚，就很容易相信牠有超自然能力，」瑞卓利小聲說，回想起肉鉤子在四周咿呀晃蕩的詭異聲響。「唐納修裝設一套監視系統，也請來保鏢，保全設施密不透風，碰上那東西，他卻不知道如何自保，害怕得皮皮剉。」

「我們何必管他呢？」譚說。「那東西在幫我們辦事，替我們掃蕩壞人，我建議乾脆隨牠去撒野。」

瑞卓利凝視著倉庫的相片。「我嘛，不太能反駁你的觀點。那東西是我的救命恩人，我倒是想知道牠怎麼滲透倉庫。我在那裡，一直到最後才看見牠，在牠允許我看見時才見到牠。牠就坐在屋頂上，讓保鏢也看得見才肯走。」

「牠為什麼故意現身？」佛洛斯特說。

「可能想證明牠確實存在吧？可能想嚇唬唐納修，證明牠隨時能對他下手？」

「既然這樣，牠為什麼不動手？唐納修還活蹦亂跳的。」

「嚇掉半條命了，」瑞卓利說。「可笑的是，我已經不怕牠了。我認為，牠不會平白無故出現這裡。我只想知道牠有什麼神通。」她望向譚。「你對武術瞭解多少？」

譚嘆氣：「妳當然是問亞裔囉。」

「別這樣嘛，譚，問你最合理吧。你好像對中國民間故事懂得不少。」

「對，」他承認。「感激我祖母。」

「唐納修自認被忍者盯上了。我昨晚查了一下資料，發現忍者的功夫其實起源於中國。唐納修說，他們從小接受殺人訓練，能穿透所有防衛措施。」

「妳知我知，忍者傳奇有一半是虛構的。」

「對。問題是，哪一半是虛構的？」

「被拍成《臥虎藏龍》的那一部分。」

「那電影好精采。」佛洛斯特說。

「你真的相信武士能飛天、能在樹梢上對打？當然沒那回事，全是神話故事，全和我祖母講的其他故事一樣，說什麼僧人懂得蜻蜓點水，什麼神仙下凡來人間一遊。」

「可是，傳說有時候帶有一點真實的成分，」瑞卓利說。「而且，中國是真有武僧的存在。」

「對，」譚承認，「妳說的這一部分是真有其事，中國確實有高山寺廟培養出來的少林武僧。有一次發生暴動，他們跳出來保皇，從此武功聲名大噪。不過，武術在少林僧出現之前已有幾千年的歷史，久遠到沒有人知道真正的典故。而且年代一久，故事就愈傳愈奇，所以現代才會有人誤以為武術師像幽靈，刀槍不入。」

「體驗過昨晚的滋味，我幾乎相信自己活見鬼。」瑞卓利說。

「別扯了。」

「你當時不在場，又沒有看見。」

「我也差點相信牠是鬼，」佛洛斯特說著，繼續研究螢幕播放的另一支錄影帶。「我調出那一帶的所有監視帶，目前為止連一個鬼影也看不到。牠竟然有辦法到處找盲點鑽。」他指向螢幕。「這台攝影機裝在倉庫的馬路對面，沒被斷電影響到，拍下全程，卻也沒拍到任何東西。」

「如果牠有血有肉，保證會出現在某個地方。」瑞卓利說。

佛洛斯特換另一支帶子。「這台攝影機架設在一條街以外，幾乎到夏默街。」他按播放鍵，畫面是一條巷內的景象，巷尾被鐵絲網封住。幾分鐘過了，毫無動靜。「又沒有拍到。」

瑞卓利拍拍佛洛斯特的背，表達同情，最後站起來。「祝兩位看個過癮。看到東西，再通知我。」

「好，好。」

前腳才跨出門，她聽見佛洛斯特陡然倒抽一口氣。她轉身。「怎麼了？」

「牠的動作好快！」

「我沒看見。」譚說。

瑞卓利調頭回去，看著佛洛斯特倒帶，再按播放，靜止的影像再現，同樣是昏暗的巷子，巷尾有一道鐵絲網圍牆。

「在那邊。」佛洛斯特說。

一個身影彷彿從黑暗中現形，背對著鏡頭，直奔鐵絲網，動作迅速得身影模糊，縱身向圍牆上面一跳，一個動作翻過圍牆，以半蹲的姿勢降落在另一邊，動作暫停，接著直起全身。

佛洛斯特讓畫面定格。

牠從頭到腳裹著黑布，臉孔不見人，但身體的輪廓顯著，腰圍纖細，臀部的曲線容不下異議。

「牠是女人。」佛洛斯特說。

蓓拉．李步入波士頓市警局，穿著低腰牛仔褲、長統靴、黑皮夾克，踏進金屬探測門之前，在脫夾克時刻意搔首弄姿一陣，表演脫衣舞給所有警察參觀，裡面是緊得不能再緊的T恤，無胸罩的乳房曲線畢露。她以致命的回眸一笑回敬色眼，大搖大擺穿越安檢哨，與在另一端等候的瑞卓利會合。

「我怎麼也要接受安檢？」蓓拉說。

「沒有人能例外，連市長也要。」瑞卓利揮手引她走向電梯。「我們上樓去。」

在電梯上二樓的途中，蓓拉站三七步，皮夾克甩在肩膀上，短髮比平常更尖聳，宛如被激怒的貓豎毛準備打架的模樣。這個女生，大概兩三下就能擺平我吧，瑞卓利心想。蓓拉雖然不高不壯，卻渾身肌肉，體態柔軟如豹子。瑞卓利凝視著她，不禁懷疑：坐在屋頂上的生物是妳嗎？巷內的救命恩人是妳嗎？

來到二樓，瑞卓利帶她進入偵訊室。「妳隨便坐，我去通知佛洛斯特警探。」她說，然後讓蓓拉獨處。

瑞卓利進隔壁和佛洛斯特見面。佛洛斯特正透過單向鏡觀察蓓拉。她似乎一點也不緊張，靠著椅背坐著，靴子搭在桌面，頭向後仰，注視天花板，一副悶得發慌的樣子。

「上樓途中，她說了什麼？」佛洛斯特問。

瑞卓利搖搖頭。「連她被叫來警察局的原因也不問。」

「有意思。她的底細被我們查出來了，她該不會知道吧？」

「她應該是在裝模作樣，表示她根本不甩我們。」

在偵訊室裡，蓓拉正面照鏡子，挑一挑眉毛，表情無疑說著：別再拖時間了。

「好吧。」瑞卓利嘆氣。「我們去搖一搖她的籠子。」

瑞卓利和佛洛斯特走進偵訊室時，蓓拉把桌上的雙腳放下來，不改閒散的坐姿，雙手交握胸前，以平板聲調回答瑞卓利的問話。頭幾個問題簡單得令人產生錯覺：姓名？蓓拉．李。生日？五月十八日。職業？武術教師。蓓拉大聲嘆息，滿臉興趣缺缺的模樣。然而，接下來的問題令她前臂肌肉抽搐一下。

「昨晚六點到九點之間，妳人在哪裡？」瑞卓利問。

蓓拉聳聳肩。「我在家。」

「單獨一個人？」

「問這做什麼？」

「想證實妳的去向。」

「我的感情生活是我的隱私，沒必要向任何人報告姓名。」

「照妳這麼說，昨晚有男人跟妳在一起？」佛洛斯特問。「請告訴我們，他的姓名是什麼。」

「憑什麼認定我對男人有興趣？你以為，女人只能屈就男人嗎？」她朝瑞卓利擺出挑釁的一笑。

「好，」瑞卓利嘆氣說。「那位小姐名叫什麼？」

蓓拉低頭看自己的手，端詳著剪短的指甲。「沒人。我自己一個人在家。」

「為什麼不早說？」

「為什麼不早說找我來警察局的原因？」

「所以，妳昨晚一個人在家。妳有離開過家門嗎？」

「不記得了。」

「給妳看相片，妳應該會記得吧？」

「什麼相片？」

佛洛斯特說：「從傑夫瑞斯角區的監視攝影機翻拍下來的畫面。妳很會閃躲監視攝影機，李小姐，可惜妳漏掉了一台。」

蓓拉首度擺不出預先準備好的回應，只不過她的表情不變，目光依舊無波瀾，靜如林間池塘。

「我們知道，錄影帶拍到的人是妳，」瑞卓利說謊。她湊近過去，看見蓓拉的瞳孔收縮一下，既是不由自主的反應，也能透露玄機。蓓拉表現得再鎮定，內心的本能卻大放警報，提醒自己在備戰和逃生之間抉擇。「我們知道，妳去過那間倉庫。問題是，為什麼？」

蓓拉笑一笑，屈居劣勢卻能以笑提振士氣，令人刮目相看。「既然妳好像什麼都懂，妳來告訴我呀。」

「妳的目的是嚇唬凱文．唐納修。」

「我為什麼要去嚇他？」

「妳先在他的擋風玻璃擺一張恐嚇信，然後闖進他的倉庫，解除保全系統，切斷電話線。」

「我自己一個人就辦得到？」

「妳去過台灣，接受過全球數一數二的武術訓練。」瑞卓利把一份檔案夾摔向桌面。「這是妳近五年來的出入境紀錄。」

蓓拉歪著頭：「警方針對我建檔？」

「從現在開始。」

蓓拉掀開檔案夾，佯裝沒興趣，隨手翻閱。「我出過國，那又怎樣？美國人不是隨心所欲出國嗎？」

「在台灣修道院待過五年，拜師學習武術這種古代學問，這樣的美國人不多。」

「人各有志嘛。」

「耐人尋味的是，資助妳的人是方夫人。她不是有錢人，卻為妳付出五年的學費，也幫妳買機票。為什麼？」

「她看出我的天分。」

「她是什麼時候發現的？」

「那時候我十七歲，流浪街頭，她把我帶回家，改頭換面，讓我投靠她，因為我讓她聯想到她女兒。」

「妳來波士頓的目的，就是假扮她的女兒？」

「我在她的武術館教課。我們練的是同一門的武術，而且人生哲學也相同。」

「什麼樣的哲學？」

蓓拉瞪著她的眼睛。「正義的責任應由全民平擔。」

「正義？或者是復仇？」

「有人會說，『復仇』只是正義的代名詞。」

瑞卓利瞪著蓓拉，想解讀她的心思，想判定她是不是巷內的救命恩人，是不是坐在倉庫屋頂的生物。蓓拉是血肉之軀，和其他二十四歲的人一樣，但她絕非平凡人。瑞卓利從她眼中看出一種異樣的神情，一份野性。瑞卓利看見一份獸性，陡然向後縮，一股寒意掃得手毛直豎，彷彿她從眼中瞥見不太像人類的異象。

佛洛斯特打破沉默。「李小姐，是講實話的時候了。」

蓓拉做出不願苟同的表情。「哪一部分不是實話？」

「艾睿絲．方看中妳的原因。」

「哪有原因？她是隨便挑的。」

「她不是。她千里迢迢飛到舊金山，找一個母親剛過世的十七歲少女。她找的少女從寄養家庭出走，在街頭流浪。妳到底有什麼樣的特點？」

見蓓拉不回答，瑞卓利說：「我們向加州調出妳的學籍資料。他們沒有提起妳母親的移民身分。」

「我母親死了。跟這事有什麼關係？」

「她是非法移民。」

「拿出證據來。」

「妳呢，蓓拉？」

「我有美國護照。」

「妳的資料顯示，妳出生在麻州，六年後，在舊金山的公立小學註冊上學，母親以冒牌的社會安全號碼就業，在旅社擔任清潔工。妳們為什麼搬去舊金山？為什麼母女突然舉家投奔加州？」瑞卓利湊過去，近到看見深邃無底的眼珠反射出自己的倒影。「我大致知道妳真正的身分，只是沒辦法證明。不過，相信我，我最後能證明。」她瞥向佛洛斯特。「讓她看搜索令。」

蓓拉皺眉。「搜索令?」

「法官准許警方進入妳的住所,」佛洛斯特說。「譚警探已經帶著搜索人員去妳家了。」

「你以為你找得到什麼?」

「四月十五日晚間發生身分不詳的女子命案,四月二十一日晚間發生身分不詳的男子命案,我們希望能蒐出證據,證明妳涉案。」

蓓拉搖搖頭。「你們可要失望囉,不好意思。我有四月十五日不在場的鐵證。那天,我人在中國城的台上表演武術,證人至少有兩百個。」

「我們會去查證。如果妳想請律師,最好趁現在。」

「妳想收押我?」蓓拉倏然向前,令瑞卓利縮縮脖子,因為她完全明瞭這女孩的動作多快、殺傷力多強。「你們大錯特錯。」她輕聲說。在蓓拉的眼眸深處,宛如有生物在墨色深淵裡甦醒。

「錯在哪裡,妳儘管說,也許我們能重新考量。」瑞卓利說。

蓓拉吸一口氣,好像被靈魂附身似的,以雪亮的石眼瞪回去。「我沒什麼話好說了。」

蓓拉的公寓很乾淨。太乾淨了。瑞卓利站在客廳,低頭凝視地毯上一條條平行的痕跡,顯示最近有人使用過吸塵器。

「我們進來搜索時,就是這個樣子,」譚說。「廚房和浴室刷洗得一塵不染,垃圾桶連一片紙屑也找不到,就像沒人住過一樣。如果她沒有潔癖,就是忙著消除掉所有的微物證據。」

「她怎麼知道警方會上門?」

「被叫去波士頓市警局的人，應該會知道自己名列嫌犯名單。她一定知道我們會來。」

瑞卓利走向窗戶，隔著潔淨無痕的玻璃俯視樓下的街景，看見兩名老婦人挽著手，在人行道上跛足前進。大同村的這一角位於中國城的南端，環境僻靜。艾睿絲・方的家在同一條街上，步行一分鐘可達。這一區差不多自成一宇宙，瑞卓利覺得自己像外星人，再加上附近鄰居投射過來的目光，眾人緊張的交頭接耳，令她更加彆扭。她戴著警徽和權威，所到之處都被視為異形，不是被當成至交，就是被視為天大的仇敵。

她離開窗前，走進浴室，看見佛洛斯特跪著檢查洗臉台下面的櫃子。「找不到，」他站起來說，因剛才跪下彎腰而臉色紅通通。「淋浴區和洗臉台連一根毛髮也沒有。藥櫃只有阿斯匹靈和一捲彈性繃帶。這地方像沒人住的空屋。」

「能確定她住這間嗎？」

「譚訪問過隔壁鄰居，他是八十幾歲的老先生，說他很少看見她，不過他偶爾聽得見這間有人在交談。」佛洛斯特敲一敲牆壁。「薄薄的。」

「交談？不只一個人？」

「可能是電視的聲音。她一個人住。」

瑞卓利在乾淨無比的浴室裡左看右看。「她住不住這裡，還是個疑問。」

「有人定期繳房租。」

「好像有人帶消毒劑和吸塵器大掃除過。」

「最怪的是，連吸塵器也找不到，所以沒辦法從袋子裡找證物。」

瑞卓利進入臥房，發現譚正在講手機。他看見瑞卓利進來，對她點點頭。臥房的地上鋪木板，打掃得乾乾淨淨，床單和被單被掀開，露出彈簧床墊。瑞卓利跪下去檢查床底下，看見下層彈簧墊底下的地板照樣是毫無塵埃。她見到一對鞋子走進來，支起身子，看到彈簧床的另一邊站著市警局的鑑識組人員。

「我們沒有找到武器，」他報告。「廚房裡的菜刀例外。」

「沒看見像劍的東西嗎？」

「沒有，警探。我們搜遍了櫃子和抽屜，移動所有家具，背面也沒有藏東西。」他停頓一下，左顧右盼著空空的牆壁。「她大概搬進來不太久，還沒有住慣。」

「也許她不打算長住下去。」

「搬進來的衣服也不多。」

瑞卓利打開衣櫃，看見頂多十幾件衣物掛著，尺寸全是二號，有三條黑長褲、幾件深色的毛衣和上衣、一件無袖的桃紅夏日洋裝，絲質柔軟。從衣櫃判斷，主人毫無久留的意向。這名女子仍是一團謎。瑞卓利凝視洋裝，儘量去假想蓓拉．李怎麼會穿這麼女性化、這麼挑逗的衣服，卻無法想像，反而只想起蓓拉那雙銳眼、那頭直豎的黑髮。

「很遺憾的是，」譚邊說邊舉起手機，「她四月十五日的不在場證明是真的。我剛和文化中心的節目總監聯絡上，那天晚上文化中心舉辦武術表演，蓓拉．李從龍星武術館帶八個學員去示範。」

「幾點？」

「師生在晚上六點到場，吃過晚餐，在九點前後上台，待了整個晚上。」他搖搖頭。「告不成了，瑞卓利。」

「四月二十一日那天，她提不出不在場證明。」

「不能憑這理由不放人。」

「沒理由，再查就有，可惡。」

「為什麼？」譚的目光直鑽人心，令她渾身不自在。

她轉身面向衣櫃，迴避譚的眼光。「我的第六感被她觸動了。我知道她涉案，只是搞不懂她的角色是什麼。」

「我們只掌握到監視器拍到的女人身影，不能排除是她，不過也有可能是別人。我們也沒查到武器，任何一絲證物也蒐不到。」

「因為她在我們上門之前大掃除過了。」

「現在，除了妳的第六感之外，我們掌握到什麼？」

「第六感發揮過作用。」她戴著手套，伸手進衣櫃，探進口袋裡搜索，漫無目標，只找到零錢、一顆鈕釦、一張摺起來的衛生紙。

「其實，譚說得沒錯，」佛洛斯特站在門口說。「非釋放她不可。」

「等我進一步瞭解她之後再說。我想查清楚她的身分。」瑞卓利說。

「我們只是在瞎猜。」

「與其瞎猜，不如找證據出來證明。作案一定會留下線索，不可能找不到。」她走向臥房窗戶，向下看著巷子。窗框沒上鎖，窗戶只能開一道縫來透氣，外面一座消防梯，歇腳處就在窗外，沒有紗窗。這間公寓缺乏安全感，一般女房客住進來會緊張，唯獨蓓拉．李大無畏，邁開大步迎戰人生。晚上她躺在床上，是否曾被窗外的怪聲音、地板的吱嘎聲驚醒？或者，她睡覺時也像武士，進入夢鄉照樣不怕。

瑞卓利離開窗前，忽然停止動作，視線定在窗簾上。窗簾的布料是合成混紡纖維，不會產生皺紋，圖案是米黃色的竹子，背景是一派森林綠。在色彩繁複的圖案中，一絲銀色物體幾乎能隱形，唯有在臥房的燈光斜射窗簾表面時，瑞卓利才看得見那絲東西附著在布料上。

她從口袋取出證物袋，屏息從窗簾採集這絲東西，放進袋內，對著電燈舉起來，隔著塑膠袋檢視這一根毛髮，然後望向窗外，看著消防梯。

牠來過這裡。那生物進過這間臥房。

32

獵人鮮少知道自己成為獵物。他走進樹林，步槍在手，提神留意獵物踏雪而過的足跡，不是外出搜尋，就是埋伏在樹幹形的掩體裡，等候熊拖著笨重的身軀進入視線。獵人從未想過，獵物可能也正在觀察他，靜候他踏錯一步的時機。

獵人正在跟蹤我，但他看不見值得畏懼的事物。從外表看來，我不過是中年婦女，頭髮灰白，手提著夠用一星期的日用品，步伐疲憊遲緩。我走在星期二晚間習慣走的路線，在必珠街的華人市場買完東西後，右轉進泰勒街，然後往南走，朝大同村僻靜的一區前進。我低著頭，肩膀下垂，以便讓看見我的人心想：這一個是弱女子，不會反抗，是一個不必怕的婦女。

但到這個階段，我的對手知道，他應該提高警覺，正如我對他提高警覺一樣。目前為止，雙方只在陰影裡對打過，只透過他的替身交手過，從未實地正面接觸。我們是兩個獵人，彼此繞著對方走，逼他走下一步。只有在他動作時，當他步出陰影時，我才看得清他的臉孔。

因此，我走在泰勒街上，踏著走過無數次的路線與步伐，懷疑決戰日是否就在今夜。我從未覺得如此脆弱，我也知道下一幕即將展開。必珠街和尼倫街的亮光在我背後愈來愈弱。我現在走進陰影，穿越幽暗的門口和無燈的巷弄，我走動時塑膠袋窸窸窣窣，只是一個面露疲態的寡婦在做自己的事。但是，我明察周遭萬物，從臉上的霧氣，到塑膠袋飄出的香菜和洋蔥味，我無一放過。沒有人護送我。沒有護衛在站崗。今夜我獨行，形同標靶，等候飛來的第一支箭。

接近家門時，我看見門廊上的燈沒亮。純粹是燈絲燒壞了，或是有人蓄意破壞？我的神經拉警報，心律加速，緊急將血液輸送至已躍躍欲上戰場的肌肉。接著，我瞧見停在路邊的車子，見到下車迎接我的男人，咻然喘出一口氣，如釋重負中帶有氣急敗壞。

「方夫人？」佛洛斯特警探。「我想跟妳講幾句話。」

我停在前門廊旁邊，雙手提著沉重的購物袋，瞪著他，沒有笑容。「我今天晚上累了。沒什麼好說的。」

「至少讓我幫妳提進去吧。」他主動說，不等我抗議，就搶走塑膠袋，拎著踏上門廊，等我開門。他看來好積極，我不忍心拒絕好意。

我打開前門的鎖，讓他進門。

我開燈，他把塑膠袋提進廚房，放在流理台上，雙手插進口袋站著，看我把刺鼻的香料、青脆的蔬菜放進冰箱，把沙拉油、紙巾、雞肉高湯罐頭放進儲藏櫃。

「我想跟妳道個歉，」他說。「也想解釋幾件事。」

「解釋？」我問，裝作我不太在乎他想說什麼。

「沒收那把刀的原因。調查命案的過程中，警方必須從各種角度去推敲，循線追查下去。我們想找的兇器是一把很古老的刀，而我知道妳家有一把。」

我關上儲藏櫃的門，轉向他。「現在你應該知道弄錯了吧。」

他點頭。「那把刀會退還給妳的。」

「什麼時候釋放蓓拉？」

「她比較複雜。我們正在調查她的背景。因為妳認識她，所以我希望妳能幫忙。」

我搖搖頭。「上次我們講過話，警探，我被警方當成嫌犯看待，祖傳寶物竟然被沒收。」

「發生那種事不是我的本意。」

「你最主要的身分是警察吧。」

「不然妳對我有什麼期望？」

「我不知道。朋友吧？」

這話令他遲疑。他站在不留情的廚房燈下，外表比實際年齡老了幾歲，儘管如此，他仍然是年輕人，小到可以當我兒子。至於日光燈為我的臉孔增加幾歲，我不願多想。

「我本來願意和妳做朋友，艾睿絲，」他說。「只可惜……」

「只可惜我是嫌犯。」

「我從來沒認為妳是。」

「那你沒有盡到職責。我有可能是你追緝中的兇手啊。你想像不到嗎，警探？這個中年女人揮舞著大刀，在屋頂高來高去，砍殺敵人？」我當著他的臉大笑，他臉紅起來，彷彿挨一巴掌。

「你或許應該搜索我家吧，說不定有另一把刀藏在哪裡，藏著你根本不知道我有的兵器。」

「艾睿絲，不要再講了。」

「也許你會回局裡，向同事報告，嫌犯開始展現敵意，不肯再喝迷湯，再曝露情資。」

「我今天來的目的不是這樣！那天，我們去吃晚餐，我沒有偵訊妳的意思。」

「不然你有什麼打算？」

「想瞭解妳一下而已。想知道妳的個性，妳的想法。」

「為什麼？」

「因為妳和我——因為……」他重嘆一口氣。「我覺得，呃，我們兩個都缺朋友，就這麼簡單。我知道我是這樣。」

我審視他片刻。他的目光固定在我背後的某處，彷彿他不敢正眼看我，並非他講的不是真話，而是因為他不堪一擊。雖說是警察，他卻怕我對他的觀感不佳。我現在無法安慰他，無法和他交朋友，甚至連觸碰他的手臂一下也不行。

「你缺的是和你同年齡的朋友，佛洛斯特警探，」我輕聲說。「不是我這種人。」

「我看不見妳的年齡。」

「我看得見。也感覺得到，」我說著按摩著無中生有的頸痛。「而且我有病在身。」

「我看見的是一個永遠不老的女人。」

「過二十年再說吧。」

他微笑。「也許我說得出口。」

盡在不言中的時刻裡，複雜的情緒令雙方侷促不安。他是一個好人；我從他的眼裡看得出來。但是，我倆僅止於泛泛之交，如果認為能進一步交往是荒唐的想法，原因不只是我的年紀比他大將近二十歲——但年齡確實是障礙。真正原因是，我有幾個永遠無法向他揭露的秘密。基於這些秘密，我們勢必一人各站鴻溝的一邊。

我送他出門時，他說：「明天我把寶刀送還給妳。」

「蓓拉呢？」

「她有機會在早上獲釋。在沒有證據的情況下，我們無法無限期扣押她。」

「她沒有做錯事。」

來到門口，他停下來，直視我的眼睛。「對和錯之間不一定有明確的界限，是不是？」

我也直視著他，心想：他該不會知道我即將做的事吧？他是在默許我放手去做嗎？但他只面帶微笑走開。

我把門鎖好。這段對話令我失去平衡感，無法專心。我爬上樓梯，回房換衣服，想著應該如何看待這樣的男人。他再次令我回想起丈夫。他的親切，他的耐心。他的心胸開放，從不拒絕可能的事物。建立這份友誼的機率微乎其微，幻想友誼能持續下去的我是虛榮心作祟的傻瓜嗎？我反覆思索著，心神不定，因而遺漏警訊——空氣中的震動。陌生人肌膚的淡淡氣味。我打開臥房燈的開關，燈卻毫無反應，我才頓時瞭解屋內另有他人。

臥房門在我背後甩上。在黑暗中，我看不清直朝我的頭部劈下來的一擊，但我的本能活躍起來，在異物咻然從我頭上來襲時，我低頭，向床鋪的方向轉身。我把寶刀藏在床鋪下。這一把不是我讓警方沒收的調虎離山複製品，而是真正的正義，是母女世代相傳五世紀的寶物，意在保護我們，抵禦外侮。

現在是我最迫切需要她的時刻。

歹徒俯衝過來，但我像水一樣溜開，在地上滾動，伸手向正義藏身的底層彈簧箱下，握住她，感覺像老友一樣熟悉。她出鞘之際，音樂般的嘆息隨之而起。

以流暢的單一動作，我站起來，旋身面對敵人。地板吱嘎聲洩露他的行蹤，他在我的右邊。

我正要移動重心進擊，卻聽見鞋底落地聲，這次來自我背後。

歹徒有兩人。

這是我倒地之前的最後一個念頭。

33

瑞卓利在艾睿絲·方的床邊蹲下，詳讀著證據，愈看愈不喜歡眼前的跡象。地板和床單邊緣有斑斑血跡，顯示人體不支而落地的外觀。現場的失血極少，絕對不足以致命。瑞卓利站起來，低頭凝視著血痕，揣測是人體被拖動的跡象。她剛才在樓梯、前門廊看見血跡。前門開著，鄰居見狀報警。

瑞卓利轉向佛洛斯特。「你確定時間嗎？你昨晚走時，確實是九點？」

他點頭，眼神茫然。「我走出來的時候，沒有看見附近有其他人。而且我的車就停在外面。」

「你來這裡幹嘛？」

「跟她講幾句話。我對沒收寶刀的事很過意不去。」

「你盡的是本分，有什麼好道歉？」

「有時候，瑞卓利，這份工作讓我覺得自己是混蛋，懂嗎？」他回嗆。「這個女人本身是受害人，先失去女兒，然後又失去丈夫，我們卻把她當成嫌犯，偵訊她，對她造成三度傷害。」

「我搞不清楚艾睿絲·方是什麼，只知道她從一開始就是整件事的核心。所有事件，好像都繞著她團團轉。」瑞卓利的手機鈴響。「我是瑞卓利。」她接聽。

來電者是譚：「凱文·唐納修說他有昨晚不在場的證明。」

「他的保鏢呢？」

「麻煩就在這裡。他們能互相證明對方不在場。三人都發誓說，他們整晚在唐納修家看電視，所以不管他們怎麼講，我們都不能採信。」

「所以說，我們不能排除他們涉案的可能。」

「在法庭上也提不出證據。」

瑞卓利掛掉電話，莫可奈何地轉身面對窗外。樓下有三位華人老嫗，站在路旁，抬頭望著她，嘰嘰喳喳聊天。她們有什麼事瞞著警方？在中國城裡，沒有一件事物是表裡如一，表面與內涵往往不一致，宛如隔著絲網看，永遠朦朦朧朧，看不見全貌。

她轉向佛洛斯特。「說不定蓓拉想開了，終於想說實話。攤牌的時刻到了。」

蓓拉今天的神態更加兇巴巴，雙手握成拳頭，目光銳利如鑽石。「發生這種事情，全是你們的錯，」她說。「我在場的話，一定能阻止這種事情發生。」

瑞卓利望穿她的晶鑽眼，突然把她想像成一頭張牙舞爪撲過來的野貓。儘管如此，瑞卓利以緩和的口吻說：「所以說，妳料到這種事會發生？妳知道他們會來抓她？」

「別浪費時間了！她需要我。」

「妳連她被帶到哪裡去都不知道，怎麼去救她？」

蓓拉張嘴想說話，朝單向鏡瞄一眼，彷彿警覺到有人在檢視她。

「我們從頭講起吧，蓓拉，」瑞卓利說。「談一談妳真正的身分，撇開妳在加州自稱的名字，從妳出生時的姓名談起。」瑞卓利把一份出生證明書的影本放在桌上。「這份上面有中國城醫生的簽名。妳是本地人，出生地是波士頓，母親在家分娩，地址是聶街，父親的姓名是吳偉民。」

蓓拉不回應，但瑞卓利從她眼中讀得出默認。即使蓓拉死不承認，瑞卓利也無所謂，因為出生證明只是第一條證據。瑞卓利再取出幾份影印的文件。她向舊金山公立中小學申請到蓓拉・李的註冊資料，也調出母親安妮・李的死亡證明書。蓓拉的母親在四十三歲時死於胃癌。過去四十八小時之內，瑞卓利派人緊追不捨，挖出這些白紙黑字的背景資料。由於這些舊資料源於九一一事件之前，隸屬於不同轄區，而且源於非法移民活動的地下世界，形跡更加模糊。在那種世界裡，母女很容易憑空消失，改名換姓之後重現人間。

「妳為什麼回波士頓？」瑞卓利問。

蓓拉看著她的眼睛。「方師父叫我來的。她身體不好，想替武術館再找一個老師。」

「對，這套說法妳已經重複好幾遍了。」

「有不一樣的說法嗎？」

「妳回波士頓的原因，和紅鳳凰血案沒關係嗎？和妳父親槍殺四人沒有關係？」

蓓拉的臉皮繃得很緊。「我父親被冤枉了。」

「根據警方的報告不是。」

「警方從來沒有搞錯過？」

「如果警方的報告有錯，真相是什麼？」

蓓拉怒視她。「他是被人殺死的。」

「妳母親是這樣告訴妳嗎？」

「我母親又不在場！」

瑞卓利愣了一下，忽然意識到我母親不在場的弦外之音。她回憶到，在地窖階梯上，魯米諾點亮一只幼兒的血鞋印。「不過，當時有人在場，」瑞卓利幽幽說。「血案發生時，有人躲在地窖裡。」

蓓拉靜止成木頭人。「妳怎麼……」

「血跡會講話。即使刷洗得再乾淨，照樣會留下細微的證據，只要噴灑化學藥品，幾十年的血跡一樣會現形。我們在地窖樓梯上發現妳的腳印，也看見妳的腳印從廚房門走出去。命案那天晚上，有人趕在警方抵達之前擦掉妳的腳印。」瑞卓利再湊近一點。「妳的母親為什麼擦掉血腳印？她為什麼想湮滅證據？」

蓓拉不回答，但瑞卓利從她臉上看見內心的煎熬，看見她在吐實和保密之間躊躇。

「她是想保護妳，對不對？」瑞卓利說。「因為妳看見命案的經過，所以替妳擔心。擔心有人會對妳不利。」

蓓拉搖搖頭。「我沒看見。」

「妳明明在場。」

「我沒看見就是沒看見！」蓓拉哭喊。激動的情緒讓氣氛僵了好一陣子。她垂下頭去，低聲說：「我倒是聽見了。」

瑞卓利不追問，不插嘴。她知道事實即將從目擊證人嘴裡說出來，所以靜靜等候。

蓓拉再吸一口氣。「我母親在床上睡覺。她在雜貨店上班一整天，每天回家都累壞了。那天晚上，她被傳染到流行性感冒，爬不起來。」蓓拉凝視桌面，彷彿能想像母親抱著棉被養病的模樣。「可是我不累。所以我爬下床。我下樓去找爹地。」

「去餐廳的廚房。」

「他當然覺得我好煩人。」一抹淒愴的微笑牽動嘴角。「他在廚房裡，在大鍋小鍋之間忙來忙去。而我呢，我吵著要他陪，吵著要吃冰淇淋。他叫我回樓上睡覺。他在忙，沒時間陪我。方伯伯也沒空理我。」

「艾睿絲的先生？」

蓓拉點頭。「他在用餐室。我從門縫看見他，他跟一男一女同桌坐，三個人正在喝茶。」

瑞卓利顰眉不解：服務生怎麼會陪兩個客人喝茶？這現象為麥勒理夫妻的詭異行徑再打一個問號。驗屍報告顯示，他們剛吃過義大利菜，為什麼會上中國餐館？

「他們在聊什麼？」瑞卓利問。「方先生和那兩位客人在聊什麼？」

蓓拉搖頭。「廚房裡好吵，我父親敲得鍋子叮叮咚咚，抽風機的聲音也很大，所以完全聽不見用餐室裡的聲音。」

「喬伊．吉爾摩進來拿外帶的菜，妳看見了嗎？」

「沒有。我只記得父親在瓦斯爐前面煮菜。流著汗。穿著一件舊T恤。他老是穿T恤上班……」蓓拉的嗓音震顫不止，以一手拭淚。「可憐的父親。他老是在工作，不停工作。廚房裡的燙傷和刀傷滿手都是。」

「後來發生什麼事？」

蓓拉噘著嘴，露出悔恨的微笑。「我嘴饞，想吃冰淇淋，吵著要爸爸陪我，他忙著把菜鏟進外帶盒。最後他投降了。叫我下樓，自己去冷凍庫選一杯冰淇淋。」

「在地窖裡？」

她點頭。「我對那間地窖熟悉得不得了。我下去過幾百次了。地窖的角落有一個好大的冷凍櫃，我墊著椅子，才能掀開蓋子。我記得，那時候我在找我想吃的口味。裡面有幾個紙杯，只夠裝一勺子。我想吃巧克力、香草、草莓相間的那一種，可惜找不到，一直挖一直挖，全是香草。裡面只有香草一種。」她深深喘一口氣。「接著，我聽見父親在喊叫。」

「對誰喊？」

「對我。」蓓拉抬頭忍淚。「他叫我躲起來。」

「餐廳裡的人全聽見了吧。」

「他喊的是中文，兇手聽不懂，否則一定會知道地窖有人，一定會下來找我。」

瑞卓利瞥向單向鏡。她看不見佛洛斯特和譚，卻能想見兩人詫異的神色。整個故事失散的一章出土了，證據始終逗留在地窖樓梯、廚房地板上，但血腳印說不出話。唯有蓓拉代它們發聲。

「結果妳躲起來了？」瑞卓利問。

「我不懂餐廳出什麼事。我從椅子上走下來，才踏上一階，就不敢再走上去。我聽見他在苦苦哀求。他用破破的英文在求饒。聽到這裡，我才瞭解，他不是在鬧著玩，不是在跟我耍什麼把戲。父親從來不玩遊戲。」蓓拉乾噍一口，嗓子壓得更低沉。「所以我照他的話去做。我不敢出聲，躲進樓梯下面。我聽見東西掉在地上。然後好大的砰一聲。」

「總共有幾聲槍響？」

「只有一聲。只有砰的一聲。」

瑞卓利想起吳偉民陳屍時握住的兇器，一把槍口有螺紋的葛拉克。兇手最初的八槍被消音器蒙住，解決掉所有人之後，他才摘除消音器，將手槍壓進吳偉民已無生命跡象的手裡，開最後一槍，以確保火藥噴濺到死者的手皮。

天衣無縫的兇殺案，瑞卓利心想。唯一的破綻是多了一位證人。一位緘默的女孩，瑟縮在地窖樓梯下面。

「他為了我而死，」蓓拉低聲說。「他本來可以逃命的，可是，他不肯丟下我。所以他留下來，死在地窖門口，用身體擋門。我不得不踩進他的血，才能走過他身邊。假如我那天晚上不要下床，不要吵著要什麼臭冰淇淋，我父親還會活得好好的。」

瑞卓利總算明白全案的蹊蹺，知道吳偉民不逃生的原因，知道廚房地板為何有兩顆彈殼。將現場佈置成自殺，是兇手站在廚師屍體旁臨時想出來的點子嗎？以死人的手握住兇器，發射最後一槍，留下手槍，兩袖一揮走出門，多麼省事。

「妳當初應該告訴警方，」瑞卓利說。「妳的見證能改變全案的方向。」

「才不會。誰肯相信一個五歲小女孩？何況這個小女孩根本沒看見兇手的長相。而且，我母親也不肯讓我講話。她怕警察。更貼切的說法是，她怕死了警察。」

「為什麼？」

蓓拉的下頷線條繃緊。「猜不到嗎？我母親是非法移民。警方如果把苗頭對準我們，我們會有什麼下場？她顧慮到我的將來，也護著她自己的將來。我父親死了。我們再怎麼爭，也換不回來他的生命。」

「也不爭公道嗎？妳母親從來沒考慮替他討回公道嗎？」

「當時沒考慮到。那天晚上，她一心想保母女平安，哪顧得了那麼多？如果兇手知道有證人，他可能會過來追殺我。所以我母親才擦掉我的腳印，所以我們才收拾行李，在兩天後逃走。」

「艾睿絲．方知道嗎？」

「當時不知道。幾年以後，我母親胃癌病重，死前一個月才寫信給方師父，對她說出真相，為自己懦弱的舉動道歉。可是，命案過了這麼多年，我們拿不出證據，也無法改變現狀。」

「只不過，妳們一直在盡力，對不對？」瑞卓利說。「七年來，妳或艾睿絲每年定期寄訃聞給死者家屬，替他們重溫往事，重提心傷，告訴他們說，真相仍未大白。」

「真相確實還沒有大白啊。家屬有必要知道。所以那些信才會寄到他們家，讓他們繼續質疑。唯有靠這種方式，我們才能揪出元凶。」

「所以妳和艾睿絲一直想辦法，希望引誘兇手出來。妳們寄信給死者家屬，給凱文．唐納修，暗示真相即將大白，還在《波士頓環球報》刊登廣告，希望兇手開始擔心，終於再出擊。然後妳們打算怎麼辦？把兇手交給警方？或者是靠自己的雙手伸張正義？」

蓓拉哈哈笑。「我們不過是弱女子，怎麼伸張正義呢？」

現在輪到瑞卓利哈哈笑了。「要我低估別人可以，我絕對不會低估妳。」瑞卓利從公事包取出《猴》（Monkey）一書，是亞瑟．衛利摘譯中國民間故事的選集。「相信妳聽過美猴王的故事吧。」

蓓拉向書看一眼。「中國的童話故事。跟這案子有什麼關係？」

「我特別注意到這本書裡有一章，叫做『陳光蕊赴任逢災』，敘述一個狀元帶著懷孕的妻子出遠門，來到渡口，遇到強盜，丈夫不幸身亡，妻子被強盜擄走。妳聽過這故事嗎？」

蓓拉聳聳肩。「聽過。」

「那妳一定知道故事的結局。妻子在拘禁期間產下遺腹子，偷偷把兒子放在木板上，附上一封信說明自身的境遇，任河水漂走兒子。小孩漂流到金山寺，被長老撫養成人，得知父母碰到強盜，得知父親慘遭毒手，母親遭到囚禁。」

「講重點好嗎？」

「重點就在這個兒子講的話。」瑞卓利翻著書頁，朗誦書中的一句：「父母之仇，不能報復，何以為人？」她望向蓓拉。「妳的心態和這故事裡的兒子一樣，對不對？父親被殺死，妳一直無法釋懷，受到榮譽心的驅使，一直想代父報仇。」瑞卓利把書推向蓓拉面前。「美猴王也會做同樣的事，爭取正義，保護無辜的良民，為父親報一槍之仇。美猴王在復仇的過程裡，一定會搞得天翻地覆吧？可能把碗盤砸得精光，家具也付之一炬，但最後正義總算得到伸張。他每次都會做好事。」

蓓拉不吭聲，凝視著手握金箍棒的戰猴插圖。

「我完全能理解，蓓拉，」瑞卓利說。「妳不是這件事裡的壞人。妳是死者的女兒，想在警方無法辦案的範圍內自我救濟，伸張正義。」她壓低聲音，以同情的意味呢喃：「妳和艾睿絲的用意就是引誘兇手出洞，誘使他動手。」

蓓拉是在微微點頭嗎？是不是在無意間坦承了事實？瑞卓利看在眼裡。

「可惜，妳們的構想雖然好，實行起來卻不盡理想，」瑞卓利說。「兇手動手時，是找職業殺手代打，所以妳們仍然查不出真兇的身分。結果，艾睿絲被他抓走了。」

蓓拉把頭抬起來，眼珠裡怒火熊熊。「狀況走偏了，全是妳的錯。我原本應該在一旁守著她的。」

「以她當誘餌。」

「她願意以肉身冒險。」

「妳們兩個打算靠自己伸張正義？」

「不然能指望誰？警方嗎？」蓓拉的笑中帶恨意。「案子這麼老，警方懶得管。」

「妳錯了，蓓拉。我管到底了。」

「那妳怎麼不放我走，怎麼不讓我去找她？」

「妳不知道該從何找起。」

「妳就知道？」蓓拉頂撞回去。

「我們正在調查幾個嫌犯。」

「卻無緣無故把我關在這裡。」

「我正在調查兩件兇殺案，怎麼能說無緣無故？」

「死者是職業殺手啊。是妳自己說的。」

「職業殺手的命案一樣是兇殺案。」

「發生第一件命案時，我有不在場證明。妳明明知道樓頂的女人不是我殺的。」

「不然是誰？」

蓓拉看著桌上的書，嘴皮抽動著。「搞不好是美猴王。」

「我指的是真人。」

「妳說我有嫌疑，卻又知道我不可能是那女人的兇手，乾脆把罪賴給神話故事裡的動物，反正是真是假，妳都拿不出證據。」蓓拉看著瑞卓利。「孫悟空的民間故事是從哪裡開始的，妳知道吧？孫悟空從石頭裡蹦出來，後來變成鬥士。我父親被槍殺的那一夜，我從岩石地窖裡走出來，和美猴王一樣，後來也改頭換面，變成現在的我。」

瑞卓利以有生以來最專注的眼神直視她，極力想像蓓拉是飽受驚嚇的五歲女娃，卻在這頭猛獸臉上看不出小女孩的一絲殘跡。假如我目睹親人遇害的慘狀，我也會脫胎換骨嗎？

瑞卓利站起來。「妳說得對，蓓拉。我沒有足夠的證據扣押妳。暫時還沒有。」

「妳是說——妳要放我走？」

「對，妳可以走了。」

「不會派人跟蹤我吧？我能隨心所欲，想去哪裡就去哪裡？」

「什麼意思？」

蓓拉從椅子上起身，猶如一頭母獅從臥姿伸展開來，準備獵食。兩女隔桌對視。「不計一切代價。」她說。

34

我聽得見他在黑暗裡的呼吸聲。強光直射我的眼睛，我看不見東西。他不准我看他的臉，我只知他的嗓音柔軟似奶油。但我一直不肯配合，他的怒火愈來愈旺，因為他明白，我不容易被擊垮。

現在，他也多了一份擔憂，因為他在我的腳踝發現追蹤器。他已移除電池，讓追蹤器失效。

「妳的搭檔是誰？」他問。他把追蹤器猛然推向我的臉前。「誰在追蹤妳？」

儘管我的下頷瘀青，嘴唇紅腫，我儘量以沙啞的嗓子低聲回答：「是你不想碰到的人。你很快就碰得到了。」

「找不到妳，就碰不到我。」他甩掉追蹤器，落地時發出近似希望破滅的聲音。他從我的腳踝摘除追蹤器時，我仍處於昏迷狀態，因此不知追蹤器何時停止傳輸訊號。有可能是在我被押來這裡之前就失效了，所以沒有人找得到我。因此，此地是我的葬身之地。

我連置身何處都不清楚。

我的手腕被銬在牆上，赤腳下是水泥地板，窗縫不透日光，唯一的光線來自他直射我眼睛的電燈。也許現在是晚上。也許日光永遠照不到這裡，慘叫聲也逃不出去。我對著燈火瞇眼，想認清周遭環境，可惜只見強烈的光線，其餘是一片黝黑。我的雙手在抽動，迫切想握兵器，想完成我苦候多年的任務。

「妳在找妳的寶刀，對吧？」他說。他對著燈光揮刀讓我看。「好漂亮的武器，銳利到可以毫不費工夫切斷手指。妳是用這把刀砍死他們的吧？」他揮刀，刀面嘶嘶劃過我臉旁。「我聽說，那女人的手被一刀整齊切斷。那男人的頭也是一刀落地。兩個職業殺手，全被奇招暗算掉。」他把刀刃貼緊我的頸部，緊密到刀身與脈搏同步震動。「這把刀能對妳的喉嚨發生什麼作用，要不要試試看？」

我不敢動，視線緊鎖黑色橢圓形的一張臉。我已經不計生死，聽天由命了，所以已做好赴義的準備。事實上，十九年來，我無時無刻準備一死。這一刀斬下來，他能釋放我的靈魂，讓我終於能和亡夫重逢。我為了未完成的使命而再三拖延重逢的時日。我現在的感受不是恐懼，而是為失敗而悔恨。我悔恨的是，這男人永遠嘗不到刀刃切喉而過的滋味。

「那天晚上，在紅鳳凰，有一個證人，」他說。「那人是誰？」

「你真的以為我會告訴你？」

「這麼說，當時的確有人在場。」

「而且那人永遠不會忘記。」

刀刃在我的脖子壓得更深。「快說出姓名來。」

「說或不說，你同樣要我的命。我何必說呢？」

對方遲疑良久，然後從我的頸子挪開寶刀。「我想和妳談個條件，」他平靜地說。「妳說出這個證人的身分，我把妳女兒的遭遇說給妳聽。」

我的腦筋一時轉不過來，只覺黑暗忽然繞著我旋轉，地面似乎從我腳下融化。他看出我的疑惑，笑了起來。

「妳不曉得，對吧？這件事，從頭就跟她有關係。她叫什麼名字來著？蘿拉，對不對？她那年差不多十四歲。我記得她，因為她是由我挑選的第一個。嬌滴滴的小東西。黑色長髮，腰好細。而且很容易信任別人。勸她上車，一點也不困難。她帶了一堆好重的書，也帶著小提琴，很感激我載她回家。好容易得手，因為我是她的朋友。」

「我不相信你。」

「我幹嘛騙人？」

「她在哪裡？你說出來，我才相信。」

「妳先說證人是誰。告訴我，誰在紅鳳凰餐廳裡。然後，我才說出蘿拉的遭遇。」

我仍難以接受這份告白，絞盡腦汁思考這男人為何知道我女兒的命運。我丈夫在紅鳳凰遇害之前的兩年，我女兒失蹤了，我從未想像這兩件悲劇之間有何牽連。我以為，命運之神在捉弄我，兩度打擊我，大概是為了我前世造的孽而懲罰我。

「她好有才華喔，」他以柔順的嗓音說。「我們演練的第一天，我就知道我要的人是她。《韋瓦第：雙小提琴協奏曲》。她常練這一首，妳有沒有印象？」

他這句話宛如一場大爆炸，碎片刺穿我的心，因為我現在明瞭他不是在憑空捏造。他聽過我女兒拉小提琴。他知道我女兒的遭遇。

「證人叫什麼名字，快講啊。」他說。

「我只能告訴你，」我輕聲說。「你死定了。」

一拳揮過來，毫無預警，力道之猛烈，打得我向後甩頭，顱骨重擊牆壁。在耳際隆隆如雷的聲響之中，我聽見他在對我說話，說著我不願聽的內容。

「她撐了七個禮拜吧，也許八個禮拜。比另外幾個更久。她外表嬌弱，其實啊，堅強得很。方夫人，妳想想看，整整兩個月，在警方追查她的下落時，她還活著。乞求能回家找媽咪。」

我的自制力被粉碎了。我無法止住淚水，無法扼制震動全身的啜泣，哭聲猶如野獸痛苦呼嚎，聲音狂野而陌生。

「我可以替妳劃下句點，方夫人，」他說。「我能回答多年來折磨妳的疑問。蘿拉在哪裡？」他挨近。我雖然看不見他的臉，卻能嗅到充滿侵略性的氣味。「把我想知道的事告訴我，我就讓疑問停止困擾妳。」

在我經大腦思考之前，一陣野獸般的反應突如其來，把他和我都嚇了一跳。他向後退縮，以嫌惡的神態驚呼，擦拭我吐在他臉上的唾液。我已有再挨一拳的準備，硬起頭皮迎接。

拳頭並沒有揮下來。他只是彎腰，拾起剛才被他甩在地上的追蹤器，在我的臉前晃一晃。「說真的，妳對我完全沒有用處，」他說。「我只要把電池裝回去，再啟動追蹤器，就能等著看誰上門。」

他離開房間。我聽見門關上的聲響，聽見砰砰下樓的腳步。

哀戚是我唯一的伴侶，以利齒啃噬著我的心，痛得我嚎哭，胡亂掙扎，手腕的皮膚被手銬刮傷。他帶走我的女兒。他把她關起來。我憶起蘿拉失蹤後的那幾夜，丈夫和我彼此擁抱著，兩人都不敢說出心中的念頭：她死了的話怎麼辦？現在我發現，當時無法想像到的是，另有一種下場比死更悽慘：活著當禁臠。在那兩個月之間，我和詹姆斯漸漸斷念，漸漸接受失望的事實，蘿拉居然還在呼吸。還在吃苦。

我累得癱回地上，哭喊聲減弱成嗚咽。縱情釋放情緒之後，我變得麻木不仁，靠在水泥牆腳上，參考他的說詞，對照我已知的事項：我女兒遭綁架，兩年後，我丈夫與另外四人在紅鳳凰餐廳遭人屠殺。這兩件事怎麼可能有關聯？交集點在哪裡？他剛才沒有說明。

我極力反芻他說過的每一個字，在哀痛的迷霧裡抽絲剝繭。有一句話忽然跳出來，剎那間凍結血管裡的血液。

她撐了七個禮拜吧，也許八個禮拜。比另外幾個更久。

我抬頭頓悟。另外幾個。

我女兒不是唯一的受害者。

35

英格叟警探查到什麼？他為什麼落難？

這問題困擾著傍晚加班的瑞卓利。她翻找著英格叟命案的線索筆記，桌面上散置他家現場的相片、彈道分析、微物證據報告、手機與傳統電話的通聯紀錄，以及存款卡的刷卡費用。根據唐納修所言，英格叟遇害前幾星期，有人在徵募殺手，想殺害英格叟，時間點正好是在他開始調查失蹤少女的前後。他調查的失蹤少女案全是懸案，麻州各地警察局早已停止偵辦。她凝視著英格叟的陳屍照，思忖：你吵醒了哪一頭怪獸？

失蹤少女和紅鳳凰有何牽連？

她伸手拿失蹤少女的檔案夾，對蘿拉和夏洛蒂的案子細節倒背如流，所以把精神集中在其他三人的失蹤案。所有少女全屬於嬌小可愛型，個個是成績優異到中上的好學生，而且多才多藝。派翠霞．波爾斯和雪莉．田中打過網球錦標賽。黛玻拉．希弗和派翠霞．波爾斯參加過美術展。黛玻拉．希弗是學校管弦樂隊的鋼琴手。然而，這三人彼此不認識，至少這是父母親的說法。此外，她們失蹤時的年齡不一。雪莉．田中當年十六歲。黛玻拉．希弗十三歲。派翠霞．波爾斯十五歲。一個就讀初中，兩個就讀高中。

瑞卓利思考片刻，回想起蘿拉失蹤那年是十五歲。

她把少女失蹤時的歲數依序寫下來。

黛玻拉．希弗，十三歲。

蘿拉．方，十四歲。

派翠霞．波爾斯，十五歲。

雪莉．田中，十六歲。

夏洛蒂．迪昂，十七歲。

照數字一路寫出來，宛如撲克牌的皇家同花順。年年失蹤一個女孩，年齡不同，好像綁匪的品味逐年成熟似的。

瑞卓利從檔案夾抽出夏洛蒂失蹤前的最後一批相片，也就是她參加生母和繼父喪禮的檔案照。瑞卓利翻閱這些攝影記者拍的連續照片，看見夏洛蒂穿著黑衣，臉色蒼白，身形單薄，悼念者簇擁四周。夏洛蒂踉蹌走向人群外圍，繼兄馬克．麥勒理凝望她的背影。接著，夏洛蒂和馬克脫離鏡頭，記者拍到派崔克對小孩突然走掉的舉動一臉困惑。最後，夏洛蒂重回鏡頭前，馬克也回來了，走在夏洛蒂後面。馬克高頭寬肩，制伏繼妹是輕而易舉。

失蹤少女的歲數逐年遞增。

黛玻拉．希弗失蹤的前一年，笛娜和亞瑟．麥勒理各自離婚，重組家庭，兩家人共同參加不少活動，互動頻繁，例如學校集會、樂隊表演、州級網球錦標賽。

受害人被盯上，管道全透過夏洛蒂？

瑞卓利拿起電話，撥給派崔克．迪昂。

「晚餐時間打攪了，對不起，」她說。「我想麻煩你一件事。能不能讓我再看夏洛蒂的學校紀念冊一下？」

「妳想來，我隨時歡迎。是不是有新的線索了？」

「還不能確定。」

「妳想找的是什麼資料？也許我能幫妳找找看。」

「我常想到夏洛蒂。常常想，她會不會是所有事情的關鍵。」

透過電話，她聽見派崔克黯然嘆息。「我的女兒始終是關鍵，警探。她是我生命的關鍵，是所有重要事物的關鍵。我今生只求知道她的下落。」

「我能諒解，迪昂先生，」瑞卓利柔聲說。「我知道你想求得答案，我應該能找得到解答。」

派崔克．迪昂出來應門，穿著鬆垮的套頭毛線衣、斜紋棉布長褲、臥房拖鞋，臉和毛衣一樣，癱垮而老態畢露，陳年哀慟蝕刻出一條條深沉的皺紋，瑞卓利卻又登門來重揭舊傷，她為此感到歉疚。兩人握手時，她多握了幾秒，想傳達她道歉的意思，想表示她能體認派崔克的心傷。他沉重地點一下頭，帶她進用餐室，拖鞋在木質地板上磨過。「我已經幫妳把紀念冊拿出來了。」他說著指向餐桌上的幾大本。

「我把紀念冊搬上車載走，這樣就可以了，謝謝你。」

「唉。」他皺眉。「如果妳不介意的話，最好還是別帶出這棟房子。」

「我保證會好好保管。」

「我相信妳會的，不過……」他一手擺在紀念冊上，彷彿正在祝福小孩。「我女兒的東西只剩下這麼多了。我很難讓它們離開我的視線啊。我擔心它們會被搞丟，或是受損。我也擔心，它們可能會被人從妳車上偷走，或者妳會發生意外……」他停下來，後悔地搖搖頭。「我太不應該了，對吧？怎麼可以把幾本冊子看得這麼重，只擔心它們出事？這幾本冊子不過是厚紙板和紙張而已。」

「它們對你的意義遠遠超過幾張紙。我能理解。」

「所以，妳可以行行好嗎？妳想在我家坐多久，想看多久，我全心歡迎妳。要不要來一點什麼？來一杯葡萄酒，如何？」

「謝了，執勤中不方便喝酒，而且我待會兒還要開車回家。」

「那就來一壺咖啡吧。」

瑞卓利微笑。「太好了。」

派崔克進廚房煮咖啡，她在餐桌前坐下，把紀念冊攤開。派崔克把所有紀念冊帶出來，其中有幾本是夏洛蒂的小學紀念冊。瑞卓利把小學的紀念冊放到一旁，展閱夏洛蒂進博敦學院第一年的紀念冊。夏洛蒂是七年級的學生，相片中的她留著金髮，顯得弱不禁風，戴著牙齒矯正器，文字說明寫著：夏洛蒂．迪昂。管弦樂隊、網球、美術。瑞卓利翻至高年級，在高二部分找到馬克．麥勒理的相片。那年他應該是十五歲，興趣註明是管弦樂隊、袋棍球、西洋棋、西洋劍、戲劇。兩家人的緣分始於愛樂的小孩，改變兩家命運線的正是音樂。迪昂家和麥勒理家是在子女在校演奏時結緣，成為好友，後來笛娜和派崔克離婚，和亞瑟共結連理，從此人生為之改觀。

「這個給妳，」派崔克以淺盤端來一壺咖啡，為她倒一杯，把砂糖和奶精放在桌上。「妳應該餓了吧。我可以幫妳做一個三明治。」

「不用了，咖啡就好，」她說著開始啜飲滾熱的咖啡。「我午餐吃得比較晚。晚餐回家再吃。」

「妳的家人一定很懂得體諒妳。」

她微笑。「我丈夫娶我之前，已經知道會娶到什麼樣的老婆。不講，我差點忘記。」她掏出手機，匆匆打一份簡訊給嘉柏瑞：會晚一點回家。晚餐別等我。

「妳找到了妳要的東西嗎？」派崔克問，朝著紀念冊點頭。

她放下手機。「還不知道。」

「如果妳能說說妳想找什麼，也許我幫得上忙。」

「我想找關聯。」她說。

「什麼東西之間的關聯？」

「你女兒和這些女孩之間。」瑞卓利打開她帶來的檔案夾，指向四人的名單。

派崔克皺眉。「蘿拉．方的事，我當然知道。在夏洛蒂失蹤之後，警察探討過她們之間有什麼關聯。可是，其他這些女孩，可惜我不認得她們的姓名。」

「她們沒有讀過博敦學院，不過和你女兒一樣，她們也消失得毫無蹤影，消失的城鎮不同，失蹤的年份也不一樣。我在懷疑，夏洛蒂是不是認識她們。也許是透過音樂或體育認識的。」

派崔克思考一陣子。「巴寇茲警探告訴我，小孩失蹤是常有的事。妳為什麼特別調查這幾個女生？」

因為有個姓英格叟的死者指著這個方向，瑞卓利心想。她說出口的是：「調查過程出現這幾個姓名，有可能查不出什麼關聯吧。不過，如果她們和夏洛蒂之間的關聯確實存在，我大概能在這裡找到。」

「從她的紀念冊？」

她翻閱著學生活動的部分。「你看，」她說，「我上次注意到了。博敦學院對學生活動的紀錄非常仔細，從學校音樂會到網球賽都有。也許是因為學生人數少的關係吧。」她指向一幅相片，幾個學生笑嘻嘻站在科展作品旁留念，文字說明是：新英格蘭區科學展，佛蒙州柏林頓市，五月十七日。「有這些紀錄，」她說，「我希望能重建夏洛蒂在校的足跡，看看她去過哪裡，參與過什麼活動。」她望向派崔克。「她拉的是中提琴，所以你們家才會認識麥勒理家。因為你們去參加小孩的音樂會。」

「從這個角度，妳能查到什麼？」

瑞卓利翻至音樂科的部分。「這裡。夏洛蒂最早在這一年加入管弦樂隊。」她指向一組樂手的合影，裡面包括夏洛蒂和馬克，下面的文字是：管弦樂隊的元月演奏會引來全場起立致意！

派崔克一見相片，好像身受骨肉之痛，臉皮縮成一團。他輕輕說：「看這些相片，唉，好苦，不禁回想起……」

「你不必陪我看了，迪昂先生。」瑞卓利碰碰他的手。「我自己看就行了。我碰到問題再請教你就好。」

六十七歲的他點點頭，外表的年齡突然衰老好幾歲。「那我就不打擾了。」他說，默默離開用餐室，隨手帶上側收式的隱藏門。

瑞卓利再倒一杯咖啡。掀開另一本紀念冊。

這一年夏洛蒂升上八年級，應該是十三歲，馬克十六歲。他已經開始轉大人，相片顯示他的下頷變得方正，肩膀變得寬厚。夏洛蒂依然是孩子臉，蒼白而細緻。瑞卓利翻至校內活動的部分，尋找兩人的芳蹤，在一張團體照找到他們，拍照的場合是三月二十日的「管弦大對抗」，地點是麻州羅威爾市。

黛玻拉．希弗家住羅威爾市，會彈鋼琴。

瑞卓利注視夏洛蒂和樂隊同學的合照。拍完這張相片，兩個月後，黛玻拉失蹤。

在情緒激昂和咖啡因的交互作用下，瑞卓利的手隱隱發抖著。她喝光一杯，再倒一杯，搜尋夏洛蒂九年級的紀念冊。她翻到音樂的部分，已經知道會發現什麼。在合照的相片裡，有八名學生帶著各人的樂器留影，文字說明是：博敦菁英通過波士頓暑期管弦研習營甄選。她在相片裡沒有找到夏洛蒂，只看見馬克．麥勒理。馬克這一年十七歲，已曬成古銅色的小帥哥，任何少女都會對他行注目禮。那一年，蘿拉．方十四歲。她也入選波士頓管弦研習營。如果有男生長得帥氣，又是有錢人家的少爺，以蘿拉的出身而言，她會被英俊闊少迷得神魂顛倒嗎？這樣的男生會不把她看在眼裡嗎？

或者，蘿拉始終在他的雷達幕上？

瑞卓利的喉嚨覺得乾澀，腦袋裡的嗡嗡聲愈來愈大。她再喝一口咖啡，伸手拿下一本，也就是夏洛蒂十年級的紀念冊。她打開時，裡面的字好像模糊了，人臉變得難以分辨長相。她揉揉眼睛，翻到校內活動部分，再次看見夏洛蒂在管弦樂隊擔任中提琴手。但在這一年，馬克已經畢業，換了一個男生站在鼓的後面。

瑞卓利翻到體育的部分。再一次揉眼睛，想趕走蒙蔽視線的雲霧，相片不斷聚焦、失焦，但她仍能在列隊的網球選手之中認出夏洛蒂的臉。博敦在十月區賽勇奪亞軍。

派翠霞．波爾斯也是網球選手，瑞卓利心想。派翠霞和夏洛蒂同是高中二年級。派翠霞有沒有打過區賽？難道她也被某人看上，對方能輕易查明她的基本資料，查出她就讀的學校？

網球區賽結束六星期，派翠霞．波爾斯失蹤。

瑞卓利甩一甩頭，眼前的雲霧卻變得更濃。身體不對勁。

遠方有鈴鈴尖響的電話聲，穿透她耳中的嗡聲。她聽見派崔克在講電話。她想喊救命，喉嚨卻吐不出聲音。

她掙扎著站起來，聽見椅子傾倒落地的巨響，雙腿變得毫無知覺，像木頭做的高蹺，不痛不癢，動作笨拙。她跌跌撞撞走向門，害怕在走到門口之前不支，害怕被派崔克看見她趴在地上，怕丟人現眼。她對著門伸手，門卻好像一直退縮，像在逗著她玩，始終不讓她搆到邊。

正當她向前衝刺的時候，門突然開了，派崔克現身門口。

「救我。」她低聲說。

但派崔克沒有動作。他站在原地，以無動於衷的冷眼觀察她。這時候，她才頓悟自己走錯哪一步，緊接著，她癱向派崔克的腳前，失去意識。

36

她覺得口渴，好渴。瑞卓利做出吞嚥的動作，喉嚨卻感覺乾澀，舌頭摩擦上顎時乾如舊皮革。她慢慢意識到其他的感官：維持同一動作躺太久，左手臂發麻。臉頰下是一片佈滿沙塵的冷地板。她也聽見有人對著她喊話，聲聲急促，不肯停歇。喊話的女人不肯讓她睡覺，對她嘮叨不止，哄勸她恢復意識。

「醒一醒。妳趕快醒過來啊！」

瑞卓利撐開眼皮——自以為是撐開了。她見到的黑暗如銅牆鐵壁厚實，令她懷疑自己是否身陷半睡半醒的灰色地帶，身體麻痺卻仍有知覺。或者，動彈不得的原因另有其他？她想翻身仰躺，發現手腳做不出動作。她加大動作，想解放雙手，卻碰到膠帶的頑強抗力。她臉頰下是水泥地，臀腿處瘀青，寒意直鑽衣物而過。她不清楚自己怎麼置身這種冷暗的地方。她記得自己坐在派崔克的用餐室，翻閱夏洛蒂的紀念冊，咖啡一口接一口。*他遞給我的咖啡。*

「瑞卓利警探！求求妳，醒一醒！」

瑞卓利認出艾睿絲．方的嗓音，把頭轉向喊叫聲的來源。「怎麼……哪裡……」

「我幫不了妳。我在這裡，在牆邊，被鏈條拴在牆壁上。我們被關進地窖裡，好像是。也許是在他家。我不知道，因為我不記得怎麼來的。」

「我也不記得。」瑞卓利呻吟著。

「他在幾個鐘頭之前押妳進來。我們的時間不多了。他在等另一個回來。」

另一個。瑞卓利腦袋裡雲霧逐漸蒸散，她極力思考著。派崔克當然不會單獨行動。他年高六十七，費力的事項有賴他人相助，所以他才會請職業殺手除掉英格叟，攻擊艾睿絲。

「我們要做好準備，」艾睿絲說。「在他們回來之前。」

「準備？」瑞卓利忍不住絕望一笑。「我連手腳都動不了，兩手甚至沒有知覺！」

「妳可以往牆壁的方向翻滾過去。門附近的牆上掛著一串鑰匙。他押妳進來的時候開燈，我正好看見。那串鑰匙說不定能打開我的手銬。妳先替我開鎖，然後我解開妳的膠帶。」

「門在哪個方向？」

「在我右邊。跟著我的聲音過來。鑰匙掛在一個鉤子上。如果妳能站起來，如果用牙齒去叼鑰匙——」

「太多『如果』了吧。」

「趕快動作。」命令聲劃破黑暗，利如刀鋒，但接下來的語句轉為柔和。「我的女兒被他帶走了，」她低聲說，語調突然穿插著啜泣聲。「就是他。」

瑞卓利聆聽艾睿絲的暗夜哭聲，想起其他失蹤少女。黛玻拉·希弗。派翠霞·波爾斯。雪莉·田中。除了這些女孩之外，有多少未知的少女曾被關進這裡？連他親生的女兒夏洛蒂都不放過。

她奮力想掙脫束縛，無奈膠帶堅韌無比，上至馬蓋仙，下至連續殺人魔，無不愛用膠帶。任憑瑞卓利怎麼扯、怎麼扭，都無法撕裂手腕上的束縛。

「別讓他得逞啊。」艾睿絲說。她的嗓音穩定下來，重拾鋼鐵般的口吻。

「我也想逮住他。」瑞卓利說。

「鑰匙。妳一定要去叼下來。」

瑞卓利已經開始扭轉，在地板上翻滾，瘀青的腰臀觸地，痛得她哎叫，深呼吸等疼痛過境。之後，她再扭身，又在地板上翻滾前進。這次，她的臉壓住水泥地，鼻子被擦傷，牙齒敲地。她翻身至沒有瘀青的一側，膝蓋縮向胸前，形成胚胎的姿勢，強忍住疼痛的淚水和挫折感。怎麼咬得到鑰匙？連滾到地板另一邊都成問題，遑論站起來叼鑰匙？

「妳有一個女兒。」艾睿絲輕聲說。

「對。」

「想想她。想一想，妳又能抱她時，妳會怎麼樣。嗅嗅她的頭髮。摸摸她的臉蛋。想一想。想像一下。」

輕聲的命令似乎來自瑞卓利自己的大腦，彷彿是她自己在出聲下令。她想起蕾吉娜泡在浴缸裡，滑溜溜的，香皂抹得香噴噴，深色的捲髮貼黏在粉紅色的肌膚上。蕾吉娜，長大成人之後，無緣認識親生媽媽，只能從自己的五官見到母親的幽魂。她也想起嘉柏瑞，年歲增加，頭髮灰白。如果我活不過今晚，我倆無法白頭偕老。

「想一想她。」艾睿絲的聲音從暗處飄來。「她能提供戰鬥力給妳。」

「這些年，妳也靠這樣一路走來？」

「我一無所有，只靠一份希望，路才走得下去，只盼女兒能回到我身邊。我為這份希望而活啊，警探。我的人生目標是再見她一面。假如沒辦法再見她，我盼望能等到正義獲得伸張的一天。如果功敗垂成，我至少能含笑九泉。」

瑞卓利再翻滾，受傷的臀腿部碾過地板，粗糙的水泥地摩擦臉皮。突然間，她的背部撞牆，她側躺著喘息，休息著，準備下一步，接受最困難的挑戰。「我已經滾到牆腳了。」她說。

「站起來。門在牆壁的盡頭。」

瑞卓利以牆為支柱，奮力向上蠕動，想做出跪姿，可惜重心不穩，面朝下倒地，嘴巴衝撞地面，一陣激痛從牙齒竄進頭顱。

「妳的女兒，」艾睿絲說。「她叫什麼名字？」

瑞卓利舔舔嘴唇，嚐到血味，感覺皮肉已經腫起來。「蕾吉娜。」她說。

「她多大了？」

「兩歲半。」

「妳愛死她了吧。」

「那當然。」瑞卓利哼一聲，掙扎成跪姿。她明白艾睿絲的用意；她體會到肌肉新生一股力量，脊椎多了一根鋼樑。她誓死不肯被人剝奪女兒。她一定要活過今晚，效法艾睿絲挺過二十年的精神，因為身為人母最大的心願莫過於再見兒女一面。她和地心引力奮戰，對著脊背和頸部施力，努力挺立成跪姿。

「蕾吉娜，」艾睿絲說。「她是妳血管裡的鮮血，是妳肺臟裡的空氣。」艾睿絲的口吻具催眠意味，字字如沉聲誦經，對著瑞卓利的四肢輸送熱氣，以世上每位人母都聽得懂的語言訴說。

她是妳血管裡的鮮血。是妳肺臟裡的空氣。

站起來呀，瑞卓利冥想著。去咬鑰匙。

她以跪姿向前搖擺，伸縮著肌肉，倏然起立，以雙腿站著，好景不長，幾秒之後便失去重心，向前傾倒，膝蓋重重撞擊水泥地。

「再來一次。」艾睿絲命令，口氣裡不含絲毫的同情。她對待徒弟，也同樣不留情嗎？真正的戰士是這樣磨練出來的嗎？毫不寬待，逼迫他們超越極限？

「鑰匙。」艾睿絲說。

瑞卓利深吸一口氣，繃緊神經，一躍而起，再度以雙腳站立，搖搖晃晃，幸好身旁有牆壁可依傍，她以肩膀挨著，等待小腿腹的抽筋緩和下來。「我站起來了。」她說。

「走向最遠的角落。門就在那邊。」

她再蹦一步，再晃一陣。辦得到。「我們恢復自由之後，還要過他那一關，」瑞卓利說。「我的槍被他搶走了。」

「我用不著武器。」

「喔，對。忍者能飛簷走壁。」

「妳對我一無所知。也不懂我有何本事。」

瑞卓利再蹦跳一步，動作如袋鼠。「妳有什麼本事，說來聽聽吧。反正我們大概是死定了。妳就是美猴王嗎？」

「美猴王是民間故事。」

「卻會實地留下毛髮，會拿真刀殺人。快說吧，牠到底是誰？」

「是妳希望能站在同一陣線的人，警探。」

「先搞清楚牠是誰再說吧。」

「他活在妳我心中。篤信公理者，他自在人心。」

「這種回答不算數。」

「我只能點到為止。」

「我要的不是怪力亂神的東西，」瑞卓利喘著氣，再向前蹦一步。「我講的是實在的東西，我親眼看過，牠救過我一命。」瑞卓利停下來喘息，然後又輕聲說：「我只想謝謝他——或她的救命之恩。所以，如果妳知道牠是誰，可以代我轉達嗎？」

艾睿絲以同等輕柔的口吻回應：「牠已經知道。」

瑞卓利再跳最後一步，額頭撞在門上。「我到了。」

「掛鑰匙的地方和妳頭的高度差不多。妳碰得到嗎？」

瑞卓利以臉頰擦牆，感覺到臉皮突然被金屬刺中，聽見鑰匙串在空中輕輕互撞。「找到了！」

「拜託妳咬緊，不要掉了。」

瑞卓利咬住鑰匙串，將整串從壁鉤舉起來。快成功了。快打敗他們了……

開門的尖吱聲令她凍結。電燈大亮，亮得她向後退縮，靠在牆壁上，目眩眼花。

「哇，橫生枝節了。」有人說。她認得這人的嗓音。慢慢地，她在強光中睜眼，看見馬克．麥勒理站在派崔克身旁。她心想，從開始就是這兩人。一同獵。一同殺。而牽成這對搭檔的人是夏洛蒂。可憐的夏洛蒂，她的每一種興趣、每一種活動，都在無意間將獵物介紹給這兩個獵人，將網球賽、管弦樂隊等等的平凡事變成兇手的選秀。

馬克從瑞卓利的嘴巴搶走鑰匙串，推她一把，她倒在地上。「有人知道她來這裡嗎？」

「我們應該如此假設，」派崔克說。「所以我們有必要解決掉她的車。幾小時之前就應該移走她的車了，可惜你遲遲不回來。」

「我想等看看誰會來救艾睿絲．方。」

「沒有人來救她？」

「追蹤器大概壞了。」他看著艾睿絲。「也許是，沒有人關心她。我等了四個鐘頭，連個鬼影也沒來。」

「至於這一個，肯定會引人來。」派崔克低頭看瑞卓利。

「她的手機呢？」

派崔克遞給馬克。「你準備怎麼辦？」

「她的最後一條簡訊發給丈夫。」他開始在瑞卓利的手機打字。「我們告訴她丈夫說，她去了多徹斯特，會晚一點回家。」

「然後呢？」

「要佈置成意外。或是自殺。」他看著派崔克。「你以前佈置得很逼真。」

派崔克點頭。「她的手槍在上面的用餐室。」

「我先生沒有那麼傻，」瑞卓利說。「他知道我絕對不會自殺。」

「配偶常這樣講，而警察從來不相信他們。對不對呀，警探？」馬克說著微笑起來。

假如瑞卓利的四肢無束縛，她會直接站起來揍他，以拳頭重擊他那口整齊的白牙。然而，即使怒火點燃肌肉的爆發力，她仍無法掙脫膠帶，只能眼睜睜看馬克打完簡訊送出。她揣測可能發生的步驟：一顆致命子彈射進她的頭，然後發射第二槍，在她手上殘留火藥，佈置手法如同吳偉民的自殺。馬克的說法不無真實性：警方太容易輕忽死者家屬的否認。她自己也犯過這種錯誤。她記得有一次，一名年輕人遭霰彈槍射擊，頭缺了半邊，她站在屍體旁，見死者母親哭著說，他絕對不可能自殺！他的人生才剛剛好轉起來！她記得自己事後對佛洛斯特說，家屬的神經太大條，從來無法預知悲劇。

「你們的失誤太多了，」艾睿絲說。「你們不知道即將發生的事。」

馬克轉向她，大笑：「被拴在牆上的女人，還有資格講大話？」

艾睿絲以異樣平靜的眼神審視他。「在你的人生結束之前，告訴我，你為什麼選上我女兒？」

馬克走向艾睿絲，直到兩人面對面。雖然他高出艾睿絲不止一個頭，雖然他佔盡優勢，艾睿絲的目光無畏無懼。「可憐的小蘿拉。你記得她吧，派崔克？」他瞥向老人。「她放學走路回家，路上接受我們的好意，坐上我們的車。」

「為什麼？」艾睿絲說。

馬克微笑。「因為她很特別。她們全都是。」

「別浪費時間了，」派崔克走向瑞卓利。「趕快把她帶走。」

但馬克仍看著艾睿絲。「有時候由我挑選，有時候由派崔克挑選，不一定會看上什麼女孩。

可能是馬尾巴紮得好看，可能是屁股小巧玲瓏，讓她特別突出，讓她值得下手。」

「夏洛蒂不可能不曉得，」瑞卓利仰望派崔克，滿臉不屑。「她一定發現你是惡魔。天啊，她的親生爸爸。你怎麼能狠心殺死她？」

「夏洛蒂跟這事沒有關係。」

「沒有關係？她是整件事的核心！」

瑞卓利的手機響起，馬克瞄一眼來電顯示，說：「老公來電探班囉。」

「不要接聽。」派崔克說。

「我本來就不想接。等我把她的手機關掉，我們一起把她抱上車。」

艾睿絲說：「你以為有這麼簡單？」

兩男不理會她，彎腰下去對付瑞卓利，派崔克抱腳，馬克從她的腋下攙扶。儘管瑞卓利蠕身不從，她仍難以抗拒，被兩人輕鬆抬向門口。

「你們已經輸了，」艾睿絲說。「只是你們還不知道。」

馬克：「哼，我倒是知道誰被拴在牆上。」

「我也知道誰尾隨你回這裡。」

「沒有人跟蹤我——」他的話突然隨著燈光熄滅而打住。

在漆黑之中，兩男鬆手讓瑞卓利落地，她的頭直墜水泥地，整個人躺在地上無法動彈，只能在伸手不見五指的室內注意動靜。黑暗中，她只聽得見混亂的場面，攙雜著咒罵聲和恐慌的喘息聲。

「媽的，搞什麼？」馬克說。

艾睿絲的低語在暗室裡繚繞：「從現在開始。」

「住嘴！閉上狗嘴！」馬克大罵。

「大概沒什麼，」派崔克說，但他的口氣慌張。「大概是保險絲燒斷了，我們上樓去檢查看看。」

門重重關上，兩人上樓的足音漸行漸遠。瑞卓利只聽得見噗噗跳的心律。

「妳靜靜躺著，保持鎮定。」艾睿絲說。

「會發生什麼事？」

「註定發生的事。」

「妳料得到？這是妳的佈局？」

「警探，妳仔細聽好。這一場戰役沒有妳的份。這一場戰役在很久以前就規劃好了，不必勞駕妳上戰場。」

「不然誰上戰場？外面是什麼情況？」

艾睿絲不回答。在寂靜中，瑞卓利察覺——而非聽見——空氣輕拂臉頰，彷彿清風溜進暗室，正擾動著黑暗。有東西進來了。

她聽見手銬打開的輕鏗鏘聲，接著是一陣低語：「對不起，師父，我來晚了。」

「我的刀呢？」

「正義來了。我在樓上找到它。」

瑞卓利認得這人的嗓音。「蓓拉？」

一手按住她的嘴唇，艾睿絲喃喃說：「留下來。」

「不能把我丟在這裡！」

「妳在這裡比較安全。」

「至少幫我切開膠帶！」

「不行，」蓓拉說。「她只會添麻煩。」

「假如妳們失敗，我怎麼辦？」瑞卓利說。「我會被困在這裡，沒辦法自保。至少給我反抗的機會吧！」

她感覺有人拉她的雙手，聽見刀鋒斬斷膠帶，再一斬，腳踝也重獲自由。「記住，」艾睿絲對著她耳朵低聲說，「這一場戰役沒有妳的份。」

*我現在參戰了。*瑞卓利不說話，沒有動作，等著老少兩女融入黑暗。她看不見也聽不到兩人離去的聲響，唯有清風再次吻頰的感受，好像她們乘風而去，隨風飄出門上樓。

瑞卓利想站起來，但暈眩感令她在黑暗中盲目跌撞。她坐回地上，頭撞水泥地的疼痛發威，再加上咖啡裡的藥效未消，她覺得渾身乏力。她伸手出去，摸索附近的牆壁，再度盡力站起來，這次扶著牆，動作像新生馬兒搖搖欲墜。

一記槍聲令她陡然揚起下巴。

*我不能被困在這裡，*她心想。*我一定要逃出去。*

她摸索至門口。門沒鎖，一推就開，發出輕輕吱聲。她聽得見樓上有沉重的奔跑聲。再傳來兩記槍聲。

快逃出去。以免兩個男人回來對付妳。

她踏上樓梯，慢慢走，唯恐出聲。唯恐驚動他人，自曝行蹤。她缺乏武器，苦無自保的方法，無法加入戰局。她是意圖穿越戰區求生的平民，不知安全之境何在。找出口，逃出這棟房子。車子的鑰匙被搶走了，她只能奔向鄰居求救。她在腦海裡回憶這棟房屋的配置圖，想起長長的車道，想起包圍豪宅的樹林、草坪、高樹籬。在白天，整座莊園看似私人伊甸園，隔絕外界。現在，她總算明白，那座大門以及尖樁圍牆的作用不只是阻擋閒人，也能防止裡面的人逃走。這裡根本不是什麼伊甸園，而是死囚營。

她爬到樓梯最上面，又摸索到另一道閉門。她貼耳聆聽，沒聽出聲響，靜得讓人心慌意亂。剛才總共幾槍？至少三槍，她估算著。足以解決艾睿絲和蓓拉兩人。她們該不會倒斃在這道門內吧？派崔克和馬克現在會不會正要重回地窖找她？

她握住門把，手心冒汗濕滑。門無聲開啟，裡面的黑暗和地窖一樣濃得化不開，無法辨別任何形體或陰影。這一樓同樣是水泥地，她寸步往前挪移，雙手向前摸索著無形的障礙，這時鞋子踢到異物，她聽見金屬小東西滾過地板，臀部撞上某種物體的邊緣。她暫停腳步，想辨識她撞到的物體。她摸出桌子的形狀，桌面覆蓋著灰塵，手指突然被尖銳的金屬刺到，赫然縮手。是圓鋸台。她改變方向，向前再走幾步，踏進黑暗，又撞上另一種物體。這次是一台鑽床。這裡是派崔克的木工室。她站在電動工具之間，想著鋸齒和鑽頭，懷疑這些器材切割的物品應該不局限在桃花心木和楓木。

新一波的恐慌席捲而來，她急著尋覓出路。她摸到一面牆，順著牆壁走進一個角落。又傳來槍聲，連續四發。快出去，快出去！

最後，她摸索到門，急忙鑽出門口，又發現一道向上的樓梯。她被關進地下幾樓？深到沒有人聽得見我的慘叫。

來到樓梯頂端，她從一道門出去，發現置身一條鋪著地毯的走廊。在這裡，她能依稀辨別黑暗中的形體，知道右邊有欄杆，一手摸著牆壁，一步步向前走。是走向前門或走向後門？她沒有概念，只想找出口。

在樓上，二樓的歇腳處傳來人腳踏出的吱嘎聲，有人開始下樓。

左邊有門開著，她在慌張之下，找最近的一道門口躲進去。月光透窗照亮這一間，映照出一張書桌和幾座書架。是辦公室。

腳步聲抵達一樓。

她倉皇向前走，想在暗處尋覓藏身地，鞋子踩到碎玻璃。她突然被障礙物絆倒，霎時整個人向前飛撲，緊急伸出一手緩衝，手心壓到熱熱黏黏的東西，滑了一下。藉著月光，她看見身旁躺著漆黑的人形。一具死屍。

派崔克·迪昂。

她一面驚喘，一面手忙腳亂離開，貼著地板向後滑走，摸到沉甸甸的物體，把東西打得旋轉而去。一把槍。她伸手去摸索，握住槍柄的瞬間明白是她的佩槍，是派崔克搶走的那一支。我的老朋友。

背後的足音停息。

窗外的明月高掛，明亮如探照燈，令瑞卓利躲避不及。她坐在地上抬頭一看，見到馬克的身影站在眼前。

「沒人知道我來過，」他說。「事後警察找上我，我會告訴他們，我整晚在家裡的床上睡大覺。兇手是派崔克，是他殺害一大堆女孩子，把她們埋在院子裡。殺妳的兇手也是派崔克，然後他畏罪自殺。」

她握槍的一手在背後，以黑影作為掩護，但馬克已經舉槍對準她。同時出手的話，馬克開槍的動作比較快，也比較準。她來不及瞄準，沒時間射擊今生最後一顆子彈。即使是舉槍，她也知道動作一定太慢、太遲。

然而，就在此時，馬克倒抽訝異的一口氣，轉身看，手槍移向別人——或某種事物。

瑞卓利將手槍舉至眼前開槍，三發，四發。她的反射作用自動自發。子彈射進馬克的上身，他向後踉蹌，癱靠在茶几，把茶几壓垮，碎木屑紛飛。

脈搏聲在她的耳際呼呼響，她站起來，面對馬克的身體，手槍對準他，做好射擊的姿勢，以防他突然復活跳起來。他毫無動作。

陰影卻不然。

只聽見風微微一掃，靜悄悄，在她的視野邊緣，黑影趁暗飄移。她徐徐轉向隱身黑暗中的站立身影。雖然瑞卓利握著槍，雖然她能開槍，她並沒有動手，只是盯著一張銀毛茸茸的臉，凝視著月光閃爍的尖牙。

「你是誰？」她低聲問。「你是什麼東西？」

一陣輕風掃過她的臉孔，她眨一眨眼，再看時，臉已經消失。她慌忙東張西望，尋找剛才站立眼前的東西，卻只見月光和影子。牠真的來過嗎？或者是我的想像力太豐富？該不會是黑暗和恐懼心理在作祟，所以憑空想像出這種生物？

窗外出現一陣動態，吸引她的目光。她向外望著月光下的花園，見到牠在草坪上飛奔而過，躲進樹下。

「瑞卓利警探？」

瑞卓利嚇一跳，轉身看見門口有兩個女人，是蓓拉抱著癱軟的艾睿絲。

「快叫救護車！」蓓拉說。

「我年紀大了，」艾睿絲呻吟著。「身手不如年輕時敏捷。」

蓓拉輕輕將師父平放在地上，以自己的大腿當枕頭，開始以中文喃喃自語，不斷複誦相同的一段話，彷彿在施魔咒，彷彿在唸療傷經。

希望的經文。

37

派崔克．迪昂的車道上停滿波士頓和布魯克萊恩市警局的車輛，瑞卓利駐足琳琅滿目的車子之間看日出。她已有二十四小時未曾闔眼，昨天午餐至今也未曾進食，第一道日光眩目，她突然頭暈腿軟，不得不閉眼，倚靠警車站著。她再睜眼時，莫拉和佛洛斯特已從屋內走出來，方向是她。

「妳應該回家。」莫拉說。

「大家都這樣告訴我。」她望向迪昂家。「裡面的事情辦完了嗎？」

「他們就快把屍體抬出來了。」

瑞卓利彎腰開始穿鞋套，佛洛斯特皺眉：「呃，妳好像不適合進屋子吧。」他說。

「我又不是沒進去過。」

「問題就在於妳進去過。」

佛洛斯特不必解釋，她已經瞭然於心。擊斃馬克．麥勒理的人是她，射穿派崔克．迪昂大腦的一槍幾乎能確定是來自她的警槍。警方已經扣押她的佩槍，準備分析彈道。她懷念腰帶上的那份重量。

前門打開，第一座擔架被推出來，載著屍體之一，大家默默旁觀，看著屍體被推進停車守候的運屍車。

「老人中了一槍。右太陽穴，近距離。」莫拉說。

「派崔克·迪昂。」瑞卓利說。

「我有預感，他的右手會被檢驗出火藥。這會不會讓妳聯想到另一件刑案？」

「紅鳳凰，」瑞卓利輕聲說。「吳偉民。」

「他的死，被判定是自殺。」

「妳怎麼判這一個呢，莫拉？」

莫拉嘆氣。「沒有證人，對吧？」

瑞卓利搖頭。「蓓拉說，開槍時，她和艾睿絲在樓上，所以沒看見。」

「不過，屋子裡另有一個外人，」佛洛斯特指出。「妳說妳有看見他。」

「我不清楚我看見的是什麼東西。」瑞卓利望向花園。昨晚在月光下，她瞥見某種生物溜進樹林裡。「大概永遠不得而知。」

莫拉轉身時，第二具屍體被推出屋子。「我可以判定派崔克·迪昂是自殺身亡，可是，狀況和紅鳳凰太近似了，珍。總覺得像被佈置過。」

「我認為，兇手追求的正是相似點，用意是替往事製造回音，讓正義有個圓滿的交代。」

「怎麼能用正義來判定死因？」

瑞卓利望著她。「也許應該納入評斷的準則。」

「喂，佛洛斯特！瑞卓利！」譚警探從一叢樹林裡揮手，身旁有幾位鑑識人員。

「什麼事？」瑞卓利說。

「嗅屍犬剛嗅到東西！」

失蹤少女。夏洛蒂・迪昂失蹤之後，必定仍有幾名少女陸續失蹤，只是沒有被英格叟列入名單。把屍體埋在自家院子裡能避人耳目，世上豈有更省事的地方？瑞卓利和佛洛斯特走過去，看見一條狗以警覺的眼神看她，歡樂的尾巴搖個不停。這條狗是獨樂樂。聚集在樹影下的男男女女無不板著臉，不出聲，因為大家明瞭腳下隱藏什麼樣的秘辛。

「這裡的泥土被翻動過，」譚說著指向樹下一片裸露的土地。「上面覆蓋著鬆散的樹叢。」最近下葬的地方。瑞卓利環視樹蔭與濃密的樹叢，看著陰影和矮樹能隱藏的所有秘境。這地方的邪氣破表，超出她能理解的範圍。她納悶，地下埋了多少具屍體？有多少緘默的女孩終於能發聲？重任排山倒海而來，她忽然覺得難以負荷。她瘀青斑斑，飢腸轆轆，和死神周旋得精疲力竭。

「佛洛斯特，這裡還是交給你吧，我想回家。」她邊說邊走開，踏過草坪，重回陽光下。

「瑞卓利，」譚說。他跟過來，陪她走向車道。「我想通知妳一聲。我剛剛和醫院通過電話。艾睿絲・方已經從手術室出來，已經醒了。」

「她的傷勢嚴不嚴重？」

「她大腿中一槍，失血很多，不過多休養幾天就能康復。她好像滿堅強的。」

「我們全都應該像她那樣堅強。」

車道上的晨曦照耀兩人的臉，譚從口袋取出墨鏡戴上。「要不要我去醫院一趟？跟她做個筆錄？」他提議。

「以後再說吧。現在我希望你待在這裡。布魯克萊恩警局請我們支援，所以我們會在這家的土地上花很多時間。」

「照妳這麼說，我可以留在兇殺組囉？」

她瞇眼看譚，豔陽刺穿她疲倦的眼珠。「對，等到結案再說。我會向你在A–1轄區的長官請示暫調——如果你有意願的話。」

「謝謝。我的意願很高。」他簡單說。他轉身離去的當兒，瑞卓利忽然留意到，他的後腦勺有一條亮亮的絲線，附著在他黑墨般的頭髮上，像金屬絲一樣突出。一根銀色毛髮。

「譚？」她說。

他轉身。「什麼事？」

一時之間，她只是看著譚，想從眼神解讀他的心思，無奈他戴著太陽眼鏡，鏡片如明鏡面，她只看得見自己的倒影。她回想起，在檢查聶街監視錄影帶時，鏡頭捕捉到她和佛洛斯特跳上消防梯的笨拙身手，譚卻不一樣。哼，說不定我是鬼，他當時揶揄。她這時心想，不是鬼，而是和幽靈一樣飄忽不定的人，是隨著調查進度亦步亦趨的人，是能掌握所有對話、所有計畫的人。她看不清譚的表情，無從刺探心機，只知道秘密藏在他的眼神裡，有待挖掘。她決定讓譚守住秘密。

暫時而言。

「妳想問什麼嗎，瑞卓利？」譚問。

「沒事。」她說完轉身走開。

現在是多以爾酒吧的歡樂暢飲時間，店內擠滿下班的警察，瑞卓利很難一眼看見母親的男友科薩克。等到女服務生指向用餐室，她終於找到人，見到他獨佔雅座，陪伴他的是一盤炸海鮮和一杯淡啤酒。

「遲到了，對不起，」她說。「什麼事？」

「我先點了，妳別介意。」

她斜眼看著小山似的一堆炸蝦。「減肥破功了，對吧？」

「唉，別唸我，行不行？今天是鳥事一件接一件，非吃開心果不可，真的。」他戳起四條炸蝦，一口咬下。「妳不點東西嗎？」

她對女服務生招手，點了一小客沙拉，看著科薩克再吞噬六隻炸蝦。

上菜時，他說：「妳吃這麼少啊？」

「我想回家吃晚餐。最近在家的機會不多。」

「對，我聽說了，布魯克萊恩那邊最近像馬戲團一樣熱鬧。已經挖出幾具屍體了？」

「六具，看起來全是女屍。想挖遍整座房地產，可能要好幾個月，而且他們可能另有還沒曝光的埋葬地。所以，我們連馬克．麥勒理的家也納入調查範圍。」

科薩克舉杯致意。「妳們女人不是喜歡說什麼來著？女生加油！」

瑞卓利看著他那件被油漬濺到的襯衫，暗笑：胖得女乳激凸，講這句話更具說服力。她舉起水杯，互撞出清脆的巨響，啤酒溢出來，灑在逐漸縮水的炸蝦山上。

「美中不足的是，」她舉叉說，「我沒辦法終結無名女屍和無名男屍的命案。掀起整件舊案的觸發點就是斷掌女屍案。」

「沒查到砍死她的那把刀嗎？」

「消失了。我那天晚上看見有人走進樹林，大概是被那人帶走了。我們也找不到任何人吐實。不過，我有八成的把握，知道揮刀的人是誰。」

「足夠用來定罪嗎？」

「老實說，我不想定罪。有時候，科薩克，盡忠職守表示我應該故意做錯事。」

科薩克笑了。「可別被艾爾思醫師聽見囉。」

「她不會懂的。」瑞卓利認同。莫拉能理解的是事實，而莫拉掌握的事實導致韋恩・葛瑞福警官在幾天前被法官定罪。在莫拉看來，是非黑白之間的界線永遠明確。反觀瑞卓利，她在警界待愈久，愈難界定對錯的範疇。

她又起沙拉，吃一口。「你有什麼事？找我來，想商量什麼？」

他嘆氣放下叉子。除了空盤之外，鮮少有任何事物能強迫文森・科薩克棄叉投降。「我愛妳媽，妳應該曉得。」他說。

「對，我大致上猜對了。」

「我的意思是，我是真的愛她。她既風趣又聰明，而且性感。」

「別講下去了。」她放下自己的叉子。「挑重點講就好。」

「我只想娶她。」

「她不是已經答應了？」

「問題出在妳的弟弟。他每天打三通電話勸阻妳媽。他鄙視我，心態滿明顯的。」

「法蘭基只是不喜歡任何形式的變化。」

「他把妳媽搞得好難過，現在她居然考慮對婚禮喊停，只想討兒子高興。」科薩克深嘆一口氣，尾音聽起來近似嗚咽。他轉頭凝視走道對面的雅座。一個嬰兒坐在高椅上，看見他，哇哇哭了起來，母親白了科薩克一眼，把小孩抱進懷裡。可憐的科薩克，醜到把小孩嚇哭。小孩不懂事，看不出粗蠻的外表下有著一顆善良的心。媽卻有慧眼。而她值得和這個好男人交往。

「沒關係，」她說，「我去跟法蘭基溝通看看。」如果溝通不成，她會狠狠敲弟弟的腦袋瓜。

科薩克抬頭。「妳想代我求情？真的？」

「怎麼不會？」

「不曉得。我總覺得，妳看我和妳媽嘿咻，好像越看越不爽。」

「我只是不想聽汗水淋漓的細節啦。」她伸手至餐桌對面，輕捶他的手臂一下，表示親近。「你還好啦，科薩克。而且，你讓她開心。我只關心這一點。」她站起來。「我該回家了。你沒事了吧？」

「我愛她。妳應該曉得。」

「我曉得，我曉得。」

「我也愛妳。」他臭起臉，補充說：「可是我不愛妳弟弟。」

「我完全能理解。」

她留下他陪伴炸海鮮，從擁擠的酒吧撤退，快到門口時，聽見有人喊叫：「瑞卓利！」是退休警探巴寇茲。他曾在十九年前調查過夏洛蒂．迪昂失蹤案。他坐在吧台的老位子，前面是一杯蘇格蘭威士忌。「我有話要說。」他說。

「我急著回家。」

「那我陪妳走出去。」

「可以明天再聊嗎？」

「不行。我不講不行，悶在心裡很煩。」他喝乾整杯，把空杯摜在吧台上。「出去走走吧。這裡面吵死人。」

兩人步出酒吧，站在停車場。春天入夜後涼爽，空氣瀰漫濕土味。瑞卓利拉上夾克的拉鏈，瞥向她停車的地方，不知巴寇茲想聊多久，也懷疑自己有沒有空順便買牛奶回家。

「妳不是在偵辦派崔克．迪昂和馬克．麥勒理的案子嗎？妳搞錯了。」他說。

「什麼意思？」

「新聞好轟動喔。兩個有錢人聯手獵殺少女長達二十五年，鬧得全國都在談這個案子，探討為什麼大家都沒留意到，為什麼沒有及時制止。」

「他們一直很有理智，巴寇茲。他們沒有提升作案層次，手法也始終沒有破綻，自制力一直很高。」

「在幾件失蹤案裡面，派崔克．迪昂有不在場證明。」

「因為他們兩個輪流去綁架女孩。有幾個被麥勒理拐走，另外幾個由迪昂動手。我們已經在迪昂家挖出六具屍體，其他屍體想必能陸續出土。」

「其中一定沒有夏洛蒂。我拍胸脯保證，妳在那裡挖不到她的屍體。」

「你怎麼知道？」

「我偵辦夏洛蒂的失蹤案時，並沒有草草結案，懂嗎？事情雖然過了十九年，細節我記得一清二楚。昨天晚上，我把當年的筆記找出來，只想確定自己沒有記錯事實。我確定，女兒夏洛蒂失蹤那天，派崔克．迪昂人在倫敦，接到消息之後連夜搭機回國。」

「對，這一個細節沒錯。很容易證實。」

「我另外查對了一個細節。馬克．麥勒理也不可能綁架夏洛蒂，因為他也提得出不在場證明。他去探望母親。他的母親在前一年中風，當時住院復健中。」

瑞卓利在漸暗的天色中端詳他。巴寇茲正在為個人的專業態度辯解，言語必然不夠客觀。從他充滿醉意的臉孔來看，從他破損的襯衫來判斷，他的退休生活並不如意，簡直是在酒吧裡定居，彷彿在現役警察的陪伴下，他才覺得生氣勃勃，才覺得自己又成了有用的人。

哄一哄老傢伙吧。她對巴寇茲點頭，帶有同情的意味。「我會再審閱檔案一遍，然後和你聯絡。」

「少來。這句話就想擺脫我？我是個績效優良的警察，瑞卓利。我徹查過少年馬克。發生綁架案，直覺上會先清查家屬，所以我仔細過濾她繼兄的言行，查遍他當天的一舉一動。馬克．麥勒理沒有那麼神，不可能綁架夏洛蒂。」

「就憑他說他去探望母親嗎？別鬧了，巴寇茲，他的話或母親的話怎麼能相信？母親護子心切，一定會說謊。」

「醫院的資料總能相信吧？」

「什麼？」

他從夾克抽出一張摺起來的文件，朝著她戳過去。「我從芭芭拉·麥勒理的醫院調出這一份資料。這份是護士紀錄簿的影印。妳看看四月二十日下午一點的紀錄。」

瑞卓利向下找，看到護士寫下的文字：血壓115/80，脈搏84。病患休養安詳。兒子前來探視，要求將母親移至比較清靜的病房，不想太靠近護士值班區。

「在下午一點，」巴寇茲說，「夏洛蒂·迪昂和同校師生在費紐爾廳。老師在一點十五左右發現她走丟了。妳說說看，馬克·麥勒理人在二十五哩外的病房坐著，探望母親，怎麼有辦法在十五分鐘之後去波士頓，從街頭抓走繼妹？」

瑞卓利拿起護士的紀錄，讀了再讀。時間和日期無誤。她暗想：護士寫錯了吧。只可惜，白紙黑字，事實就是事實。

「妳少在那邊亂嚷嚷，好像我把案子辦錯了似的，」巴寇茲說。「太明顯了，妳那兩個歹徒沒有綁架夏洛蒂。」

「不然她是被誰綁走的？」瑞卓利喃喃說。

「大概永遠查不出來了。我敢說，一定是哪個男人突然興起，見機把她帶走。」

哪個男人。有待證實身分的一名歹徒。

她駕車回家，巴寇茲給的影印放在身旁的座位，思索著機率。夏洛蒂家同時出現兩個兇手，自己卻被毫不相干的陌生人帶走？回到家，她把車停進公寓的停車位，坐著沉思，還不想走進伴隨母職而來的亂象與嘈雜。她歸納出幾件確信的事實：迪昂和麥勒理共同跟蹤、殺害多名少女，在迪昂家至少埋葬六具屍體。是夏洛蒂發現父親的秘密嗎？迪昂和麥勒理不得已除掉她，是否怕東窗事發？難道老少兩男另找第三者幫忙，所以才提得出顛撲不破的不在場證明？

瑞卓利按摩著頭皮，被種種疑問壓得難以喘息。疑雲再一次籠罩著夏洛蒂。夏洛蒂發現了什麼？何時發現？她向誰透露？瑞卓利想起夏洛蒂的最後幾張相片。當時夏洛蒂出席母親與繼父的喪禮。瑞卓利記得，夏洛蒂被夾在生父與繼兄馬克之間，被敵人包圍，難以逃脫。

瑞卓利坐直身體，赫然歸納出一開始就顯而易見的答案。

也許夏洛蒂逃出魔掌了。

38

正午時分，瑞卓利越過新罕州邊界，向北駛進緬因州。五月的這天氣溫和煦，樹木的春葉青蔥，原野與森林上空覆蓋著一層金色薄霧。然而，在她抵達穆斯海德湖時已近傍晚，空氣已經轉冷。車子停妥，她圍上羊毛圍巾，走向一艘馬達船停泊的登陸處。

一名年約十五的男孩向她揮手，男孩的金髮被風吹亂。「妳是瑞卓利小姐嗎？我是威爾，潛鳥角度假村。」他接過她的過夜旅行包。「妳只帶這一點行李嗎？」

「我只住一晚。」她在港口四下張望。「船長呢？」

少男搖搖手，咧嘴笑：「在下就是。我八歲就開始駕駛這艘船了，這個渡口的路線我已經走了，呃，幾千次囉，妳放心啦。」

瑞卓利仍對小孩駕船的技巧存疑，登船之後穿上他遞過來的救生衣，在長椅上坐好，這時候留意到幾箱子日常用品，最上面擺著一疊《波士頓環球報》。顯然，男孩行船至此，購物也是任務之一。

他發動引擎時，瑞卓利問：「你在度假村工作多久了？」

「從小就開始。度假村的老闆是我爸媽。」

她仔細看男孩的長相，見到剛毅的下頜、被太陽漂白的頭髮。他有一副救生員的體魄，苗條而結實，是最適合在加州海灘玩耍的一型。他將船駛出碼頭，神態全然輕鬆自然，瑞卓利來不及再發問，船已劃過洶湧的水面，馬達吵得無法對話。她抓緊舷緣，凝視著密林，看著像海一望無際的湖面。

「這裡的風景好美。」她說，但男孩沒有聽見；他專注於對岸的終點站。

船靠岸時，夕陽已近地平線，將湖水染成火焰色與金色。她看見前方有幾棟鄉趣盎然的小木屋，岸上擱著幾艘獨木舟。碼頭上站著一位金毛小丫頭，等著接船繩。瑞卓利一有機會近看女孩的長相，立刻知道這一對是兄妹。

「這個搗蛋鬼名叫珊曼莎，」威爾呵呵一笑說，伸手摸摸她的頭，手足之情溢於言表。「她負責打雜跑腿，如果妳需要牙刷，想要多幾條毛巾或其他東西，儘管對她吩咐。」

女孩拎著客人的包包，匆匆奔上岸時，瑞卓利說：「她大概只有八歲吧？你們不必上學嗎？」

「我們在家自學。冬天進市區太困難了。我爸常說，我們兩個是全世界最幸運的小孩，能在這個樂園長大。」他帶她走上通往小木屋的步道。「媽替妳開這一間。這間最有隱私。」

踏上門階，門廊以紗窗包圍。開門入內後，門吱呀關上。珊曼莎已將行李提進小木屋，放在床尾的一座木造行李架上。瑞卓利抬頭，看著開放式的樑柱，看著瘤節處處的松木牆。岩石壁爐裡已燃燒著一盆火。

「一切沒問題吧？」威爾問。

「帶我先生一起來就好了。他一定會很喜歡這裡。」

「下次帶他過來吧。」威爾向她敬禮，轉身離開。「等妳準備好了，過來一起吃晚餐。今天的主菜好像是燉牛肉。」

他走開後，瑞卓利坐進門廊上的搖椅，欣賞夕陽燒湖的美景。昆蟲嗡嗡叫，湖水拍岸的水聲令她昏昏欲睡。她閉上眼瞼，不察有人走向她這棟小木屋。她聽見敲門聲，才看見紗門外站著一位金髮婦人。

「瑞卓利警探嗎？」女子問。

「請進。」

女子走進來，輕聲關門。即使在昏暗的門廊上，瑞卓利仍可看出她與威爾兄妹的神似之處，一眼即知她是小兄妹的母親。瑞卓利也知道她的名字，毫無疑問。英格叟的釣魚度假行程顯得突兀，而且他此行不帶魚餌箱，令瑞卓利懷疑他前來潛鳥角的真正目的何在。英格叟前來緬因州的真正原因：拜訪站在門廊上的這位女子。

「哈囉，夏洛蒂。」瑞卓利說。

女子望向紗網外，掃瞄四周，看看附近是否有人聽得見門廊上的對話。接著，她看著瑞卓利。「請不要再喊那個名字。我現在改叫蘇珊。」

「妳家人不知道？」

「我丈夫知道，不過小孩還小，他們太難理解了。而且，我永遠不想讓他們發現外公是什麼樣的人……」她愈說愈小聲。她嘆一口氣，坐進另一張搖椅，門廊上一時只有搖椅的唧嘎聲。

瑞卓利凝視著女子的側影。夏洛蒂——不對，蘇珊——只有三十六歲，但外表比實際年齡老很多。由於她長年在戶外辛勞，雀斑滿佈，頭髮已現銀絲。然而，曝露老態的最大禍首是她眼中的痛苦——在眼眶周圍刻劃出深紋，從瞳孔投射出陳年隱憂。

蘇珊的頭向後靠在椅背上，凝望著夜色漸濃的湖面。「事情從我九歲那年開始，」她說。「有天晚上，他趁我母親睡覺，進來我的房間，告訴我說，我夠大了，應該學習天下女兒都應該做的事，應該讓自己的爹地開心。」她乾嘯一下。「我乖乖遵從。」

「妳怎麼不向母親告狀？」

「我的母親？」蘇珊刻薄一笑。「我母親的關心從來不超出個人利益的範圍之外。她開始和亞瑟．麥勒理搞婚外情，才兩個月，就棄巢飛走了，頭也不回。說不定，她連自己生過一個女兒都忘掉了。結果，她把我扔給我父親。監護權歸我父親，他樂得講不出話。母親當然不跟他爭監護權。我每年定期幾次去媽媽和亞瑟家過週末，不過我媽懶得理我。真正親切對待我的人只有亞瑟。我對亞瑟不熟，不過他看起來是個好人。」

「他的親兒子馬克呢？」

蘇珊沉默良久。「我看不透馬克的為人，」她輕聲說。「兩家人開始相聚時，我覺得他完全不像壞人。後來，兩家愈走愈近，相見的機會太多了，輪流在我們家和馬克家聚餐，相處得好融洽。問題是，當時我不知道我媽和亞瑟相處得多麼融洽。」

「聽說，妳父親和馬克也相處得不錯。」

蘇珊點頭。「像哥倆好似的。我爸一直想生個兒子，碰到馬克，把他當成自己的小孩。即使在我爸媽離婚之後，馬克還是常來我家找我爸，兩個男生常下樓，去我爸的木工室敲敲打打，做做鳥屋或相框。地下室的實際情形如何，我不清楚。」

不只是做做木工而已，瑞卓利心想。「兩個男生常常廝混在一起，妳當時不覺得奇怪嗎？」

「我爸不來煩我，我慶幸都來不及了。在那段時間前後，在我十三歲那年，晚上我爸不進我房間了。那時候，我不知道原因。現在我才知道，差不多就在那一年，第一個女孩失蹤了。我十三歲時，我爸找到另外一個可以娛樂他的人。在馬克的協助之下。」蘇珊停止搖椅的動作，紋風不動坐著，視線固定在湖面上。「要是我當時知道，要是我明白馬克的真面目，我母親和亞瑟現在應該還活著。」

瑞卓利皺眉。「怎麼說？」

「那天晚上，他們去紅鳳凰餐廳，原因是我告訴他們一件事。」

「妳？」

蘇珊深呼吸一次，彷彿想鼓足勇氣講下去。「那個週末，照約定，我要去媽媽和亞瑟家。我剛考到駕駛執照，想嘗一嘗自己開車去他們家的滋味，所以借我爸的車。在那輛車子上，我在座椅和中控台之間發現一個金墜子。東西掉進這裡，兩年沒有人發現。那個金龍墜子的背面刻著一個名字。蘿拉·方。」

「妳那時認識這個姓名嗎？」

「認得。報紙刊登過她失蹤的新聞。我記得她的姓名是因為她和我同年，而且她會拉小提琴。博敦的有些學生會提及她，因為她參加過暑期管弦研習營，他們和她同一梯。」

「馬克也參加過同一個研習營。」

蘇珊點頭。「他認識蘿拉。不過，我當時不清楚這事和我父親的關聯。蘿拉的墜子怎麼會掉在我父親的車上？後來，我漸漸想起，他以前常常半夜進我臥房，對我做那種事。我在想，如果他性侵我，他八成也會性侵別的女生。也許蘿拉也有相同的遭遇。也許她因此失蹤。」

「結果，妳把這事告訴妳母親？」

「那個週末，我去她家，當著她和亞瑟的面，把所有的事情講出來，說出爸爸以前對我做過的事，說出我在他車上發現的東西。起初我媽不相信。然後，習慣自我中心的她開始擔心，這事一鬧出新聞來，她的名字會被連累到。她怕被人講成狀況外的人妻，完全不懂自家的情形。亞瑟就不一樣了。亞瑟認真看待這件事。他相信我。為了這一點，我一生一世尊敬他。」

「他們怎麼不直接去報警？」

「我媽想先確定事實。她認為，這事有可能是離奇的巧合，想先確定一下，以免招來不必要的眼光。說不定名叫蘿拉．方的女生不止一個，她說。所以，她和亞瑟想去找蘿拉的家人，讓他們看看金墜子，以證實墜子的主人是不是失蹤兩年的蘿拉。」蘇珊的頭垂下去，接下來的字句接近靜音。「那是我最後一次見到他們活著。後來他們出門，去餐廳找蘿拉的父親。」

拼圖的最後一塊浮現了：亞瑟與笛娜夜赴中國城的原因，不是去吃晚餐，而是去找詹姆斯．方，告知他女兒的遭遇。槍聲終結了三人的對話，一場血腥屠殺被賴在倒楣的移民身上。

「警方堅持是他殺後自殺，」蘇珊說。「警方說，我媽和亞瑟只是運氣太背。墜子再也找不回來了，所以我沒有證據，也沒有別人可以求助。我一直納悶，蘿拉和槍擊案之間有沒有關聯？另外一個因素是，馬克那個週末也在家，所以他知道事情的經過。」

「他打電話給派崔克，通報說，妳母親和亞瑟去中國城了。」

「肯定是他。不過，一直到葬禮那天，我總算想通整件事。原來我爸和馬克是同夥。我沒有隧子，什麼也無法證明。所有的權力握在我爸手上，我也知道，他能輕易讓我消失。」

「所以，妳自我蒸發。」

「我事先沒有規劃。那天，我們全班去走波士頓的自由步道。」她沉痛一笑。「我忽然想到，我也想獲得自由！不趁現在，還等什麼時候？所以我趁老師不注意時溜走，過了幾條街，開始考慮怎麼製造假線索。我把背包和證件留在巷子裡。我身上有現金，足夠買票搭客運北上，不確定想在哪裡落腳，只想逃出我父親的身邊。客運到了緬因州，我下車，突然覺得像……」她嘆氣道。「像回到家了。」

「妳住下來了。」

「我找到工作，幫觀光客打掃度假木屋。後來認識喬，也就是我先生。他是我畢生最寶貴的禮物。我找到一個愛我的男人，他不計一切，守在我身旁。」她沉沉吸氣，抬頭坐直。「在這裡，我重建人生，生小孩，和喬一起建築這幾棟小木屋，一起做生意。我以為可以一輩子躲在這裡，過著幸福快樂的日子。」

湖畔傳來歡笑聲。威爾和妹妹已換穿泳裝，在碼頭上賽跑衝刺，跳進湖裡，被冷冽的湖水凍得吱吱叫。蘇珊從搖椅上站起來，凝望著子女，看著小孩在湖裡戲水玩樂。

「珊曼莎今年九歲。和父親開始蹧蹋我的年紀一樣。」蘇珊繼續背對著瑞卓利，彷彿不忍以臉見人。「性侵的往事怎麼甩也甩不掉，永遠都在，等著在惡夢裡出現，在最意外的場合冒出來。一嗅到琴酒和雪茄味，或半夜聽見臥房門吱嘎打開聲，就想到那件事。經過這麼多年，他照樣折磨我。珊曼莎過九歲生日之後，惡夢變得更加恐怖，因為我在她身上看見童年的我，好清純，還沒有被染指過。我想起他對我做的事情，想到他可能對蘿拉伸出的魔掌。我也想到，會不會也有其他女孩遭殃，只是我不知道而已。可是，我想不出扳倒他的辦法，單靠我一個人沒辦法。我缺乏勇氣。」在湖濱，威爾與珊曼莎爬回碼頭，站著擦乾身體，哈哈笑著。蘇珊按著紗網，彷彿想從子女身上吸取勇氣。

「後來，在三月三十日那天，」蘇珊說，「我打開《波士頓環球報》。」

「妳看見艾睿絲．方登的廣告。內容是紅鳳凰血案。」

「真相未曾分曉，」蘇珊低語。「廣告寫著。在那一剎那，我知道自己並不孤單，另外有人也在尋找解答。尋求正義。」她轉身，面對瑞卓利。「所以我鼓起勇氣，打電話找英格叟警探。我知道他這個人，因為他偵辦過紅鳳凰血案。我把發現蘿拉的金墜子一事告訴他，也揭穿我爸和馬克的秘密。我告訴他，失蹤的少女可能不止一個。」

「所以他才開始打聽那幾個女孩的事。」瑞卓利說。英格叟的調查引來殺身之禍，因為派崔克得知他正在蒐集證據，不願被挖出失蹤少女的案子，更不願被牽連上紅鳳凰。派崔克認定，延請退休警探來調查的人是艾睿絲．方，因為在報紙刊登廣告的人就是她。而且，她先失去女兒，後失去丈夫。殺害艾睿絲和英格叟可以杜絕後患，於是派崔克僱用職業殺手。不巧的是，殺手低估了對手。

「我好怕被父親找到，」蘇珊說。「我告訴英格叟警探，叫他絕口不提可以牽扯到我的任何事。他保證說，連他自己的女兒都不知道他在辦什麼案子。」

「他信守承諾了。我們完全不知道聘請英格叟的人是妳。我們以為是方夫人。」

「幾個禮拜後，英格叟打電話給我，希望見個面，所以他開車過來，告訴我說，他已經查出一個共通點。他歸納出三個女生的姓名，認為她們失蹤之前可能和我認識，可能和我參加過同一場網球賽或音樂研習營。原來，所有案子的關鍵是我。她們被盯上的原因全是我。」她哽咽起來，坐回搖椅。「我安安穩穩，帶著女兒，住在緬因州，渾然不知有其他受害人。假如我的膽量大一點，十幾年前就能制止這種事一再發生。」

「不會再發生了，蘇珊。妳也有功勞。」

她看著瑞卓利，淚光閃爍。「微小的功勞。英格叟警探為這事犧牲性命，而偵破案子的人是妳。」

不是我獨力偵破的，瑞卓利心想。我有人從旁協助。

「媽？」小女孩的嗓音從屋外的陰影飄來。珊曼莎站在紗門外，只見瘦小的身形，背後是湖面反射而來的光線。「爸叫我過來找妳。他不知道烤箱裡的派是不是烤好了。」

「我馬上去，乖女兒。」蘇珊站起來。在她打開紗門之際，她回頭對瑞卓利一笑。「晚餐準備好了。妳餓了，就過來吃吧。」她說完走下門廊，隨紗門吱呀關上。

從門廊，瑞卓利看著蘇珊牽著珊曼莎的小手，母女並肩沿湖離去，消失在暮色中，大小兩手一路牽著不放。

39

三個月後

中國福建

芬芳的焚香味瀰漫著天井，蓓拉和我站在她父親的祖墳前。這裡是古墓園，吳家世代在此地下葬，延續至少一千年。如今，吳偉民的骨灰與祖先會合，苦命的靈魂再也不必盤桓陰間，不再喊冤。在這裡，他終於能夠長眠，獲得永世的安息。

入夜後，天色加深，蓓拉和我燃燭鞠躬，追思她的亡父。頃刻間，我意識到旁人，轉身看見一個身影踏進天井門。天色昏沉，我認不清來人的長相，但我從他靜悄悄的腳步，從他優雅從容的舉止，得知來人是吳偉民與元配生下的兒子。這位兒子沒有遺忘父親，年年祭拜亡父。他走進燭光時，蓓拉向她的同父異母哥哥點頭，他也以傷感的微笑回禮。這對兄妹的個性很相似，堅如固守先父骨灰的墓岩。兄妹已達成使命了，我不知兩人今後會踏上什麼樣的路。年輕人奉獻半生的青春，追求單一目標，如今終於抵達終點，還有什麼值得打拚？

他對我恭敬一鞠躬。「師父，對不起，我來晚了。天氣不好，上海起飛的班機受到延誤。」

我藉燭光端詳他的臉，在眼眶周圍的憂愁紋看見不只是舟車困頓的神色。「波士頓方面，有麻煩嗎？」

「我相信她知道了。我覺得她一直在觀察，一直在刺探。每次她看著我，我能感應到她的疑心。」

「接下來怎麼辦？」

他長嘆一聲，注視著燭火。「我想——我希望——她能諒解。她寫了一份報告，對我讚不絕口。另外，她希望我能再幫她偵辦一件中國城的案子。」

我對著強尼．譚微笑。「瑞卓利警探和你我沒有太大的差別。就算她不認同我們完成目標的方式，我相信她能理解我們的苦衷。她一定能默默贊同。」

我擦亮火柴，點燃火盆裡的火種，火苗如飢牙往上竄，我們餵以冥紙，隨煙而起的是心安與財富，飄送給親人的靈魂。

最後有一項物品，我們應該燒掉。

我從袋子取出面具，銀毛折射著火光，倏然生龍活虎起來，宛若孫悟空的本尊從陰間復活。我手中的這副面具軟軟癱著，充其量是無生命的產品，以真皮與猴毛製成，已逐漸破損，是我多年前向京劇團訂購的道具。我們三人都戴過這副面具。三人同飾一角。我在樓頂登場，與女刺客對決，捍衛自己的生命。蓓拉在巷裡登場，解救女警一命。最後是強尼，朝派崔克．迪昂的頭部開槍，為索命任務劃下圓滿的句點。

我把面具扔進火盆，猴毛瞬間起火，我嗅到嘶嘶燒的毛髮與皮革的焦味。轟然一亮，面具燃燒殆盡，將孫悟空請回美猴王所屬的冥界，他卻始終沒有走遠。在我們最需要他的時候，人人都能在內心找到他。

火焰漸漸減弱，三人凝視著火盆，在閃閃的灰燼裡搜尋各自想看的景象。蓓拉和強尼想看的是含笑讚賞的先父。他們已經盡了孝心，今後的路，他們要為自己走下去。

我在灰燼裡看見什麼景象呢？我見到女兒蘿拉的臉蛋。兩個半月前，警方在派崔克．迪昂的院子角落挖掘出她的遺體，地面上藤蔓叢生。我也看見親愛的丈夫，依然年輕，頭髮如大喜之日當天一般烏黑。父女雖然不老，逗留人間的我卻逐漸走下坡，頭髮灰白，歲月在臉皮刻劃的線條愈來愈深。儘管如此，我每增一歲，更加靠近詹姆斯與蘿拉，更接近全家團圓的日子。因此，我邁開步伐，踏過漸深的陰影，心境安詳而無懼。

因為我明瞭，父女倆將在旅程的盡頭等我。

銘謝辭

我寫過的小說裡，沒有一部比本書更貼近我的個人世界。本書的靈感來自家母，在此感謝媽媽為我打開中國神話故事的大門，對我介紹她在中國生長的事跡、鬼故事、傳奇武師，以及英勇的美猴王。

在此也要感激Tony Yee與波士頓市警局的Tommy Yung警官，謝謝他們提供波士頓中國城的觀感；感謝Halford Jones多年來鼓勵我撰寫以武術為題的故事；感謝兒子Adam Gerritsen協助研究中文與冷僻的槍械；感謝賓州大學刑事科學系的副教授Reena Roy博士在靈長類毛髮方面提供寶貴的協助；感謝Husson大學法學研究助理教授John R. Michaud與他指導的刑法社學生提供古代刀劍的金屬分析心得；感謝波士頓警局的Russell Grant警探不辭辛勞回答我的問題。本書中若有訛誤，責任由我一人承擔。

此外，出書的過程中，有一組陣容堅強的團隊時時對我加油打氣，提供高見，奉上宛如甘泉的馬丁尼：Jane Rotrosen Agency裡舉世無雙的文學經紀Meg Ruley；Ballantine的編輯Linda Marrow；我在Transworld的支持者Selina Walker；以及伴我奔波各地、替我分憂的Brian McLendon。

最高的謝意致予我丈夫Jacob，感謝他欣然忍受娶到文人妻的磨難。我和腦子裡虛構的人物周旋一天下來，多麼慶幸能重返有血有肉的英雄懷抱中。

Storytella 81

緘默的女孩

The Silent Girl

緘默的女孩 / 泰絲.格里森作 ; 宋瑛堂譯. -- 初版. -- 臺北市 :
春天出版國際, 2018.10
面 ; 公分. -- (Storytella ; 81)
譯自 : The Silent Girl
ISBN 978-986-95558-6-9(平裝)

874.57　　106018708

ISBN 978-986-95558-6-9
Printed in Taiwan

作　者　泰絲・格里森
譯　者　吳宗璘
總編輯　莊宜勳
主　編　鍾靈

出版者　春天出版國際文化有限公司
地　址　台北市大安區忠孝東路4段303號4樓之1
電　話　02-7733-4070
傳　眞　02-7733-4069
E－mail　frank.spring@msa.hinet.net
網　址　http://www.bookspring.com.tw
部落格　http://blog.pixnet.net/bookspring
郵政帳號　19705538
戶　名　春天出版國際文化有限公司
法律顧問　蕭顯忠律師事務所
出版日期　二〇一八年十月初版
二〇二三年五月初版三十二刷

定　價　360元

總經銷　楨德圖書事業有限公司
地　址　新北市新店區中興路二段196號8樓
電　話　02-8919-3186
傳　眞　02-8914-5524
香港總代理　一代匯集
地　址　九龍旺角塘尾道64號 龍駒企業大廈10 B&D室
電　話　852-2783-8102
傳　眞　852-2396-0050